Mirko Trompetter

Das Leben ist ein Baumarkt

Ein Verkäufer erzählt Verbohrtes, Schräges und Behämmertes aus dem Heimwerkerparadies

riva

Bibliografische Information der Deutschen Nationalbibliothek:
Die Deutsche Nationalbibliothek verzeichnet diese Publikation in der Deutschen Nationalbibliografie; detaillierte bibliografische Daten sind im Internet über http://d-nb.de abrufbar.

Für Fragen und Anregungen:
baumarkt@rivaverlag.de

Nymphenburger Straße 86
D-80636 München
Tel.: 089 651285-0
Fax: 089 652096

Redaktion: Caroline Kazianka
Umschlaggestaltung: Pamela Günther
Umschlagabbildung: privat
Satz: Carsten Klein, München
Druck: CPI – Ebner & Spiegel, Ulm
Printed in Germany

ISBN Print 978-3-86883-272-3
ISBN E-Book (PDF) 978-3-86413-274-2
ISBN E-Book (EPUB, Mobi) 978-3-86413-275-9

Übereinstimmungen in diesem Buch mit real existierenden Personen, tatsächlichen Begebenheiten oder gesprochenen Dialogen sind natürlich rein zufällig und in keinster Weise beabsichtigt.

Inhalt

Mal vorab gesagt

Wer kennt ihn nicht, den Baumarkt? Das Paradies für alle Heimwerkerkönige, für andere die letzte Hoffnung auf die Lösung ihrer oft selbst gemachten Problembaustellen.

Ob Versicherungsvertreter, Taxifahrer, Arzt, Rentner, Hausfrau oder Student, die Baumarktbesucher haben alle das gleiche Ziel: selber machen. Das macht im Optimalfall nicht nur Spaß, sondern spart auch noch eine Menge Geld. Wenn dabei mal das eine oder andere schiefgeht, ist es ja nicht weiter schlimm, denn schließlich ist man ja Heimwerker und kein Handwerker.

Ein Bad selbst fliesen? Die Einfahrt neu pflastern? Ein paar neue Regale bauen und anschließend noch den neuen Pelletofen montieren? »Alles überhaupt kein Problem! Mach ich, gleich nachdem ich die Trennwände eingezogen und im Anbau die Elektroinstallation angeschlossen habe.«

Wenn man sich auskennt, ist es wohl auch kein Problem. Aber wer kennt sich schon mit allem aus? Also nix wie rein in den Baumarkt und nachgefragt, denn die werden schon wissen, wie das alles geht. Schließlich verkaufen sie ja auch das ganze Zeug, von dem sich viele nicht einmal die Namen merken können, geschweige denn eine Ahnung haben, wofür es gut ist.

Und das ist dann genau der Punkt, an dem jemand wie ich ins Spiel kommt, der Fachberater. Im Idealfall ein freundlicher Mensch mit abgeschlossener handwerklicher Ausbildung und mehrjähriger Berufserfahrung, der gut zuhören kann, den genauen Bedarf des Kunden ermittelt, erklärt, wie alles gemacht wird, und ihm anschließend mit ein paar netten Worten die benötigte Ware aushändigt.

Jetzt denken Sie sicher: »So etwas ist mir noch nie passiert. Wo soll es das geben?«

Die Frage ist mit Sicherheit nicht ganz unberechtigt. Ich habe ja auch den Idealfall beschrieben, von dem die Realität oft doch beträchtlich abweicht. Denn aus eigener Erfahrung weiß ich, dass es da auch Baumärkte gibt, in denen es egal ist, ob der Verkäufer der Elektroabteilung früher Bäcker oder Metzger war. Kunden, die einen solchen Markt betreten, kann man nur viel Glück wünschen und hoffen, dass sie sich selbst gut genug auskennen, um zu wissen, was genau sie brauchen. Denn die Mitarbeiter dort weisen meist nur zwei Qualifikationen auf: Sie werden schlecht bezahlt und sind verdammt schnell.

Wobei sich verdammt schnell nicht auf ihre Arbeitsweise bezieht, sondern auf die Geschwindigkeit, mit der sie sich vor herannahenden Kunden verstecken können. Ob diese Verkäufer das nun so von ihrem Chef gezeigt bekommen haben oder ob es eine Art Selbstschutz vor der Beantwortung von Fragen ist, deren Antwort sie nicht kennen, wurde bis jetzt noch nicht genau erforscht.

Übrigens: Es ist zwecklos, einen Verkäufer zu verfolgen, der vor Ihnen auf der Flucht ist. Meistens kennt er jeden noch so versteckten Winkel im Markt und jede Abkürzung, sodass er Sie bereits nach wenigen Metern abhängen würde.

Auch lohnt es sich nicht, auf einen Verkäufer zu warten, der bereits von anderen Kunden gestellt wurde und sich in einem Beratungsgespräch befindet. Denn neben Schnelligkeit verfügt er auch über extreme Ausdauer und kann so selbst die Beratung für einen einfachen Schraubendreher auf Stunden ausdehnen. Für den Fall, dass Sie genügend Zeit mitgebracht haben und das Ende der Beratung locker abwarten können, kann ich Ihnen nur den einen Tipp geben: Lassen Sie den Verkäufer die ganze Zeit nicht aus den Augen, bis sie ganz sicher das gefunden haben, wonach sie gesucht haben. Da ich selbst auch begeisterter Heimwerker bin und bei Weitem auch nicht alles weiß, spreche ich da aus Erfahrung. Denn mir selbst ist es schon passiert, dass ich auf einen Verkäufer eine Ewigkeit gewartet habe, weil ich einen Tacker suchte, aber keinen fand. Wortlos ging er schließlich mit schnellen Schritten vor mir her, zeigte in ein Regal und sagte: »Da sind die Tacker.« Ich habe dann den Fehler gemacht und auf die Ware geschaut, und bis ich merkte, dass dort keine Preise ausgeschrieben waren, hatte sich der Verkäufer bereits aus dem Staub gemacht. Er war einfach verschwunden.

Auch Verkäufer, die gerade beim Aufbauen eines Musters sind oder ein Regal befüllen, scheinen sichere Opfer für Fragen aller Art zu sein. Doch Vorsicht, der Schein kann trügen.

Kaum haben Sie Ihre Frage gestellt, kommt auch schon die Antwort: »Das ist leider nicht meine Abteilung, aber der Kollege ist gleich im nächsten Gang.«

Ein Ablenkungsmanöver. Während Sie nämlich einmal ums Regal herumlaufen, um den Kollegen zu fragen, der da natürlich nicht zu finden ist, kann das vermeintliche Opfer in aller Ruhe die Flucht ergreifen. Besser wäre es an dieser Stelle, eine Antwort in der Art zu geben: »Das macht nichts. Ich suche sowieso nur jemanden, der mir zuhört.« Auch die Frage »Zu welcher Abteilung gehören Sie denn?« kann Wunder wirken und ist zumindest schon einmal ein Gesprächsbeginn. Im optimalen Fall braucht man sogar noch etwas aus dem Bereich des Drückebergers und muss ihn dann später nicht extra suchen.

Anders hingegen ist es bei vorher genanntem Idealfall. Hier hat der Berater den Kontakt zu den Kunden, kann mit ihnen zusammen Probleme lösen und bekommt sehr viel positives Feedback. Selbstverständlich läuft auch hier nicht alles reibungslos und es gibt viele Situationen, in denen der Blutdruck rapide ansteigt oder man einfach laut loslachen möchte.

Wie so ein Beratungsgespräch verläuft, hängt oft schon von der ersten Ansprache ab. Denn es bestehen nicht nur auf Verkäuferseite bisweilen gravierende Defizite, auch die Kunden sind oft nicht ohne. Seien wir doch mal ehrlich, wer im privaten Umfeld kurz die Hilfe seines Nachbarn benötigt oder einen Rat von ihm braucht, der wird wohl kaum zu ihm hingehen und sagen: »Ey, Chef, komm mal her!« Stattdessen wird man wohl eher fragen: »Kannst du mir mal bitte helfen?«

Denn wer freundlich fragt, erhält viel öfter auch eine nette Antwort. Das ist klar. Aber warum führen sich dann manche Kunden im Baumarkt so auf, als wären sie der große Meister und der Verkäufer ihr Lehrling oder Laufbursche? Und wenn der Verkäufer tatsächlich so ein Volldepp ist, was ja durchaus vorkommen kann, warum fragt man ihn dann überhaupt irgendetwas?

Manchmal kommt es Baumarktangestellten gegenüber sogar zu heftigen verbalen Entgleisungen, bei denen Bezeichnungen aus dem Tierreich noch eher von der harmlosen Sorte sind. Viel interessanter werden solche Dialoge, wenn gleich die ganze Familie (vornehmlich die Mutter) in die Beleidigungen mit einbezogen wird. Mir selbst ist es sogar schon passiert, dass mir von einem Kunden Schläge angedroht wurden, nur weil ich ihn darauf hingewiesen habe, dass er sein Auto dank eingebauter Räder viel leichter zu den Zementsäcken hinfahren kann, als dass ich diese über den ganzen Parkplatz schleppe.

Im ersten Moment könnte man sich jetzt über solche Angebote und Beleidigungen maßlos ärgern. Aber ich bin mir ziemlich sicher, dass davon kaum etwas wirklich persönlich gemeint ist. Vielmehr entstehen solche Äußerungen wahrscheinlich aufgrund von Stresssituationen, Zeitdruck und vielen anderen Dingen, die uns allen das tägliche Leben erschweren. Und mal ganz ehrlich: Ohne solche Zwischenfälle wäre es verdammt langweilig im Baumarktalltag. Denn wer will schon an 365 Tagen im Jahr rund um die Uhr den gleichen Film ansehen? Oder jeden Tag Kartoffelsuppe essen? Wohl niemand.

Viel mehr liegt mir da schon der »Missbrauch« von Frauen im Magen, die von ihren Männern in den Baumarkt geschickt werden, um ganz dringend etwas zu besorgen. Dabei kommt es mir manchmal so vor, als würden die Frauen nur deshalb losgeschickt, weil ihre Männer nicht genau wissen, was sie eigentlich brauchen oder wie die benötigten Dinge heißen. Was liegt dann näher, als jemand anderen zu schicken? Da blamiert man sich wenigstens nicht selbst. Wenn die Damen dann aber Bedenken äußern, weil sie daran zweifeln, ob sie alles finden, oder fürchten, dass die Sachen, die sie besorgen sollen, vielleicht zu groß oder zu schwer für sie sind, heißt es dann immer: »Da wird dir schon einer helfen.«

Klar, einerseits beschweren sich alle immer darüber, dass sie nie einen Berater im Baumarkt finden, andererseits wird sich schon jemand um die Frau kümmern, wenn es ums Einladen schwerer Dinge oder um eine Beratung geht.

Was aber wirklich das Schlimmste daran ist, sind diese Zettel mit den merkwürdigen Produktbezeichnungen und den großartigen Erklärungen, mit denen die armen Frauen losgeschickt werden. Da steht dann auf dem Einkaufszettel beispielsweise so etwas wie »Navigationsmasse« (Nivellierspachtel), »weißes Fugengrau« (Fugenweiß), »Latte zum Festmachen« (Zaunpfosten) oder »Abstandshalter« (Fliesenkreuze). Selbstverständlich alles ohne Mengenangaben.

Fragt man dann vorsichtig nach, wofür zum Beispiel die Abstandshalter gebraucht werden, geht das eigentliche Rätselraten erst los, denn die Frauen wissen es nicht. Woher auch? Zeigt man ihnen die Nivellierspachtel, heißt es: »Bei mir steht aber Navigationsmasse auf dem Zettel. Ist das dann schon richtig?«

»Natürlich ist das richtig, nur die Menge müsste man halt noch wissen. « Also erst mal zu Hause anrufen und nachfragen ... Im besten Fall geht dann schon beim ersten oder zweiten Klingeln jemand ans Telefon, es kann aber durchaus auch ein wenig länger dauern.

Die Kunden, die währenddessen darauf warten, dass die Dame vor ihnen endlich fertig wird, sind nicht zu beneiden. Da kann es dann schon mal passieren, dass sich der eine oder andere lauthals beschwert, sich mit nur einer kurzen Frage vordrängelt, die dann aber auch eine Viertelstunde Beratung in Anspruch nimmt, oder die verzweifelte Kundin von wartenden Kunden gebeten wird, erst mal heimzufahren, um dann ihren Mann selbst vorbeizuschicken.

Mindestens genauso nervig ist auch das ständige Aufreißen von Verpackungen, obwohl schon ein Muster danebenliegt. Nicht, dass die Kartons dabei vorsichtig aufgemacht würden, sodass man sie nachher wieder verschließen kann. Nein. Da wird gleich mal der halbe Karton zerrissen und getestet, was die Ware aushält, bis sie kaputt ist. Danach schmeißt man das kaputte Teil einfach irgendwo ins Regal, der Rest wird zurück in den Karton gestopft und dieser dann unauffällig irgendwo deponiert.

Allerdings klauen diese Kunden wenigstens nichts, wobei es eigentlich fast auf das Gleiche herauskommt, denn verkauften kann man das Ganze so oder so nicht mehr. Dabei würde es oft helfen, wenn man einfach mal einen Verkäufer darum bittet, sich die entsprechende Ware ansehen zu dürfen. Da sagt bestimmt keiner: »Nein, ansehen geht nicht.«

Der gemeine Dieb hingegen, der meist nur Ersatzteile oder Zubehör benötigt und diese nicht unnötigerweise bezahlen möchte, öffnet die Verpackungen vorsichtig, nimmt sich heraus, was er braucht, und legt sie dann gut verschlossen und fein säuberlich wieder ins Regal zurück. Das Pech hat dann der nächste Kunde, der ausgerechnet den Karton mit dem unvollständigen Inhalt kauft. Zu Hause merkt er dann, dass etwas fehlt, ärgert sich darüber, dass er erneut in den Baumarkt fahren muss, und lässt dort seine Wut am Verkäufer aus. Der wird daraufhin auch sauer, darf es aber an niemandem auslassen, es sei denn, er erwischt jemanden beim Klauen. Denn in dem Moment schließt sich ja der Kreis wieder.

Eine ganz andere Art des Sparens erfreut sich mittlerweile zunehmender Beliebtheit. Dabei werden Geräte, die man nur einmal oder über einen kurzen Zeitraum benötigt, gekauft statt gemietet. Ja, ganz richtig. Kaufen ist viel billiger als mieten. Denn dabei wird das entsprechende Gerät gekauft, und wenn die Arbeit erledigt ist, gibt man es einfach wieder zurück, weil es angeblich defekt ist oder nicht die gewünschte Leistung erbringt. Wenn man dann noch etwas Glück und den richtigen Tonfall hat, bekommt man vielleicht sogar noch einen kleinen Einkaufsgutschein als Entschädigung für die Mühe obendrauf.

Am deutlichsten wird das beispielsweise an Silvester. Da werden ein paar Tage vorher haufenweise Heizgeräte verkauft, die dann nach Neujahr zum größten Teil wieder zurückgebracht werden. Aber auch bei Bohrmaschinen, Kettensägen, Putzfräsen und Fliesenschneidern ist diese Art des »Ausleihens« recht beliebt. Dabei ist es immer wieder interessant zu beobachten, dass Artikel, die bei der Rückgabe leichte Beschädigungen aufweisen, schmutzig sind oder deren Verpackung total zerfetzt ist, dann grundsätzlich schon beim Kauf so ausgesehen haben sollen. Stellt man allerdings einen solchen Artikel ins Regal, kauft ihn natürlich niemand. Denn jeder sucht sich die Ware aus, bei der die Packung unbeschädigt ist. Macht man selbst ja auch nicht anders. Nur ausgerechnet der Kunde, der gerade etwas umtauschen will, hat das eben nicht so gemacht. Allerdings ist dieses Verhalten keinem Kunden vorzuwerfen. Denn da sind meiner Meinung nach die Baumärkte mit ihrer »Wir tauschen alles um«-Strategie selber dafür verantwortlich.

Besonders lustig finde ich gelegentlich auch die Erklärungen, die so mancher Kunde abgibt, wenn er irgendetwas sucht und nicht weiß, wie es heißt. Manche rasten dann schon fast aus, wenn man nicht gleich darauf kommt, was sie eigentlich meinen. Wenn Sie jetzt denken, dass so etwas doch nicht so schwer zu erraten sein kann, dann machen wir doch mal einen kleinen Test:

1. Ein Blech, wo lauter kleine Ausschnitte drin sind
2. Eine Türe, die man nicht so aufmachen kann
3. Ein Glasdurchbruch, also so etwas wie einen Mauerdurchbruch
4. Was Rotes, wenn einem mal was raushängt
5. Bleche zum Schrauben
6. Beton für untendrunter
7. So eine, die man ausziehen kann
8. Ein Loch
9. So ein Ding zum Aufhängen

Na, erraten? Wenn nicht, dann gibt es hier gleich mal die Auflösung:

1. = Zahnspachtel
2. = Schiebetüre
3. = Fensterdurchführung für den Schlauch eines Wäschetrockners
4. = rote Fahne zum Markieren überstehender Ladung
5. = Unterlegscheiben
6. = Fliesenkleber
7. = ausziehbare Vorhangstange
8. = Mauerdurchführung für eine Dunstabzugshaube
9. = Wandhalterung für Flachbildfernseher

So richtig haarsträubend wird es aber erst dann, wenn manche Kunden erklären, was sie denn überhaupt mit der Ware vorhaben. Da gibt es zum Beispiel Leute, die einen Swimmingpool mit einfachem Styropor auskleiden, weil sie befürchten, dass dieser sonst zu viel Wärme verliert. Und damit das auch richtig in die Hose geht, wird das Ganze mit Gipskartonplatten verkleidet und dann darauf gefliest. Echt super, bis dann das Wasser in den Pool kommt.

Gipskartonplatten werden sowieso gerne zweckentfremdet. Beispielsweise um einen Schwedenofen zu verkleiden. Nach dem Einheizen wundert sich der Heimwerker dann bloß, warum die Platte brennt beziehungsweise die Kartonbeschichtung verglüht. Hat ihm ja niemand gesagt, dass so etwas nicht geht. Wahrscheinlich hat er aber auch nicht gefragt, sonst hätte sicher jemand davon abgeraten.

So etwas sind aber dann schon Extremfälle. In der Regel handelt es sich doch eher um kleinere Missgeschicke, die aus Unwissenheit, Faulheit oder Geiz entstehen. Auch nicht zu unterschätzen ist das Halbwissen, das viele durch das Internet vermittelt bekommen. Da wird dann durchaus mal ein ganz normaler Baukleber empfohlen, um Feinsteinzeug auf bestehende Fliesen zu kleben, weil der Flexkleber ja so teuer ist. Teuer wird es jedoch erst, wenn man alles noch mal machen muss, weil die Fliesen so einfach nicht halten.

Tiefengrund vorstreichen, wenn man Gasbetonsteine verputzen will? So ein Blödsinn, der Stein ist doch rau und da wird der Putz schon halten. Aber dass der Stein recht sandig ist und dem aufgetragenen Putz viel zu schnell die Feuchtigkeit entzieht, wenn man ihn nicht vorstreicht, bedenkt keiner. Und falls der Putz dann wieder runterkommt, ist im Zweifelsfall einfach das Material schuld.

Sogar komplette Baupläne für Garagen scheint es schon im Internet zu geben. Also schnell den Plan ausdrucken und ab in den Baumarkt. Da wird dann erst einmal nachgefragt, was man dazu alles braucht. Dass so etwas vielleicht vorher genehmigt werden müsste oder dass sich die Statik bei Veränderung der Maße ebenfalls ändert, interessiert dabei niemanden. Bringt man dem Kunden gegenüber solche Einwände vor, dann heißt es lediglich, das gehe einen nichts an, man habe keine Ahnung oder man solle dann eben gleich mal die Statik neu berechnen. So etwas wird aber im Baumarkt nicht gemacht. Auch die Dicke und Art des Vollwärmeschutzes zu berechnen liegt übrigens nicht im Aufgabengebiet eines Baumarktmitarbeiters. Dafür gibt es Architekten, Statiker, Energieberater und Gutachter, die damit ihr Geld verdienen. Außerdem ist ein Baumarkt grundsätzlich immer noch ein Selbstbedienungsladen. Die Mitarbeiter, die einem mit Rat und Tat zur Seite stehen, sind eigentlich nur eine zusätzliche Einkaufshilfe beziehungsweise eine weitere Serviceleistung. Das scheint aber kaum jemand zu wissen beziehungsweise wissen zu wollen.

Erschwerend kommt dann oft noch hinzu, dass in diversen Internetforen irgendwelche Produkte empfohlen werden, die es einfach nicht gibt. Oder zumindest nicht im Baumarkt. So etwas wie Beton mit 035er Wärmeleitwert, durchsichtige Bitumenwellplatten, feuerfeste Styroporplatten oder Vollhohlziegel gibt es einfach nicht. Vollpfosten, die so etwas ins Internet schreiben, gibt es hingegen reichlich. Sagt man so etwas jedoch dem Kunden, dann heißt es ganz schnell, dass man keine Ahnung habe. Also greifen viele Verkäufer doch lieber auf die beliebte Antwort zurück: »Hab ich nicht, kann ich auch nicht bestellen.« Der Kunde klappert dann wahrscheinlich noch ein paar andere Geschäfte ab und irgendjemand wird ihm irgendwann schon mal sagen, dass es so etwas nicht gibt. Das ist mit Sicherheit nicht gerade die feine englische Art, wird aber täglich praktiziert, um lästigen Diskussionen zu entgehen.

Ob diejenigen, die solche Sachen ins Internet schreiben, nun wirklich keine Ahnung davon haben oder es absichtlich machen, um sich dann ins Fäustchen zu lachen, weiß ich wirklich nicht. Die Leute glauben es aber auf jeden Fall, und wenn sie dann im Baumarkt stehen, denken sie eben, dass der Verkäufer überhaupt keine Ahnung davon hat, weil es ja schließlich so im Internet steht. Und das Internet hat ja bekanntlich immer recht. Außerdem will der Verkäufer ja sowieso nur möglichst viele und teure Sachen verkaufen, die man eigentlich gar nicht braucht, um eine höhere Verkaufsprovision für sich rauszuholen.

Das ist aber absoluter Blödsinn, denn es gibt keine Provisionen. Im Normalfall versucht ein Mitarbeiter, den Kunden immer so gut zu beraten, dass sein Projekt zu 100 Prozent gelingt, um eben genau solche überflüssigen Diskussionen und Beschwerden zu vermeiden. Denn kein Verkäufer hat wirklich Lust darauf, sich mit unzufriedenen Kunden auseinanderzusetzen. Aber das wird einem leider oft nicht geglaubt. Viele scheinen sogar zu glauben, das der Berater sicher seinen Spaß daran hat, ahnungslose Heimwerker in die Irre zu führen und immer alles falsch zu erklären, damit er möglichst oft wiederkommen muss. Da bleibt dann nur noch die Frage zu klären, warum man im Baumarkt nie einen Verkäufer findet. Die müssten doch dann alle schon mit fletschenden Zähnen am Eingang stehen und sich auf jeden Kunden stürzen, sobald dieser auch nur in die Nähe des Marktes kommt, um ihn mal so richtig zu verarschen.

Dass der Kunde König ist, dürfte wohl außer Frage stehen. Denn schließlich zahlt er mit seinen Einkäufen unsere Gehälter. Aber auch ein König braucht Berater, die ihm bei schwierigen Fragen zur Seite stehen und ohne deren Fachwissen er aufgeschmissen wäre. Leider gibt es immer noch Kunden, die sich schämen, etwas zu fragen. Sie tüfteln und basteln lieber selbst so lange rum, bis es gar nicht mehr anders geht, oder verwerfen bei Misserfolg ihr Projekt sogar ganz. Dabei ist Fragen nun wirklich keine Schwäche.

Im Gegenzug sollte man es allerdings dann auch akzeptieren, wenn der Gefragte mit »Ich weiß es nicht« antwortet. Denn auch das ist immer noch tausendmal besser, als wenn er irgendwelche Mutmaßungen und Fantasiegeschichten von sich gibt, bei denen sich erst im Nachhinein herausstellt, dass es totaler Blödsinn war. So was hilft wirklich niemandem weiter.

Was das handwerkliche Geschick angeht, so hat mit Sicherheit der eine etwas mehr davon, der andere eben etwas weniger. Aber alles lässt sich erlernen, wenn man es wirklich will und man ordentlich beraten wird. Nicht ohne Grund dauert die Ausbildung eines Handwerkers mehrere Jahre, und trotzdem lernt er mit jedem neuen Projekt noch etwas dazu. Deshalb sollte auch jedem klar sein, dass man einem Heimwerker nicht in fünf Minuten Beratungsgespräch das gesamte Fachwissen, beispielsweise eines Schreinermeisters, vermitteln kann. Das funktioniert einfach nicht.

Letztendlich haben Kunden und Verkäufer aber immer noch eines gemeinsam: Sie alle sind Menschen. Und eine vernünftige Kommunikation zwischen Menschen ist immer nur dann möglich, wenn man sich gegenseitig mit Respekt, Anstand und ein bisschen Nachsichtigkeit gegenübertritt. Besonders wenn es ab und an doch ein bisschen ruppiger zugeht. Aber auch ein kleiner Schuss Humor und die Fähigkeit, einfach mal über sich selber lachen zu können, erleichtern dieses menschliche Miteinander enorm. Das ist dann genau der Punkt, an dem in einem dunklen Baumarkt, in dem böse Kunden sich auf der Suche nach mürrischen Verkäufern die Hacken ablaufen, so lustige Geschichten entstehen, wie ich sie erlebt habe.

Abgesoffen

Seit ungefähr vier Wochen habe ich einen Kunden an der Backe, den eigentlich schon jeder Mitarbeiter kennt. Und das nicht etwa, weil er so nett wäre. Nein, vielmehr ist er dafür bekannt, dass er dauernd irgendwelche Extrawünsche hat und Sonderbestellungen macht, diese dann in der laufenden Bestellung umändert oder die Ware nach Erhalt komplett umtauscht, weil sie ihm schlicht und einfach nicht gefällt.

Jedenfalls wartet er jetzt schon seit ebendiesen vier Wochen auf seine bestellten Fliesen, wobei ich sagen muss, dass zwei bis drei Wochen Lieferzeit bei dem Hersteller normal sind. Dumm ist nur, dass bis jetzt noch nicht einmal die Bestellung dort eingegangen ist. Das könnte zum einen daran liegen, dass ich zuerst keine Lust hatte, etwas zu bestellen, das ich schon bald wieder stornieren muss, und deshalb einfach mal ein paar Tage abgewartet habe. Zum anderen könnte es aber auch sein, dass ich es anschließend einfach vergessen habe.

Noch dümmer als die nicht eingegangene Bestellung ist allerdings die Tatsache, dass ausgerechnet jetzt dieser Kunde vor mir steht und endlich seine Fliesen haben will. Schlagartig wird mir bewusst, dass die vorher genannten Punkte keine wirklich guten Argumente sind, um ihm zu erklären, warum seine Fliesen immer noch nicht da sind. Ich brauche also eine Ausrede. Eine wirklich gute Ausrede. Also sage ich zu ihm: »Haben Sie letzte Woche in den Nachrichten nichts von dem Frachtschiff gehört, das untergegangen ist?«

»Was für ein Frachtschiff?«, fragt er mich und schaut dabei ganz entgeistert.

»Na das, das letzte Woche untergegangen ist.«

»Nee, davon hab ich nix mitbekommen. Aber ich hör eh keine Nachrichten.«

»Na, in dem Fall hätte es sich aber gelohnt«, fahre ich fort. »Da waren nämlich unter anderem auch Ihre Fliesen mit drauf.«

»Ach komm, erzähl doch keinen Scheiß. Verarschen kann ich mich selbst«, erwidert er daraufhin.

»Na klar kannst du das. Aber nicht so gut wie ich«, denke ich, merke allerdings, dass ich wohl noch eine Schippe drauflegen muss: »Das ist kein Scheiß, sondern Realität. Das war sogar im Fernsehen. Ich hab's ja selbst gesehen und Anfang der Woche haben wir dann von unserer Zentrale die Nachricht bekommen, dass es wegen dem Schiffsunglück einen Fliesenengpass gibt. Nicht nur bei Ihren Fliesen, sondern auch bei anderen. Oder meinen Sie vielleicht, ich hab mir das aus der Nase gezogen? Da können Sie von mir aus auch gerne beim Hersteller anrufen. Der sitzt in den Arabischen Emiraten und wird sich sicher freuen, wenn Sie nach Ihren Fliesen fragen.«

Das scheint gesessen zu haben. Der Kunde wird auf einmal ganz kleinlaut: »Nee, is ja Quatsch. Da brauch ich nicht anrufen. Ich erinner mich, dass ich da was gesehen hab, aber ich wusste ja nicht, dass damit Fliesen von den Arabern raufgekarrt werden. Wie lange kann es denn dauern, bis die neuen Fliesen da sind?«

»Also soweit ich weiß, schicken die umgehend Ersatz«, antworte ich. »Aber ich denk mal, 14 Tage bis drei Wochen wird es trotzdem noch dauern.«

»Na ja«, meint er, »ist ja nicht so schlimm. So was kann ja mal passieren. Dann mache ich in der Zwischenzeit eben woanders weiter. Auf die paar Tage hin oder her kommt es jetzt auch nicht mehr an.«

Wir einigen uns also darauf, dass ich ihn anrufe, sobald ich etwas von seinen Fliesen weiß, und er macht sich endlich vom Acker. Natürlich bestelle ich, sofort nachdem er weg ist, seine Fliesen, die dann auch prompt eine gute Woche später bei uns angeliefert werden.

Nach weiteren vier Tagen kommt der Kunde erneut vorbei, um sich nach dem Stand der Dinge zu erkundigen, und ich erkläre ihm, dass es wohl noch ein paar Tage dauern wird. Anscheinend habe ich da gerade vergessen, dass die Ware ja schon da ist. Macht aber nichts. Denn nach einer weiteren Woche ist es mir wieder eingefallen. Da habe ich den Kunden natürlich sofort angerufen, um ihm mitzuteilen, dass seine Fliesen endlich eingetroffen sind. Er hat sie dann noch am gleichen Tag abgeholt und war sichtlich glücklich. Außerdem hat er sich extra bei mir bedankt, weil ich mich ja so toll um die ganze Sache gekümmert habe.

Und was soll ich sagen? Er hat nicht eine einzige Fliese umgetauscht.

Manchmal braucht man eben etwas länger, um einen Kunden wirklich glücklich zu machen. Aber wenn man nur hart genug daran arbeitet, wird es einem später auch gedankt.

Besser zu viel als zu wenig

Telefonisch hat mich eine Kollegin informiert, dass in der Fliesenabteilung ein junger Mann dringend meine Hilfe benötigt. Ich mache mich also auf den Weg zu den Fliesen und entdecke sogleich den Hilfsbedürftigen.

»Guten Tag, wie kann ich Ihnen helfen?«, spreche ich ihn an.

In leicht gebrochenem Deutsch erwidert er: »Brauch isch von dem Fliesen. Wie viele is drin in ein Karton?«

»In einem Karton sind 2,07 Quadratmeter drin«, antworte ich. »Wie viele Quadratmeter brauchen Sie denn?«

»Brauch isch, äh warte ma ... äh ... Zimmer is so 1,5 Meter schmal. Lang is 10 Meter.«

Ich sage: »Also 1,5 x 10 Meter, dann sind es genau 15 Quadratmeter, etwas Verschnitt noch dazugerechnet, dann dürften 17 Quadratmeter locker ausreichen.«

»Okay, nehm isch ma zwölf Kartons. Reicht oder muss ma mehr nehmen?«

Da ich bemerkt habe, dass es bei ihm mit dem Kopfrechnen nicht so gut klappt, erkläre ich ihm, dass acht Kartons wirklich genug sind. Aber er entscheidet sich doch lieber dafür, die von ihm errechneten zwölf Kartons zu nehmen. Anschließend braucht er natürlich auch noch Kleber, denn ohne den wird das Verlegen der Fliesen wohl eher eine wackelige Angelegenheit. Ich zeige ihm also den Fliesenkleber und er fragt: »Wie viel Quadrat is drin in eine Tüte?«

Ich erwidere: »In einem Sack sind 25 Kilogramm drin. Das reicht für etwa 6 bis 8 Quadratmeter.«

Daraus schließt er dann, dass vier Säcke reichen müssten für seine 15 Quadratmeter. Mehr so aus Spaß meine ich: »Das wird vielleicht doch etwas knapp werden«, woraufhin er ganz trocken sagt: »Gut, dann nehma fünf.«

Ich habe seine Entscheidung dann auch nicht mehr anzweifeln wollen und ihm noch einen richtig großen Sack Fugenmasse mit draufgepackt. Soll ja schließlich reichen.

Der Bohrfutterschlüssel

Mit den Worten »Hier. Hab ich bei euch gekauft. Könnt ihr wiederhaben« haut mir ein Kunde einen Maschinenkoffer mit einem Akkuschrauber darin auf den Tresen. Da ich nicht so genau weiß, was er jetzt eigentlich von mir will, frage ich nach: »Was ist denn damit? Geht er nicht mehr?«

»Ach, das Ding ist 'ne einzige Fehlkonstruktion«, meint er. »Die ham noch nicht mal 'nen Bohrfutterschlüssel beigelegt. Und soll ich dir mal sagen, warum?«

Er packt den Akkuschrauber aus dem Koffer aus, hält ihn mir direkt vor die Nase und fährt mit seiner Beschwerde fort: »Hier. Schau mal hier. Fällt dir was auf? Da ist überhaupt keine Aufnahme am Bohrfutter, wo man den Schlüssel ansetzen kann.«

›Jetzt bloß nicht lachen‹, denke ich und sage zu ihm: »Das gibt's ja gar nicht. So was hab ich ja noch nie gesehen. Wissen Sie, was das sein könnte? Ein Schnellspannfutter.«

»Wie, Schnellspannfutter? Da passt kein Schlüssel drauf.«

»Nee«, bestätige ich, »da braucht man keinen Schlüssel dafür. Wenn man das Bohrfutter vorne festhält, kann man hinten auf den Knopf drücken und es dreht sich von alleine auf oder zu. Je nachdem, ob man gerade den Rechts- oder Linkslauf eingestellt hat.«

Das muss der Kunde natürlich gleich mal selbst ausprobieren und kommt dann zu dem Fazit: »Das is ja super. Total praktisch. Da brauch' man ja gar keinen Schlüssel mehr dafür. Und das hält?«

»Na sicher hält das«, erwidere ich. »Und den Schlüssel kann man so auch nicht mehr verlieren.«

»Dass mir das dein Kollege nicht gleich gesagt hat ... Jetzt bin ich extra hierhergefahren zum Umtauschen, dabei geht das Ding.«

»Macht ja nix«, beruhige ich ihn, »das mit den Schnellspannfuttern gibt es ja noch nicht so lange (›höchstens seit 20 Jahren‹, denke ich). Aber jetzt wissen Sie ja, wie es funktioniert.«

Reduziert

Gerade als ich mir fest vorgenommen habe, mal etwas Sinnvolles zu machen, mir aber ums Verrecken nichts einfallen will, kommt eine ältere Frau auf mich zu, um mich aus dieser Notlage zu befreien. In ihrer Hand befindet sich eine Fliese. Sie hält sie mir unter die Nase und fragt: »Jetzt mal ganz ehrlich: Haben die Fliesen vorher wirklich 19,95 Euro gekostet oder haben die schon immer 9,95 Euro gekostet und ihr habt das nur drangeschrieben, damit man denken soll, dass die billiger geworden sind?«

Na, das ist doch mal ’ne super Frage. Also kann sie auch ’ne super Antwort von mir erwarten: »Ganz ehrlich? Ihre Vermutung ist fast richtig. Nur eben mit dem kleinen Unterschied, dass diese Fliesen vorher nur 4,95 Euro gekostet haben. Und damit das nicht auffällt, dass die jetzt doppelt so teuer geworden sind, haben wir hingeschrieben, dass sie von 19,95 Euro reduziert worden sind. So denkt jeder, dass sie nur noch halb so viel kosten anstatt das Doppelte.«

Das will sie mir wohl doch nicht so ganz glauben, daher fragt sie weiter: »Ja, aber die daneben sind doch die gleichen Fliesen, bloß in matt. Und die kosten 19,95 Euro.«

»Das stimmt«, bestätige ich, »die sind ja auch nicht reduziert.«

Daraufhin verformt sich ihr Gesicht zu einem zufriedenen Grinsen und sie antwortet: »Genau das hab ich mir doch gedacht. Also wenn die jetzt so günstig sind, dann nehme ich die.«

Umsonst gestresst

Es gibt Tage, an denen wäre es besser, im Bett zu bleiben. Nur leider erkennt man das immer erst nach dem Aufstehen. Es geht heute schon damit los, dass mir bewusst wird, warum dieses Ding, aus dem der Kaffee herauskommen sollte, Pad-Maschine heißt. Es reicht nämlich nicht nur, dieses Gerät einzuschalten, sondern man muss auch noch Kaffeepads einlegen, sonst gibt es nur warmes Wasser. Verflixte Technik. Also das Ganze noch mal. Dieses Mal allerdings mit Pad. Dummerweise habe ich allerdings nach dem Ausleeren der mit reinem Wasser gefüllten Tasse vergessen, diese wieder unter die Maschine zu stellen, sodass jetzt der ganze Kaffee auf meiner Küchenzeile entlangläuft. Auf einen weiteren Versuch, mir ein Lebensgeister weckendes Heißgetränk zuzubereiten, verzichte ich lieber, schließlich gibt es in der Arbeit auch einen Kaffeeautomaten.

Ich mache mich also auf den Weg zur Arbeit. Der Verkehr läuft alles andere als flüssig und der Typ vor mir geht mir ziemlich auf die Nerven. Kriecht mit knapp 70 Stundenkilometern über die Landstraße und bremst dann auch noch bei jedem Fahrzeug, das ihm entgegenkommt, ab. Anscheinend wird die Straße enger, wenn man schneller fährt, also bremst er, damit sie rechtzeitig zum Gegenverkehr wieder breiter wird. Klingt logisch.

Während ich auf eine Lücke im Gegenverkehr hoffe, um die Schlafmütze endlich überholen zu können, setzt der Typ plötzlich den Blinker, um rechts abzubiegen, und wird noch langsamer. »Super«, denke ich, »den bin ich gleich los!«

Pustekuchen! Der blinkt nur, ohne abzubiegen. Vielleicht bei der nächsten Straße? Nein, auch nicht. Na ja, egal, gleich wird es eh dreispurig und dann ist er Geschichte. Wieder weit gefehlt. Irgendwie schafft er es, vor mir über alle drei Spuren hin und her zu pendeln. Während ich noch denke: »Wenn der eh nicht weiß, wohin er hin, warum bleibt der dann nicht zu Hause?«, sehe ich die Ampel am Ende der Straße auf Rot springen. Ganz toll! Wenigstens hat er sich jetzt für eine Spur entschieden und ich habe es immerhin direkt neben ihn geschafft. Jetzt nur noch abwarten, bis es grün wird, und schon geht es weiter. Allerdings nur gut zwei Meter, denn dann muss ich kurz anhalten, um einen Unfall zu vermeiden, weil jemand vom Querverkehr bei Rot durchgefahren ist. Während ich dann endlich weiterfahre, steht die Schlafmütze immer noch an der Ampel (wahrscheinlich Herzinfarkt von der ganzen Raserei, he, he).

Irgendwie schaffe ich es schließlich trotzdem, noch rechtzeitig in der Arbeit zu sein. Wie immer halt.

Jetzt aber schnell rein, noch einen kurzen Small Talk mit den Kollegen halten und einen Kaffee aus dem Automaten rauslassen. Pfui! Anscheinend hat vorher jemand eine Suppe gehabt und Reste davon hängen noch in der Leitung beziehungsweise jetzt in meinem Kaffee. Egal, einfach runter damit und dann frisch und gut gelaunt ans Werk.

Als ich in meine Abteilung komme, stehen dort schon zwei meiner Kollegen hinter dem Infotresen. »Da kann doch was nicht stimmen. Einer von beiden ist hier zu viel«, denke ich. Nach einem kurzen Blick auf den Dienstplan weiß ich auch, wer hier zu viel ist. Ich selbst. Offenbar habe ich da etwas verwechselt und bin statt zur Spätschicht zur Frühschicht gekommen. So ein Mist! Ich hätte locker noch drei Stunden schlafen können und hätte mir obendrein noch den ganzen Stress gespart. Komischerweise passiert mir das jetzt schon zum zweiten Mal. Und immer komme ich zu früh, während meine Kollegen eher mal zu spät kommen.

Nach Hause zu fahren lohnt sich für mich auch nicht wirklich, daher beschließe ich, einfach hierzubleiben und ein paar Leute zu ärgern, denn Zeit genug habe ich ja jetzt dafür.

Hier gekauft

Ich stehe gerade ziemlich gelangweilt an meinem Informationsstand und schiebe Tonnen von Süßwaren in mich hinein, als plötzlich ein Kunde mit hochrotem Kopf vor mir steht. »Na, so schön ist es draußen aber nicht gerade, das man jetzt schon einen Sonnenbrand bekommt«, überlege ich. Und richtig. Es ist gar kein Sonnenbrand. Die gesunde Gesichtsfarbe stammt von der Wut, die sich in dem Kunden aufgestaut hat. In seinen Händen hält er zwei Silikonkartuschen, auf denen dick und fett das Logo eines anderen Baumarktes abgebildet ist. Dennoch ist er der festen und lautstarken Überzeugung, dass er diese beiden Kartuschen gestern bei uns gekauft hat, diese aber vollkommen ausgetrocknet sind. Außerdem hat er dann beim Versuch, die Kartuschen auszudrücken, auch noch seine ach so teure Kartuschenpresse beschädigt und will jetzt von mir zum einen sein Geld zurück und zum anderen Schadensersatz für die kaputte Kartuschenpresse. Natürlich wäre es jetzt das Einfachste zu sagen: »Die sind nicht von uns«, aber so leicht kommt er mir nicht davon. Schließlich soll er nicht umsonst den halben Laden zusammengebrüllt haben. Also sage ich ganz höflich zu ihm: »Das ist kein Problem. Aus welchem Regal haben Sie das Silikon denn herausgenommen? Dann können wir den Rest auch gleich vernichten.«

Leider weiß er das nicht mehr so genau. Daher machen wir uns gemeinsam auf die Suche nach dem Regal mit dem Silikon unseres Mitbewerbers. Nachdem wir selbst nach intensivster Suche das Regal nicht finden können, vermutet er, dass wir den »alten Scheißdreck« wohl schon entsorgt haben. Da er sich von mir aber nicht länger verarschen lassen will, brüllt er nach dem Geschäftsführer. Um ihm diese Blamage zu ersparen, lasse ich mir die beiden Kartuschen noch einmal zeigen. Völlig überrascht entdecke ich nun das Logo des Mitbewerbers und meine: »Also wenn wir gestern, als Sie die Kartuschen bei uns gekauft haben, noch ... hießen, dann sind Sie bei mir richtig. Falls nicht, haben Sie die beiden woanders gekauft.«

Völlig fassungslos schaut er auf die Aufschrift der Silikonkartuschen und bekommt schon wieder Sonnenbrand im Gesicht. »Ja so ein Rindvieh«, poltert er los, »die hat doch gesagt, dass sie die bei euch gekauft hat. Wissen Sie, die hat nämlich meine Frau gestern mitgebracht.«

So etwas ist an Peinlichkeit wohl kaum zu überbieten und deshalb nimmt er dann eher aus Scham gleich drei neue Silikonkartuschen und eine neue Kartuschenpresse mit. Abschließend fügt er noch hinzu: »Ich hab ja bei euch noch nie was Schlechtes bekommen.« Und ich denke mir: »Das hat sich eben aber noch ganz anders angehört. Aber hätte ich dir gleich gesagt, wo die Kartuschen her sind, wärst du dahin gegangen, um dich zu beschweren. So hast du wenigstens bei mir gekauft.«

Druckerpapier

Auf die Frage »Wo habt ihr denn das Druckerpapier?«, die mir eine junge Frau stellt, kann ich nur mit »Leider haben wir kein Druckerpapier im Sortiment. Da müssten Sie es vielleicht mal im Schreibwarengeschäft versuchen« antworten. Meines Erachtens würde ein normaler Mensch sich dann vielleicht so etwas in der Art denken: »Na gut, hat er nicht. Schreibwarengeschäft klingt ja ganz logisch.« Stattdessen ergibt sich jedoch folgender Dialog:

»Ist das ausgegangen?«

»Nein, wir haben einfach keins.«

»Wann bekommt ihr das dann wieder?«

»Überhaupt nicht.«

»Und im Lager? Habt ihr da vielleicht noch was?«

»Das Lager ist voll, aber nicht mit Druckerpapier.«

»Und bestellen geht auch nicht, oder?«

»Genau, geht auch nicht.«

»Ich hab das aber schon bei euch gekauft, das war immer hier hinten.«

»Ach, genau. Da gehen Sie jetzt am besten mal ganz nach vorne an die Hauptinformation und fragen da noch mal nach. Vielleicht haben die ja noch welches.«

»Wo ist das?«

»Ganz vorne am Haupteingang, die große Information.«

»Ah ja, dann frag ich da noch mal nach.«

»Genau. Mach das«, denke ich.

So etwas mache ich ja normalerweise nicht, jemanden absichtlich sinnlos herumschicken. Aber in dem Fall schien es mir die einzige Möglichkeit zu sein, die Nervensäge loszuwerden. Sonst wäre ihr womöglich als Nächstes noch eingefallen, dass sie ja sonst auch immer ihre Zahncreme bei uns kauft, oder sie hätte 100 Gramm Aufschnitt haben wollen.

Blitzzement und Fettpresse

In die Kategorie »lernfähig« passt eigentlich der nächste Kunde ganz gut. Nur dass er offenbar nicht unterscheiden kann, wer ihm gute Ratschläge erteilt und wer schlechte.

Das Ganze fängt harmlos an, als er mich nach Blitzzement fragt. Ich zeige ihm daraufhin, wo er ihn findet. So weit ja eigentlich kein Problem, bis er dann erzählt, was er damit vorhat.

Ein Loch in der Wand, etwa 18 Zentimeter tief und gut 4 Zentimeter im Durchmesser, will er damit verschließen und anschließend einen Dübel an die gleiche Stelle setzen. Klingt so weit auch noch ganz in Ordnung. Allerdings hat er vorher noch einen Kollegen aus einer anderen Abteilung getroffen, der ihm ja so einen tollen Tipp gegeben hat, wie er den Blitzzement in das Loch bekommt. Mit einer Fettpresse (ha, ha, ha, haaaaa). Ich kann mich gerade noch zurückhalten, laut loszulachen. So einen Blödsinn habe ich ja noch nie gehört.

Ich weise ihn also darauf hin, dass das vielleicht doch nicht die allerbeste Lösung ist, da der Blitzzement ja schließlich so heißt, weil er recht schnell (in knapp fünf Minuten) fest wird. Aber nee, er findet die Idee immer noch klasse und meint, dass man sich dann eben etwas beeilen muss. Während er nun mit dem Blitzzement und der Fettpresse in Richtung Kasse marschiert, stelle ich mir vor, wie er mit dem hart gewordenen Schlauch der Fettpresse vor dem Loch steht, drückt wie ein Wilder und nichts herauskommt. Aber wie sich später noch zeigen wird, werden meine Vorstellungen bei Weitem von der Realität übertroffen.

Knapp zwei Stunden später kommt der Einfallspinsel nämlich wieder in den Laden gerauscht. Dieses Mal allerdings nicht mehr so locker-freundlich wie vorhin. Er wirkt sogar ziemlich gereizt, dennoch frage ich ihn: »Na, ist das Loch zu?«

»Allerdings. Der Mist ist so schnell fest geworden, dass die Fettpresse im Loch stecken geblieben ist. Jetzt habe ich den Schlauch abgeschnitten und die Fettpresse kann ich auch wegschmeißen. Haben Sie vielleicht 'ne Ahnung, wie ich den beschissenen Schlauch da wieder rausbekomme? Und wo ist eigentlich Ihr bescheuerter Kollege, der auf die Schnapsidee gekommen ist?«

So, so, Schnapsidee, das hatte vorhin noch ganz anders geklungen. Egal, mir gefällt es. Hilfsbereit, wie ich nun einmal bin, zeige ich ihm gleich, wo er den Kollegen findet. Schließlich soll der Kunde ja nicht seine ganze Zeit mit Suchen vertrödeln.

Morgen kommt der Fliesenleger

Weiter hinten in der Fliesenabteilung sehe ich eine ältere Frau, die mir fröhlich zuwinkt. Höflich, wie ich bin, winke ich zurück und gehe einfach weiter. Daraufhin ruft sie mir hinterher: »Hallooo. Hallooo.«

Also drehe ich wieder um und gehe zu ihr. Sie erklärt mir, dass sie Fliesenbordüren gefunden hat und nun wissen möchte, ob diese denn vorrätig sind. Ich gehe also mit ihr zu dem entsprechenden Regal, und als wir dort angekommen sind, zeigt sie mir die Bordüren. Was soll ich sagen? Die Frage ist wieder einmal total überflüssig, denn es steht extra angeschrieben, dass es sich bei diesen Bordüren um ein Bestellprodukt handelt und sie innerhalb von zehn Tagen lieferbar sind.

Das Gleiche, was am Regal angeschrieben ist, erkläre ich ihr und gehe davon aus, dass die Sache damit wohl erledigt ist, aber weit gefehlt.

»Ja, wenn wir die jetzt bestellen, sind die dann morgen früh da? Weil, wissen Sie, morgen kommt der Fliesenleger.«

»Wie soll das gehen?«, frage ich. »Da steht doch ›zehn Tage Lieferzeit‹. Hätten Sie die Bordüren vor zwei Wochen bestellt, dann wären sie schon längst da. Aber so wird das nicht mehr ganz klappen.«

So leicht gibt sie aber nicht auf: »Ja, und faxen? Geht das nicht?«

»Was soll ich denn da faxen?«, frage ich erstaunt. »Die Bestellung wird elektronisch übermittelt und die Bordüren wird der Lieferant kaum durchs Faxgerät bringen. Außerdem wären die dann auch gar nicht mehr so schön bunt, wenn die bei uns aus dem Thermofax rauskommen würden, denn das macht ja nur Schwarz-Weiß-Ausdrucke.«

»Ach so, ich dachte ja nur«, stammelt sie.

Nach einer geraumen Zeit können wir uns schließlich darauf einigen, dass sie eine andere Bordüre nimmt, und zwar eine, die auch vorrätig ist.

So ist das eben, wenn man alles auf den letzten Drücker besorgt. Da kann es durchaus mal vorkommen, dass man nicht das bekommt, was man eigentlich will. Aber wahrscheinlich lag die Schuld in diesem Fall nicht bei der Dame, vielmehr wird es wieder so ein typischer Handwerker gewesen sein. So einer, den man anruft, dem man erklärt, was man von ihm will, und kaum hat man aufgelegt, klingelt es auch schon an der Tür und er will mit seiner Arbeit beginnen. So ist das doch ständig.

Während ich ihr also die gewünschten Bordüren zusammenstelle, kommt ein Bekannter von ihr dazu. Er beschwert sich lautstark bei ihr darüber, dass man hier niemanden findet, und wenn doch, dann kennt sich der Berater nicht aus. Anhand seiner ausführlichen Erklärungen begreife ich, dass er den neuen Kollegen aus der Holzabteilung gefragt hat, ob er ihm nicht einen Eimer Farbe anmischen könne. Also mal ehrlich, das ist doch so, als ginge man in eine Bäckerei und würde zu der Verkäuferin sagen, sie solle noch das Fahrrad zusammenbauen, bevor man es kauft.

Nun ja, ich packe jedenfalls die Bordüren fertig zusammen und lege sie der Kundin in den Einkaufswagen. Da ich ja kein Unmensch bin, kümmere ich mich als Nächstes um ihren Bekannten. Ich gehe mit ihm in die Farbenabteilung und rufe einen Kollegen herbei, der sich dort auskennt. Da er offenbar vorher schon so viele Worte verbraucht hat, um der älteren Dame sein Leid zu klagen, spart er sich jetzt das Dankeschön. Habe ich aber auch ehrlich gesagt nicht anders von ihm erwartet.

Der Brezelverstecker und seine Mama

Vor mir steht eine junge Kundin, die drei Kinder im Alter von etwa ein bis fünf Jahren dabeihat. Der kleinste von den drei Rabauken, den sie auf dem Arm trägt, schreit so laut, dass ich kaum verstehe, was sie von mir will. Putz soll es sein. Acht Säcke. Aber welcher? Für innen, für außen, Feinputz oder Rauputz?

Weil die Kundin es natürlich nicht weiß, ruft sie erst einmal zu Hause an. Während sie telefoniert und mehrfach nachfragen muss, weil der Jüngste immer noch heult wie eine kleine Prinzessin, der man das Pony erschossen hat, drückt der Mittlere des Trios seine angelutschte Laugenbrezel ins Regal mit den Silikonkartuschen. Ich lasse mir nichts anmerken und nehme sie wortlos wieder heraus, um sie zu entsorgen. Schwerer Fehler, denn jetzt flennt auch der Brezelverstecker, was das Zeug hält, und fordert von mir sein »Ham ham« zurück.

Also gebe ich es ihm wieder und denke dabei: »Hauptsache, du hältst die Klappe.« Nächster Fehler, denn jetzt schreitet die Mama ein, nimmt ihm den Brezelrest weg und sagt: »Das kann man nicht mehr essen.«

Allergrößter Fehler überhaupt, denn nun geht er richtig ab. Schreiend wälzt er sich am Boden, aber die Mutter meint, dass er sich gleich wieder beruhigen wird. Das hoffe ich auch, und zur Not hätte ich ja auch noch etwas Klebeband übrig ...

Wenigstens weiß sie inzwischen, welchen Putz sie braucht: Ein Kalk-Zement-Putz soll es sein. Da sie alle Hände voll zu tun hat, ihre schreiende Bande unter Kontrolle zu halten, lade ich ihr die acht Säcke auf den Einkaufswagen.

»Könnten Sie mir die jetzt noch ins Auto laden?«, fragt sie.

»Aber sicher«, erwidere ich.

Während sie ihre Rasselbande hinter sich herzieht, schiebe ich ihren Einkaufswagen. Geparkt hat sie »gleich da vorne«, also am anderen Ende des Parkplatzes. Wo auch sonst? Ich hätte es wissen müssen.

Endlich am Auto angekommen, kann ich meinen Augen kaum trauen. Da steht ein völlig durchgerosteter Kombi, bei dem die Stoßstange mit Draht fixiert wurde und der Kofferraum voller Müll ist. Ich sage: »Der hat aber auch schon bessere Zeiten gesehen.«

»Ach, da muss sich mein Bruder mal drum kümmern«, antwortet sie, und ich kann nicht anders, als nachzufragen: »Wieso? Ist der Schrotthändler?«

Wie sich herausstellt, ist ihr Bruder Kfz-Mechaniker und soll das Ding noch mal durch den TÜV bringen. Aber soweit ich weiß, hat man da mit Autos, die man eigentlich zusammenkehren kann, ganz schlechte Karten.

Na ja, ich lade ihr auf jeden Fall die Säcke ein. Irgendwo zwischen Leergut und angetrockneten Essensresten habe ich doch noch ein freies Plätzchen gefunden. Dann mache ich mich schnell aus dem Staub.

Der Gipskartonprofi

Dass man beim Aufbau von Zwischenwänden aus Gipskarton durchaus mal etwas verkehrt machen kann, ist mir vollkommen klar. Schließlich habe ich es ja selbst schon einmal geschafft, das Bodenprofil auf der falschen Seite der ausnivellierten Linie anzudübeln. Allerdings habe ich noch rechtzeitig bemerkt, dass die ganze Konstruktion doch leicht schief war, und konnte den Fehler noch rechtzeitig beheben, bevor ich die Platten darangeschraubt habe.

Einem Bekannten von mir ist es sogar einmal gelungen, seinem Vater beim Befestigen der Gipskartonplatten durch den Daumen zu schrauben. Der hatte es nämlich besonders gut gemeint und von hinten gegen die Blechprofile gedrückt, damit die Schrauben schneller greifen.

Dass sich aber solch kleine Missgeschicke leicht toppen lassen, beweist mir der Kunde, der gerade vor mir steht.

»Das mit der Blechkonstruktion für die Zwischenwände, die Sie mir gezeigt haben, ist der letzte Scheiß«, poltert er los. »Da bekomm ich keine einzige Platte dran fest. Und ich hab ja jetzt schon 'nen ganzen Haufen mit dem Gipszeug gemacht. Immer mit 'ner Holzkonstruntion drunter. Das ging einwandfrei.«

Ich wundere mich ein bisschen, denn so etwas habe ich noch nie gehört. Also frage ich nach, wo denn nun genau das Problem liegt und ob er die Führungsprofile auch an Boden und Decke festgedübelt hat.

»Hab ich schon, aber beim Nageln vibriert das ganze Ding so stark, dass alles wieder locker wird, und die Nägel gehen eh so schlecht in die Bleche rein. Ich kann auch dahinter nichts einspreizen, weil das ist ja mitten im Raum. Gibt es da nix anderes?«

Der erste Gedanke, der mir durch den Kopf schießt, ist: »Versteckte Kamera oder ein Testkunde?« Vielleicht will er mich aber auch einfach nur verarschen. Doch das erweist sich alles als falsch. Vielmehr hat er wirklich versucht, die Gipskartonplatten auf die Blechprofile zu nageln. Bei seinen vorherigen Konstruktionen aus Holz scheint das sogar funktioniert zu haben, obwohl es dafür ja auch Schrauben gibt. Weiß der Geier, wie er das gemacht hat und wie lange das hält. Weil ich eigentlich ein gutes Herz habe und so etwas Ähnliches wie Mitleid für ihn empfinde, zeige ich ihm die Schrauben mit dem Bohrkopf.

»Die sind extra für die Montage auf den Blechprofilen und haben einen kleinen Bohrkopf vorne dran, sind also selbstschneidend.«

Verblüfft schaut er mich an und meint: »Das könnte funktionieren.«

Nachdem ich ihm offenbar glaubhaft versichert habe, dass die Schrauben wirklich das Richtige für sein Vorhaben sind, braucht er nun auch noch ein paar Gipskartonplatten.

»Können Sie mir die vielleicht gleich zuschneiden?«, fragt er.

Eigentlich machen wir so was ja nicht, aber da er eh schon genug Stress mit seiner Nagelei hatte, drücke ich diesmal ein Auge zu und frage ihn, wo ich die Platten denn abschneiden soll.

»Auf 2,38 Meter«, antwortet er.

Ich messe also 2,38 Meter ab, lege einen Winkel an, schneide mit meinem Teppichmesser daran entlang und durchtrenne die obere Kartonschicht. Dann knicke ich den überflüssigen Rest einfach ab und schneide den unteren Karton durch, damit es eine saubere Kante wird.

Mit fassungslosem Gesicht steht der Kunde neben mir: »Ach so geht das. Das ist ja total einfach.«

»Wie jetzt?«, frage ich erstaunt zurück. »Wie soll es denn sonst gehen?«

»Ich habe die bisher immer mit der Stichsäge zugeschnitten, und das geht mal gar nicht gut. Erstens hast du da 'ne Mordssauerei und zweitens kannst du dauernd die Blätter wechseln«, antwortet er.

Eigentlich hätte es mich ja schon interessiert, wie er denn auf all diese fachmännischen Vorgehensweisen gekommen ist, aber letztlich wollte ich doch lieber nicht nachfragen. Denn wahrscheinlich kenne ich die Antwort eh schon: »Na, das hat mir Ihr Kollege so erklärt.«

Umrechnungsfaktor

Obwohl ich schon ahne, dass in dem Satz »Ich hab da mal kurz 'ne Frage zu den Fliesen« das »kurz« wahrscheinlich nur in Relation zur durchschnittlichen Lebenserwartung einer griechischen Landschildkröte zutreffend ist, frage ich höflich nach: »Worum geht es denn?«

»Also, ich hab mir jetzt mal zwei Fliesen rausgesucht, die so von der Farbe her zu meinen Möbeln passen würden. Jetzt bin ich nur noch wegen dem Preis am Überlegen. Weil die hier ist 30 x 30 Zentimeter groß und kostet 8,90 Euro pro Quadratmeter, die andere ist 33 x 33 Zentimeter und kostet 9,90 Euro pro Quadratmeter. Also ist die 33er um 10 Prozent größer als die andere, und wenn ich die 10 Prozent dann von 9,90 Euro abziehe, komme ich auf 8,91 Euro. Dann kann man also sagen, dass die eigentlich gleich viel kosten.«

Ich muss zugeben, dass ich jetzt doch leicht irritiert bin, und frage ihn sicherheitshalber: »Aber 1 Quadratmeter bleibt doch 1 Quadratmeter, oder?«

»Ja klar«, antwortet er, »aber es geht doch hier um den Preis von den Fliesen.«

Okay, wenn er es nicht einsehen will, dann spiele ich eben mit: »Das ist natürlich was anderes. So habe ich das noch nie gesehen. Ich habe da aber noch eine ähnliche Fliese, die wäre allerdings 60 x 60 Zentimeter groß und kostet 19,95 Euro pro Quadratmeter. Da sie aber viermal so groß ist wie die 30er ...«

»Doppelt so groß«, unterbricht er mich, »30 ist die Hälfte von 60. Also ist sie doppelt so groß.«

»Ja klar, aber sie ist auf beiden Seiten doppelt so groß. Also bewegen wir uns hier in der Quadratrechnung.«

Zum Beweis lege ich eine der 60er-Platten auf den Boden und decke sie mit vier kleinen 30er-Platten ab, die genau daraufpassen. Er schaut mich ungläubig an und meint: »Tatsächlich. Dann ist eigentlich die größte auch am günstigsten. Die kommt ja dann noch nicht mal auf 5 Euro. Und weniger Fugenmasse braucht man auch.«

Alles klar. Wir einigen uns also darauf, dass er die 60er-Fliesen für 19,95 Euro pro Quadratmeter nimmt, und mir wird bewusst, dass ich doch besser studiert hätte. Denn ohne ein erfolgreiches Studium in Mathematik bleiben einem solche Preisberechnungen wohl für immer ein Rätsel.

An Stui für a Hocka

Da ich gerade einen größeren Auftrag zu bewältigen hatte, stehen mittlerweile einige wartende Kunden an meiner Information. Jetzt heißt es einen nach dem anderen in der richtigen Reihenfolge abzuarbeiten, denn schließlich war ja jeder der Erste und wartet schon am längsten. Diejenigen, die bloß etwas suchen, schicke ich gleich weiter. Übrig bleiben schließlich nur noch ein junges Pärchen und ein älterer Herr, die sich aber nicht einigen können, wer denn nun zuerst da war. Erst als der Alte dem Pärchen erklärt, dass sie sich gleich »a sauberne Watschen« einfangen werden, räumen diese kleinlaut ein, dass der Herr wohl doch schon länger wartet. Da soll noch mal einer sagen, dass Gewalt keine Probleme löst.

Jedenfalls fragt er mich: »Hobts ia an Stui für a Hocka?« So schnell, wie sich ein dummes Grinsen in mein Gesicht geschlichen hat, als er dem Pärchen die »sauberne Watschen« angeboten hat, weicht das Grinsen jetzt und übrig bleibt nur das »dumm«.

»Ob wir bitte was haben?«, frage ich nach und er wiederholt: »Na, ob ia an Stui für a Hocka hobts?«

Ich überlege fieberhaft, was er meinen könnte: Stui = Stuhl. Hocka könnte was mit »setzen« zu tun haben. Vielleicht aber auch was zum Draufsetzen. Ein Hocker? Aber das ist ja der Stuhl auch schon. Ah, ich habe eine Idee.

»Meinen Sie vielleicht einen Schemel?«, frage ich ihn. Falsch geraten.

»Mei, seids es Preissen ned bleder? Woas a ned, wos a Stui is. I wead no verruckt. Verstehst ned? An Stui wia bei da Schaufi hind dro is, blos für a Hocka. Is des so schwar?«

Ah, »Schaufi« kenne ich, das bedeutet Schaufel. Und »hind dro« heißt »hinten dran«. Also sucht er einen Stiel, wie er an einer Schaufel dran ist, nur eben für eine »Hocka«. Da ich keine

Ahnung habe, was die »Hocka« sein soll, schicke ich ihn erst mal zur Werkzeugabteilung. Denn da gibt es ja Stiele für fast jedes Werkzeug und ich hoffe, dass er dann schon das Richtige finden wird. Vielleicht kann ihm aber auch der Kollege dort weiterhelfen. Schließlich haben sie fast den gleichen Dialekt.

Animiert durch das lustige Gespräch hat sich auch das wartende Pärchen mittlerweile einen »lustigen« Spruch zurechtgelegt: »Mia woin ma wos umdauschn«, sagt er und schmeißt sich dabei fast weg vor Lachen. Weil das ja so witzig ist, sage ich: »Ja klar, Sie können ruhig deutsch mit mir reden. Was wollen Sie denn umtauschen?«

»Wir haben da etwas großzügig gerechnet und jetzt sind uns ein paar Gipskartonplatten übrig geblieben. Die nehmt ihr doch zurück, oder?«

»Na logisch nehmen wir die zurück. Packen Sie sie einfach auf einen Wagen drauf und bringen Sie sie rein.«

»Die sind noch auf der Palette drauf, draußen auf dem Hänger. Vielleicht können Sie die ja mit dem Stapler runterheben.«

»Klar, mache ich. Gehen Sie schon mal zum Auto«, antworte ich.

Ich schnappe mir also den Gabelstapler und fahre nach draußen, um die Gipskartonplatten vom Anhänger des Komikers abzuladen. Draußen angekommen, denke ich, mich tritt ein Pferd, und mir fällt wieder ein, dass er von »etwas großzügig gerechnet« gesprochen hat. Nach rechnen sieht das hier eher nicht aus. 32 Platten à 2,5 Quadratmeter, also insgesamt 80 Quadratmeter hat er da auf seinem Anhänger.

Da bin ich schon einmal so frei nachzufragen, ob sein Haus über Nacht kleiner geworden ist oder ob ihm jemand die Wände geklaut hat, woraufhin er nur meint: »Ja, ich hab da schon etwas großzügig gerechnet. Ich wollte ja auch nicht zu wenig haben. Kann aber auch sein, dass ich eine Wand doppelt gerechnet habe.«

Mir scheint es eher so zu sein, dass er das ganze Haus doppelt gerechnet hat. Aber um nicht noch einen ach so lustigen Satz von ihm ertragen zu müssen, verkneife ich mir doch lieber jeden weiteren Kommentar und fahre die Platten stillschweigend nach drinnen. Dabei kommt mir auch der Alte von vorhin wieder entgegen. In seiner Hand hält er den Stiel einer Axt. Damit fuchtelt er in meine Richtung und ruft: »Siegst? Des is a Hockastui. Nua, dass d' des woast.«

Nur so aus Spaß bleibe ich kurz bei ihm stehen und sage: »Tschuldigung, tut mir leid. Aber ich kann leider kein Spanisch.«

»Des is koa Spanisch, des is Boarisch«, verbessert er mich sofort.

»Mir kommt es aber ziemlich spanisch vor.«

Er beginnt zu lachen und meint dann nur noch: »Ja, es Preissn. Lernts es scho no.«

Hat der nur noch zwei davon

»Ey«, höre ich eine Stimme von hinten zu mir sagen. Ich drehe mich also um und sehe einen Kunden, der auf ein Regal zeigt, in dem sich zwei Pakete mit Glaswolle befinden. Er steht einfach nur da und zeigt ins Regal. Nach einer kurzen Pause fährt er mit seinem Satz fort: »Hat der nur noch zwei davon?«

»Wer?«, frage ich verständnislos.

Der Kunde schaut mich einige Sekunden lang wortlos an. Da mir das jetzt schon entschieden zu lange dauert, bis er sich die paar Buchstaben in eine sinnvolle Reihenfolge sortiert hat, fahre ich fort: »Ich weiß nicht, wer ›der‹ ist, und ich weiß auch nicht, was ›der‹ hat. Aber wenn Sie die Glaswolle meinen, dann habe ich da noch mehr davon.«

Während ich noch überlege, dass er so eigentlich kapiert haben müsste, was an seiner Frage nicht so ganz in Ordnung war, überrascht er mich mit einer prompten Antwort: »Wo hat der die denn?«

So langsam wird mir das Ganze zu blöd. Offenbar hat DER nichts kapiert, also sage ich zu ihm: »DER steht wahrscheinlich auf dem Misthaufen und kräht bei Sonnenaufgang. Aber ich gebe Ihnen mal ein paar Pakete von denen, die da oben im Regal sind. Wie viele brauchen Sie denn?«

»Noch fünf Stück«, antwortet er und fragt gleich weiter: »Kann der mit dem Stapler rausfahren?«

Das ist meine Chance auf ein wenig Rache. Ich setze ihm die fünf Pakete Glaswolle vor die Füße und sage: »Nee, die muss DER jetzt selbst mit 'nem Einkaufswagen rausfahren. Und Einkaufswagen findet DER draußen vor der Tür.«

Anscheinend hat DER das dann auch gleich kapiert, denn nach einem einfachen »Okay« hat DER das anstandslos gemacht.

Silikon statt Acryl

Ganz unauffällig hat sich ein Kunde an mich herangeschlichen und flüstert mir zu: »Ich nehm ja nur Silikon her, schließlich will ich keine Entzündung haben.«

Ich gehe davon aus, dass er irgendwo etwas am Ofen oder am Kamin abdichten will und Angst hat, dass durch die Hitzeentwicklung das Acryl zu brennen beginnen könnte. Doch weit gefehlt. Vielmehr erklärt er mir Folgendes: »Wenn man so kleine Risse an den Fingern hat oder sich geschnitten hat, dann kann das von dem Acryl zu Entzündungen kommen. Weil das ist ja der reinste Chemieabfall. Und das dünstet bestimmt auch aus, und ob das dann so gesund ist? Ich glaub ja nicht. Aber bei Silikon kann überhaupt nix passieren, weil das ist absolut hautneutral. Das nehmen die ja sogar für die Brüste her. Oder haben Sie schon mal was von Acryltitten gehört? Nee, das würde ja keiner überleben.«

Schön, dass er mir das jetzt mal so ausführlich erklärt hat, und das, ohne dass ich fragen musste und ohne dass er von mir eine Antwort erwartet hätte. Er kümmert sich auch nicht weiter um mich und geht zufrieden weiter. Anscheinend wollte er das nur mal loswerden. Na ja, ich hör ja gerne zu.

Allerdings nehme ich jetzt auch lieber Silikon her (zum Beseitigen meiner Lachfalten).

Echt unglaublich, was einem die Hersteller doch so alles verschweigen.

So was nennt sich Fachberater

Allein schon die Frage »Darf ich mal kurz stören?« finde ich ziemlich daneben. Denn wenn ich schon weiß, dass ich störe, sage ich entweder gar nichts oder tue so, als ob ich nicht wüsste, dass ich störe. Jedenfalls will der Kunde, der diese Frage gerade an mich gerichtet hat, einen Estrich von mir. Ich frage ihn also, ob es ein Estrichbeton im Sack sein soll, zu dem man nur noch Wasser dazugeben muss, oder ob er lieber Fertigelemente haben möchte, die 2 bis 3 Zentimeter dick sind und nur noch aneinandergelegt werden müssen.

Beides will er nicht. Stattdessen sucht er schon fertige Betonteile, die fünf Zentimeter stark sein sollen und die er dann nur noch auf seinem Bretterboden auslegen muss, um anschließend darauf Fliesen zu verlegen.

Leider muss ich ihm davon abraten, da so ein Bretterboden doch meistens etwas nachgibt und sich bewegt. Ich empfehle ihm daher, das Ganze mit einer Schicht OSB-Platten abzudecken, um die nötige Tragfähigkeit herzustellen, darauf eine Schüttung zu verteilen und abschließend die Fertigelement darauf zu verlegen.

Aber alles Erklären hilft nichts. Fünf Zentimeter Beton müssen es sein. Nach einer schier endlosen Diskussion hat er eine geniale Idee: »Jetzt habe ich's. Da nehme ich so Gehwegplatten. Die sind doch fünf Zentimeter stark. Die leg ich aus und hau da meine Fliesen drauf.«

Ich erkläre ihm zwar, dass das wohl nicht gerade die beste Idee ist und dass es da wahrscheinlich dann überall Risse in den Fliesen und Fugen gibt, aber er will sich dennoch von der Idee nicht abbringen lassen und meint bloß: »Haben Sie das schon mal ausprobiert?«

Ich sage: »Nein, so was brauche ich auch nicht auszuprobieren. Wie soll das halten, wenn alles nachgibt? Ich würde das nicht machen, weil ich einfach keine Lust hätte, alles wieder rauszureißen, um dann noch mal von vorne anzufangen.«

»Na also, wenn Sie so was noch nie gemacht haben, dann können Sie auch nicht wissen, ob es klappt oder nicht. Und so was nennt sich dann Fachberater«, schimpft er und macht sich auf den Weg Richtung Gehwegplatten.

Im Nachhinein betrachtet muss ich ihm recht geben. Ich bin echt der totale Klugscheißer. Wie kann ich nur von Sachen reden, die ich noch nie ausprobiert habe, und dann auch noch behaupten, dass so was nicht funktioniert? Vielleicht bekommt man ja auch gar keinen Stromschlag, wenn man mit einem Nagel in einer Steckdose herumstochert? Woher soll ich das wissen? Ich habe es ja noch nie ausprobiert.

Animation ist alles

Während ich gerade dabei bin, Ware zu verräumen, drückt sich ein Kunde zwischen mich und das Regal, vor dem ich stehe, und ruft: »Animiermörtel. Habt ihr Animiermörtel?«

Eigentlich weiß ich ja, was er sucht. Armierungsmörtel, wie er zum Verkleben von Vollwärmeschutz oder für das Aufbringen von Armierungsgewebe gebraucht wird, aber ich stelle mich dumm und frage: »Was soll der denn animieren?«

In Gedanken stelle ich mir vor, wie der Kerl mit einer Dose Billigbier in einem total verschwitzten und mit Flecken übersäten Unterhemd zu Hause auf seinem Sofa sitzt, den Sack vor sich auf den Tisch stellt und wartet, dass ihn dieser in irgendeiner Weise animiert.

»Na, so für Styropor halt, zum Animieren, damit das an der Wand bleibt, und nachher für das Gitter«, antwortet er. Um jegliche weiteren Diskussionen zu vermeiden, gehe ich mit ihm zum Regal mit dem Klebe- und Armierungsmörtel und sage: »Bitte schön, da ist der Animiermörtel.«

Zugegeben, die Säcke, die dort liegen, sind etwas schmutzig, weil anscheinend kurz zuvor jemand einen Sack aufgerissen hat und sich der Inhalt dieses Sackes dort großflächig über die restliche Ware verteilt hat. Wahrscheinlich wollte mal wieder jemand ganz genau wissen, wie der Mörtel aussieht. Als der Kunde tadelnd bemerkt: »Der sieht aber ganz schön fertig aus«, verspüre ich den Drang, ihm zu sagen, dass der Sack in netter Unterwäsche bestimmt wieder richtig flott aussieht. Zum Glück kann ich es mir verkneifen und sage nur: »Na ja, auf das Äußere kommt es doch nicht an. Da zählen doch mehr die inneren Werte, oder?«

So einen saudummen Spruch habe ich ja schon lange nicht mehr losgelassen, und das wird natürlich auch prompt bestraft.

Denn daraufhin erzählt er mir eine ewig lange Geschichte von seiner Exfrau und dass die auch immer von »inneren Werten« geredet habe. Allerdings hat sie damit wohl mehr den Inhalt seiner Brieftasche gemeint, da sie ja von irgendwas ihre Liebhaber finanzieren musste. Und als dann irgendwann von den »inneren Werten« nicht mehr allzu viel da war, habe sie sich aus dem Staub gemacht und ihm obendrein noch zwei Kinder dagelassen.

Mit einer anderen Berufsbezeichnung hätte ich von dem armen Hund jetzt locker 250 Euro für die Sitzung verlangen können. In den Baumarkt zu gehen ist da schon entschieden günstiger.

Ein einfaches Loch

Während ich gerade ein Angebot ausarbeite, stellt sich plötzlich ein Kunde vor mich und sagt: »Ich brauche ein Loch.«

»Was für ein Loch?«, denke ich. Wenn er ein Arschloch braucht, das hat er gefunden. Steht vor ihm. Vielleicht meint er aber auch die Kollegin aus der Holzabteilung. Es könnte natürlich auch sein, dass er wirklich nur ein einfaches Loch braucht. Aber wie soll das aussehen und für was soll es gut sein?

Schließlich habe ich eine Idee: »Ach, ja klar. Hab ich.«

Anschließend tue ich so, als ob ich etwas unter dem Tresen suchen würde. Nach ein paar Sekunden lege ich meine leeren Hände auf den Tresen und meine: »Hier, bitte schön. Ein Loch. Ist zwar ohne irgendwas drum herum, kostet aber dafür auch nur 18,50 Euro. Ich hätte es auch noch etwas größer oder kleiner.«

Der Kunde scheint Spaß zu verstehen und schmeißt sich fast weg vor Lachen. Nachdem er wieder einigermaßen Luft bekommt, sagt er: »Nein, ich brauche mehr so 'ne Art Mauerdurchbruch.«

»Einen Vorschlaghammer gibt's vorne in der Werkzeugabteilung«, antworte ich. »Aber was oder besser wofür brauchen Sie das denn?«

»Das ist für die Dunstabzugshaube, damit das Rohr nach draußen kommt. Und hinten sind dann so Lamellen drauf.«

Jetzt ist mir klar, was er sucht. »So was gibt's in der Sanitärabteilung«, sage ich. Weil er aber echt ein netter Kerl zu sein scheint, bringe ich ihn hin und füge abschließend noch hinzu: »Falls Sie es sich doch anders überlegen sollten, die wirklich guten Löcher gibt es in meiner Abteilung.«

Er lächelt nur und meint: »Ich weiß.«

Gut zehn Minuten später kommt er auf dem Weg zum Ausgang wieder an meiner Information vorbei. Obwohl ich gerade einen anderen Kunden bediene, fragt er einfach drauflos: »Entschuldigung? ... Ich hab es mir jetzt doch überlegt und würde gerne das Loch für 18,50 Euro nehmen.«

Ich greife also wieder unter meinen Tresen und gebe ihm das Loch. »Bitte schön. Viel Spaß damit. Und falls es nicht passen sollte, können Sie es auch gegen ein anderes umtauschen. Ist überhaupt kein Problem.«

Der Kunde, mit dem ich gerade im Gespräch war, schaut sich nur fragend um und meint dann zu mir: »Sagen Sie mal, ganz sauber sind Sie aber nicht, oder?«

»Wieso?«, frage ich. »Geschäft ist Geschäft. Mir ist es egal, was ich verkaufe. Hauptsache, die Kasse stimmt. Und bis der merkt, dass ich ihm das falsche Loch mitgegeben habe, hat er wahrscheinlich eh schon den Kassenzettel verloren und kann nichts mehr umtauschen.«

Die Aufbauanleitung liegt bei

Während mein Kollege und ich uns gerade zu einigen versuchen, wer von uns beiden jetzt den ungeliebten Teil des Papierkrams übernehmen muss, beobachten wir im Gang gegenüber jemanden beim Versuch, ein Regal, das eigentlich für die Wandmontage bestimmt ist, am Boden aufzubauen. Nachdem sämtliche Teile schon mehrmals umgefallen sind, ruft der Kunde zu uns herüber: »Is lustig, gell? Ihr seht so aus, als ob ihr wüsstet, wie man das aufbaut.«

Also gehe ich zu ihm und sage: »So wird das jedenfalls nichts. Da braucht man schon eine Wand dazu. Das wird nämlich angedübelt und dann werden die Träger für die Böden eingehängt.«

Clever, wie er glaubt zu sein, stößt er folgende Gegenfrage hervor: »Und wenn ich keine Wand habe?«

»Dann wohnen Sie wahrscheinlich irgendwo im Freien und brauchen ein anderes Regal. Am besten eines, das man hinstellen kann. Allerdings muss man dann wieder aufpassen, dass es einem nicht vom Wind umgerissen wird.«

Er findet das auf einmal gar nicht mehr lustig und fährt mich an: »Ja verarschen lassen brauche ich mich von Ihnen nicht. Was glauben Sie eigentlich, wo ich wohne, oder meinen Sie, ich bin zu blöd, ein Regal aufzubauen?«

»Keine Ahnung, wo Sie wohnen (will ich auch gar nicht wissen), und ich meine auch nicht, dass Sie zu blöd sind, das Regal aufzubauen (ich weiß es). Ist ja schließlich kinderleicht. Haben Sie jetzt 'ne Wand oder nicht?«

»Ja sicher hab ich 'ne Wand.«

»Und wollen Sie das Regal daran aufhängen oder nur davorstellen?«

»Eigentlich bloß hinstellen.«

»Na, dann ist das hier eindeutig das falsche Regal. Was Sie brauchen, ist eines von denen da drüben.«

Ich geh also mit ihm zu den ganz normalen Kellerregalen und siehe da, das ist genau das, was er will. Als er sich dann endlich das passende Regal herausgesucht und in seinen Wagen gewuchtet hat, gebe ich ihm zur Sicherheit noch einen Tipp mit auf den Weg: »Die Aufbauanleitung liegt bei.«

Erwin

Erwin ist ein guter Kunde von uns und kommt heute, um den Vollwärmeschutz für sein Haus abzuholen, den er vor knapp zwei Wochen bestellt hat. Er ist eigentlich immer gut gelaunt, hat ein paar Späße auf Lager und macht absolut keinen Stress, wenn mal etwas nicht so hundertprozentig klappt. In der Regel ist er recht unkompliziert und man könnte ihn durchaus als Musterkunden bezeichnen. Aber heute scheint er irgendwie betrübt zu sein und ist auch nicht so lustig drauf wie sonst. Also frage ich ihn, was los ist.

»Ach, weißt du«, meint Erwin und winkt ab, »mein Nachbar ist so ein Arschloch, dem könnte ich glatt die Gurgel umdrehen. Aber das darf man ja nicht.«

»Warum? Was hat er denn gemacht?«

»Was der gemacht hat? Na, dauernd schickt er mir irgendwelche Behörden oder sogar die Polizei, so wie gestern. Hat der Affe gestern echt die Cops gerufen, weil ich um halb elf Uhr abends noch den Rest von meinem Gerüst aufgebaut habe. Aber irgendwann muss ich das ja machen, denn ich will ja heute den Vollwärmeschutz dranklatschen. Ich hab halt nicht so viel Zeit wie der Sesselpupser.«

Dazu muss man sagen, dass Erwin selbstständig ist und so gut wie jede Dienstleistung rund ums Haus anbietet. Weil er das anscheinend recht ordentlich macht, hat er auch dementsprechend viel zu tun und für sein eigenes Haus, das er vor etwa einem Jahr gebaut hat, fehlt ihm dann oft die Zeit. Da macht er dann viel abends oder am Wochenende. Sein Nachbar hingegen hat früher bei irgendeiner Behörde gearbeitet und ist inzwischen im Vorruhestand. Ich glaube, er war beim Umweltamt und hatte anscheinend damals schon nichts anderes zu tun, als andere Leute zu schikanieren.

Um das Ganze etwas zu entschärfen, sage ich: »Das bist du doch schon von ihm gewohnt, oder?«

»Eigentlich schon. Mit dem Gartenhaus habe ich ja jetzt auch recht bekommen. Von wegen zu nah an der Grenze. Aber ich hab ihm halt gestern Abend noch mal die Meinung gesagt, nachdem die Cops weg waren und ich sowieso nicht mehr weiterarbeiten durfte.«

»Aber aufgestrichen hast du ihm keine, oder?«, frage ich schnell dazwischen.

»Nee, nee, aber heute Morgen habe ich aus Versehen mit meinem Anhänger sein Auto gestreift und jetzt behauptet er, dass ich das absichtlich gemacht hätte. Habe ich aber nicht. Bin ja nicht blöd. Aber ich habe mir echt schon überlegt, ob ich die Hütte jetzt nicht fertig mache und sie dann vermiete oder verkaufe. Das müssen dann aber irgendwelche Vollassis sein, die ihm so richtig auf den Sack gehen. So mit nachts Scheibeneinwerfen, Reifenplattstechen und Hauswandanschmieren«, meint Erwin und bekommt schon wieder ein leichtes Lächeln zustande.

»Siehst du«, sage ich, »es gibt doch für alles eine Lösung. Auch wenn es manchmal nicht gerade die feine englische Art ist.«

Während Erwin mit dem Lieferschein zur Kasse geht, um seinen Vollwärmeschutz zu bezahlen, fahre ich ihm mit dem Stapler schon mal die Ware zum Fahrzeug. Da der Vollwärmeschutz aus Styroporplatten besteht und recht leicht ist, helfe ich ihm natürlich gerne noch dabei, alles auf seinem Anhänger zu verstauen.

Dabei beobachten wir zwei Handwerker, die mit ihrem Kleinlaster ein Stück weiter weg geparkt haben und gerade ein Garagentor auf einem Plattenwagen transportieren. Bei ihrem Fahrzeug angekommen, geht einer der beiden zum Lastwagen und der andere hält das Tor fest. Aber leider nur so lange, bis ein kleiner Windstoß den Lieferschein aus der Ablage des Plattenwagens fegt. Dann lässt auch er los, um den fliegenden Lieferschein einzufangen, und das Tor kracht volle Breitseite auf die Ecke ihrer Pritsche. Nun haben sie eine riesige Delle in einem 800-Euro-Garagentor und fangen sofort zu diskutieren an. Ich meine ja so etwas wie »umtauschen« verstanden zu haben, aber als sie erkennen, dass ich sie bei dem kleinen Missgeschick beobachtet habe, laden sie das Tor stillschweigend auf. Doch wer jetzt meint, die beiden würden sich mit der einen Schramme zufriedengeben, der irrt.

Da das Tor zu breit für die Ladefläche ist, stellen sie links und rechts eine Palette hochkant darunter, sodass es quasi schräg liegt und nicht mehr über die Bordwand hinausragt. Anschließend ziehen sie über die Mitte einen Spanngurt und zurren ihn richtig schön fest. Dabei biegt sich der Rahmen des Tores locker um 20 bis 30 Zentimeter.

»Das Tor kannst du vergessen«, raunt Erwin mir zu und nimmt mir damit die Worte aus dem Mund. »Das ist total verzogen. Wie willst du so was noch einbauen? Und wenn, dann ist immer noch die Frage, ob es überhaupt aufgeht.«

Da kann ich im nur zustimmen. Während ich mich von ihm verabschiede, wirft Erwin seinen Spanngurt über die fast drei Meter hohe Styroporladung. In dem Moment gibt es einen riesigen Schepperer auf der anderen Seite des Anhängers. Erwin hat seinen Gurt mit dem Haken voran über die Ladung geworfen und dabei punktgenau in die Heckscheibe eines neben ihm parkenden Kombis befördert.

»Scheiße!!!«, brüllt er. »Das gibt's doch gar nicht. So ein verdammter Mist. Was parkt der hier überhaupt?«

Ihm zu erklären, dass der da wahrscheinlich nur steht, weil es ein Parkplatz ist, verkneife ich mir in dem Moment lieber. Stattdessen beruhige ich ihn erst einmal und rufe per Durchsage den Fahrer des Kombis aus. Nachdem Erwin wieder etwas ruhiger geworden zu sein scheint, mache ich mich auf den Weg zurück in den Laden, um etwas Folie und Klebeband zum Abkleben der Heckscheibe zu besorgen.

Kaum bin ich wieder im Baumarkt, bekomme ich einen Streit am Maschinenverleih mit. Da hat sich ein Kunde einen Winkelschleifer ausgeliehen und die daran montierte Diamanttrennscheibe bis auf wenige Millimeter abgenutzt. Jetzt weigert sich der Kunde lautstark, knapp 240 Euro für die Abnutzung der Scheibe zu bezahlen. Mein Kollege vom Verleih beharrt aber auf seiner Forderung, da die Abnutzungsgebühren im Mietvertrag klar geregelt sind und die Scheibe bei Mietbeginn nigelnagelneu war.

Da ich das Ganze auch eher übertrieben finde, mische ich mich kurz in den Streit ein und schlage den beiden vor, dass der Kunde in der Werkzeugabteilung die gleiche Scheibe für 129 Euro kauft und sie auf die Maschine montiert. Dann kann mein Kollege keine Abnutzungsgebühren verlangen, weil die Scheibe ja immer noch neu ist, und der Kunde braucht nur den Mietpreis des Gerätes zu zahlen. Großes Schweigen. Beide schauen mich für einige Sekunden nur dumm an. Plötzlich hat der Kunde seine Sprache wiedergefunden: »Ja, das ist ja super. Genau so machen wir das, wenn das geht?«

»Ja sicher geht das«, antworte ich. »Wenn Sie die Scheibe zu Hause getauscht hätten, dann hätte auch keiner was davon bemerkt und sie wäre immer noch neu gewesen.«

Der Kunde ist sichtlich erleichtert darüber, dass es jetzt doch nicht so teuer für ihn wird, und macht sich auf den Weg in die Werkzeugabteilung, um eine neue Scheibe zu kaufen. Mein Kollege ist auch zufrieden und meint bloß: »War 'ne gute Idee. Ich dachte schon, der zerlegt mir gleich den Tresen.«

»Hast du mal Klebeband und etwas Folie?«, frage ich ihn.

»Warum? Willst du 'ne Leiche eingraben?«

»Nee, der Erwin hat mit seinem Spanngurt die Heckscheibe von 'nem Kombi eingeworfen«, erkläre ich.

»Absichtlich?«

»Nee, aus Versehen.«

»Klebeband hab ich, aber mit Folie sieht's schlecht aus. Da hab ich nichts. Aber bei euch im Müllwagen liegt doch bestimmt noch was von den Fliesenpaletten«, schlägt er vor.

»Na prima, wieder mal im Müll suchen«, denke ich. Aber ich habe Glück und gleich obenauf liegt ein großes Stück, mit dem eine Palette eingeschweißt war. Das schnappe ich mir und will gerade mit der Beute unter dem Arm das Haus verlassen, als mich die Kassiererin anspricht: »Was hast du denn da?«

»Du bist neu hier, oder? Folie«, antworte ich nur kurz und will einfach weitergehen.

»Halt, bleib stehen«, ruft sie mir hinterher. »Ich muss doch da erst reinschauen, ob du auch nichts klaust. Sonst muss ich den Chef rufen.«

Ich bleibe also stehen, drehe mich um und sehe in die Gesichter von wartenden Kunden, die aber dem Ausdruck nach eher auf das Vergnügen einer Hinrichtung warten. Ich weiß ja, dass die Kassiererinnen angewiesen sind, jeden Mitarbeiter zu kontrollieren, wenn er irgendetwas mit nach draußen nimmt. Aber angesichts dessen, dass ich hier pro Tag locker 40 bis 50 Mal mit einem beladenen Stapler rein- und rausfahre und dabei kein Schwein etwas sagt, finde ich die Nummer mit der Folie aus dem Abfall doch ein wenig übertrieben. Ganz besonders dieses »Ich muss doch da erst reinschauen, ob du auch nichts klaust«. Also überlege ich kurz und sage dann: »Bitte, ruf ihn doch an. Das möchte ich mir jetzt schon ansehen. Bin gespannt, was passiert.«

In dem Moment kommt Erwin zur Tür herein: »Da bist du ja. Ich hab schon gedacht, du kommst nicht mehr.«

Ich drücke ihm die Folie und das Klebeband in die Hand und sage: »Hier, für die Heckscheibe. Aber du musst es erst der neuen Kassiererin zeigen, nicht dass du klaust.«

»Was soll ich? Das ist doch bloß ein Stück Folie.« Dann wendet er sich zur Kassiererin und meint: »Mensch Mädchen, jetzt stell dich doch nicht so an. Ich muss doch bloß die kaputte Heckscheibe zukleben.«

Die Kassiererin weiß jetzt gar nicht mehr, was sie tun soll, also dreht sich Erwin einfach um und geht mit der Folie, ohne dass die Kassiererin noch einmal protestieren würde. Ich wende mich zu ihr und meine: »So falsch hast du gar nicht gelegen mit dem Klauen. Das war nämlich ein Test und in die Folie war ein Akkuschrauber eingewickelt. Leider sieht es nun schlecht aus für dich.«

Jetzt wird sie echt blass, fängt zu zittern an und fragt: »Werde ich jetzt gefeuert?«

»Na, frag doch am besten mal den Chef, wolltest du doch eh gerade anrufen«, erwidere ich, drehe mich um und gehe raus zu Erwin.

Der ist sich inzwischen mit dem Besitzer des Kombis einig geworden, dass sie das Ganze ohne die Versicherung klären wollen. Ich helfe ihnen noch beim Zukleben der kaputten Heckscheibe und mache mich kurz darauf wieder an die Arbeit.

Und nein, ich bin echt kein Unmensch. Natürlich habe ich der Kassiererin hinterher noch erklärt, dass die Sache mit dem Akkuschrauber nur ein Spaß war. Sie fand es zwar anscheinend nicht wirklich lustig, war aber doch sichtlich erleichtert. Seither hat sie mich übrigens nie mehr gefragt, wo ich mit all dem »Diebesgut« hinwill.

In die Hose gemacht

Schon den ganzen Vormittag über bin ich von extremen Blähungen und auch Durchfall geplagt. Eine unangenehme Kombination, denn man weiß nie so genau, was einen da gerade drückt. Vielleicht habe ich etwas Falsches gegessen, vielleicht ist es auch eine Magen-Darm-Grippe. Ich habe keine Ahnung und weiß nur, dass es in meinem Bauch mächtig rumort.

Als mich wieder etwas drückt und mein Gefühl mir sagt, dass es sich dabei nur um Luft handelt, schaue ich mich kurz um. Da weit und breit kein Kunde zu sehen ist, entscheide ich mich dafür, den Dingen ihren freien Lauf zu lassen. »Na bitte, hat doch prima geklappt. Es war wirklich nur Luft dabei«, denke ich.

Genau in dem Moment, als ich auch noch einem Nachzügler den Weg nach draußen öffne, steht ein Kunde neben mir und sagt: »Ich hab da so Schimmel auf den Fugen. Haben Sie vielleicht eine Idee, wie ich den wegbekomme?«

Mann, ist das peinlich. Aber ich lasse mir nichts anmerken und auch der Kunde scheint relativ gelassen zu sein. Nur einen kurzen Augenblick später bemerke ich einen ziemlich unangenehmen Geruch. Um es genau zu sagen, es stinkt nach Scheiße. Damit der Kunde nicht in der Dunstwolke stehen bleiben muss, locke ich ihn ein paar Meter weiter an ein Regal, um ihm die Fugenmassen zu zeigen. Dummerweise scheint mich der Geruch zu verfolgen, also zeige ich ihm auch noch die Anti-Schimmel Produkte, die einen Gang weiter weg stehen. Aber auch hier riecht es echt übel und ich befürchte nun doch, dass bei dem letzten Furz nicht nur Luft dabei war.

Doch der Kunde scheint entweder starken Schnupfen zu haben oder sehr geruchsunempfindlich zu sein, denn er bleibt seelenruhig stehen und erzählt mir von seinem Schimmelproblem im Bad. Nach einer mir endlos erscheinenden Zeit gelingt es mir, ihn zum Kauf des Schimmelvernichters zu überreden. Danach verabschiedet er sich in Richtung Kasse.

Gerade als ich feststelle, dass der Geruch irgendwie abzuklingen scheint, kommt mir ein Kollege entgegen und ruft: »Mann, war der Alte bei dir? Der stinkt ja voll nach Scheiße. Und hast du seine Hose gesehen? Voll der braune Streifen am Hintern. Der hat voll in die Hose gemacht.«

Jetzt kann ich mir das Lachen nicht verkneifen, denn einerseits bin ich natürlich erleichtert, andererseits finde ich die ganze Situation wahnsinnig lustig und denke nur: »Na, besser der als ich.«

Übermäßige Beanspruchung

Schraubendreher sind wie Ratten. Kaum machst du den Deckel vom Werkzeugkasten auf und das Licht fällt hinein, sind alle verschwunden. Nur ein paar krumme und ausgelutschte Exemplare bleiben übrig. Jedenfalls kommt es mir so vor.

Da bei mir gerade mal wieder Ebbe im Werkzeugkasten war und ich aber unbedingt an meinem freien Tag den neuen Auspuff an mein Auto montieren wollte, habe ich mir in weiser Voraussicht schon einen neuen Satz Schraubendreher bei uns im Baumarkt gekauft. Nichts Besonderes. Einfach ein ganz billiger Satz für knappe 15 Euro, wie er wahrscheinlich in jedem zweiten Haushalt zu finden ist. Ich wäre ja auch bereit gewesen, etwas mehr auszugeben, aber mein Kollege meinte: »Wenn du die nicht dauernd brauchst, dann tun es die billigen locker.«

Mit dem neuen Schraubendrehersatz bewaffnet mache ich mich also daran, den Auspuff abzumontieren. Doch schon die erste Schraube sitzt ziemlich fest und nach wenigen Sekunden bricht bei meinem neuen Kreuzschraubendreher die Spitze ab. »So ein Mist«, denke ich und fluche noch ein wenig vor mich hin. Aber irgendwie muss die Schraube doch aufgehen, also schnappe ich mir die nächste Größe aus meinem tollen Schraubendrehersortiment und probiere es noch einmal. Da dieses Exemplar aber nicht wirklich auf die Schraube passt, rutscht es immer wieder durch und hat nach kurzer Zeit nur noch eine kleine runde Spitze. Ich ärgere mich wahnsinnig über meine eigene Blödheit und meinen Kollegen. Außerdem meine ich zu hören, wie mich die Schraube auslacht und spöttisch sagt: »Du Depp. Hast du echt gedacht, ich lass mich von so 'nem Billigwerkzeug beeindrucken?«

»Nein, das hilft nichts. Ich brauche was Besseres«, denke ich schließlich, setze mich ins Auto und fahre in den Baumarkt, um mir meinen Kollegen vorzuknöpfen. Nach kurzer Suche habe ich ihn dann auch gefunden, schmeiße ihm das Schraubendreherset auf den Tresen und rufe: »Das ist ja wohl der letzte Mist. Schon bei der ersten Schraube ist einer abgebrochen und der andere ausgelutscht.«

»War das ein und dieselbe Schraube?«, fragt er mich.

»Ja, klar«, antworte ich. »Und die ist immer noch fest.«

»Ja, aber es können ja nicht auf eine Schraube zwei verschiedene Größen draufpassen«, stellt er fest. »Da ist doch klar, dass der rund wird.«

»Pass auf«, sage ich. »Der Erste hat gepasst und ist abgebrochen. Danach hab ich den anderen als Notlösung ausprobiert, und den hat es dann rundgefressen. Tausch mir den Scheiß einfach um und ich such mir einen besseren Satz aus.«

»Nö«, erwidert mein Kollege daraufhin und ich frage: »Wie, nö? Was ist da dran denn schon wieder so schwierig?«

»Das ist übermäßige Beanspruchung.«

Ich merke, dass mein Blutdruck rapide ansteigt, und fahre ihn in einem etwas forscheren Ton an: »Was ist das? Übermäßige Beanspruchung? Was ist denn bitte daran übermäßig, wenn ich mit einem Schraubenzieher eine Schraube aufmachen will?«

Anscheinend habe ich jetzt den Klugscheißer in ihm geweckt, denn er belehrt mich: »Übermäßige Beanspruchung liegt dann vor, wenn etwas über seine Belastungsgrenze hinweg in Anspruch genommen wird und es dadurch kaputtgeht. So was ist kein Garantiefall. Da kannst du den Chef fragen. Der erklärt es den Kunden auch immer so. Sonst hätte ich sicher schon 'ne ganze Kiste voll von den Dingern hier liegen.«

Da ich mich kenne und hier auch mein Arbeitsplatz ist, schnappe ich mir einfach den kaputten Schraubendrehersatz und mache mich wortlos auf den Weg zur Konkurrenz. Denn schließlich macht es keinen Sinn, wegen 15 Euro den ganzen Laden rebellisch zu machen und Äußerungen zu treffen, die man später vielleicht bereut.

Beim Konkurrenten schaue ich mich erst einmal in Ruhe um, finde aber irgendwie nicht das Richtige. Also frage ich einen Mitarbeiter, der übrigens gar nicht so leicht zu finden war, nach einem Schraubendreherset. Daraufhin zeigt er mir prompt das gleiche Set, das ich heute Morgen schon aufgearbeitet habe. Ich erkläre ihm: »Nee, das hab ich gestern schon gekauft. Und kaputt ist es auch bereits. Ich brauche also was Gescheites.«

»Ach, das haben Sie schon umgetauscht, oder?«, fragt er mich.

»Nein, ich habe da auch leider keinen Kassenzettel mehr dafür.«

»Das ist natürlich ärgerlich«, meint er, fügt dann aber hinzu: »Aber in Ausnahmefällen können wir das auch ohne Kassenzettel zurücknehmen. Dann allerdings zur Verrechnung.«

»Das klingt doch mal richtig gut«, denke ich erleichtert.

Kurze Zeit später habe ich dann auch das Richtige gefunden. Das Set kostet zwar fast das Dreifache, scheint aber dafür auch wesentlich stabiler zu sein. Und dadurch, dass mir mein kaputter Satz angerechnet wird, ist es nicht ganz so teuer.

Das Tollste allerdings kommt erst noch. Ich habe damit tatsächlich die Schraube aufbekommen, weil die Schraubendreher am Griff ein Sechskantprofil haben, an dem man einen Schraubenschlüssel als Hebel ansetzen kann. Und das, ohne dass etwas abbricht. Fantastisch!

Eindeutig zweideutig

Dass im Baumarkt Produkte oft merkwürdige Namen haben, die sich kein Mensch merken kann, ist ja nichts Neues. Aber es gibt auch Produkte, bei denen allein die Namensgebung schon einige Zweifel an der Verwendung aufkommen lässt. Das wurde mir allerdings erst richtig bewusst, als ich eine Kollegin der Sanitärabteilung von draußen hereinkommen sah. Ein kurzer Blick auf ihr ziemlich enges T-Shirt ließ mich vermuten, dass es draußen echt verdammt kalt sein musste. Ausgerechnet in dem Moment spricht sie ein Kunde an: »Entschuldigung? Sie haben doch bestimmt Gumminippel, oder?«

»Oh Mist«, denke ich, »jetzt gibt's Ärger.«

Doch zu meiner Überraschung antwortet sie ganz locker: »Ja, hab ich.«

Irgendwie verstehe ich gerade die Welt nicht mehr und überlege, dass das doch wohl die allerbilligste Anmache überhaupt ist, die allerdings zu funktionieren scheint. Als sie dann aber fortfährt: »Gleich hier den Gang runter im letzten Regal auf der rechten Seite«, dämmert es mir, das die beiden bei Gumminippeln an etwas ganz anderes gedacht haben könnten als ich.

Damit ist natürlich meine Neugierde geweckt und ich folge dem Kunden unauffällig zu dem besagten Regal. Als er nach kurzer Suche mit einer Gummidichtung für ein HT-Rohr in der Hand verschwindet, schaue ich mir das Ganze mal aus der Nähe an. Tatsächlich! Unter dem Fach mit den Dichtungsringen steht dick und breit »Gumminippel mit Sickenwulst«. Ein Stück weiter finde ich auch noch Gumminippel 50/40, Doppelnippel, Übergangsnippel, Muffenstopfen und Überschiebmuffen. Ich habe ja keine Ahnung, wer sich solche Produktbezeichnungen einfallen lässt, aber da braucht man sich nicht zu wundern, wenn da der eine oder andere mal etwas falsch versteht.

Mit dem Wagen zur Kasse

Es ist ein schöner warmer Sommertag, und weil es drinnen noch viel wärmer ist, haben wir wie immer das Rolltor hinter der Kasse geöffnet, damit es etwas angenehmer wird. Doch durch das offene Tor kommt nicht nur frische Luft, sondern plötzlich auch ein Kombi, der direkt vor der Kasse stehen bleibt. Der Fahrer kurbelt die Seitenscheibe herunter und fragt mich: »Muss ich hier reinfahren?«

»Wie, hier reinfahren?«

»Na, ich hab doch draußen Zement aufgeladen, und den muss ich ja noch bezahlen. So brauche ich wenigstens nicht alles mit dem Einkaufswagen hier hereinzuschleppen.«

»Jetzt mal ganz ehrlich: Wann sind Sie das letzte Mal mit dem Auto in ein Geschäft gefahren? Und vor allem wo?«, frage ich ihn.

»Eigentlich noch nie, aber ich dachte, dass das jetzt geht. Ihr habt doch extra das Tor aufgemacht.«

»Ich denke mir auch manchmal etwas«, sage ich, »aber deswegen heißt das noch lange nicht, dass das auch geht oder dass man es darf. Und mit dem Auto in ein Geschäft fahren geht nun mal überhaupt nicht.«

Anscheinend beeindruckt ihn meine Ansprache nicht im Geringsten, denn er meint zur Kassiererin: »Jetzt bin ich aber schon mal da. Was kriegt ihr denn jetzt für den Zement?«

So etwas habe ich noch nicht erlebt. Obwohl ich ihm deutlich gemacht habe, dass es so nicht geht, steht der Typ in aller Seelenruhe mit seinem Wagen vor der Kasse und bezahlt seinen Zement. Wenigstens weiß ich jetzt, warum beim Lebensmitteldiscounter die Schiebetüren am Eingang immer so eng sind.

Die Sache mit der Liste

Voller Tatendrang beschließe ich, mich um den ganzen Papierkram der letzten Woche zu kümmern, der meine Ablage inzwischen schon zum Überquellen bringt. Es ist ein riesiger Stapel aus Angeboten, diversen Artikellisten, Preisvergleichen, Telefonnummern, Notizzetteln und allerhand anderen überflüssigen Listen. Das meiste davon lege ich einfach ins Fach meiner Sekretärin, damit sie es weiterbearbeiten kann. Gut, Fach ist vielleicht nicht der richtige Ausdruck. Eigentlich ist es ein Eimer unter der Information. Alle anderen Mitarbeiter sind ja eher der Meinung, dass meine Sekretärin eigentlich die Putzfrau ist und ihr Fach mein Mülleimer, den sie regelmäßig entleert. Aber was wissen die schon? Jedenfalls holt sie die Unterlagen jeden Tag zuverlässig ab und ich gehe mal davon aus, das sie sich gewissenhaft darum kümmert.

Kaum habe ich mit viel Mühe den Papierberg auf ein paar einzelne Blätter reduziert, läuft mir überflüssigerweise unser Marktleiter über den Weg. »Na, Herr Kollege, wie läuft's denn so?«, fragt er.

Ich denke mir bloß: »Wieso Kollege? Das sind doch normalerweise Menschen, die miteinander arbeiten, und nicht Leute, die einem ab und an über den Weg laufen, um einem auf den Sack zu gehen.« Da ich aber keine Lust auf ein längeres Gespräch mit ihm habe, antworte ich nur kurz: »Stressig und viel zu viel Papierkram.«

Anscheinend war aber selbst diese kurze Antwort noch zu viel. »Sie sind doch der Abteilungsleiter. Da müssen Sie delegieren. ›Delegieren‹ ist das Zauberwort.«

»So?«, antworte ich. »Und an wen soll ich Ihrer Meinung nach etwas delegieren, wenn ich allein in der Abteilung bin? Ich glaube eher, dass ›Personal‹ das Zauberwort ist.«

Daraufhin hält er mir wieder den üblichen Vortrag, wie schwer es doch ist, vernünftige Leute zu bekommen, dass ja keiner mehr etwas arbeiten will und er ja schon überall sucht. Komisch daran ist nur, dass er jedes Mal, wenn man nach mehr Geld fragt, angeblich ja so viele Bewerbungen hat, dass er von jetzt auf gleich das halbe Personal ersetzen könnte. Na egal. Mit den Worten »Ich muss los. Ein Kunde wartet« mache ich mich aus dem Staub und setze dem sinnlosen Dialog ein Ende.

Kaum zehn Minuten und ein paar Kunden später steht er dann allerdings schon wieder vor mir. »Ach, äh, Herr Kollege. Haben Sie eigentlich schon die Liste bearbeitet, die ich Ihnen gegeben habe?«

So eine Frage hat mir jetzt gerade noch gefehlt. Natürlich weiß ich sofort, was er meint, und antworte wahrheitsgemäß: »Die hab ich meiner Sekretärin gegeben.«

»Was? Doch nicht etwa dem Meier?«, ruft er.

Ich habe wirklich keine Ahnung, wie er bei dem Wort »Sekretärin« auf den Kollegen Meier kommt, aber ehrlich gesagt ist mir das auch vollkommen egal. »Jetzt bloß nicht auf ein Gespräch einlassen«, denke ich, und da sich an meiner Information inzwischen eine kleine Menschentraube gebildet hat, versuche ich den gleichen Trick wie vorher: »Ich muss weitermachen. Die Kunden warten. Sehen Sie ja selbst.«

»Ja, machen Sie mal, aber wir reden nachher noch über die Sache mit dem Meier. Und denken Sie daran, dass hier später alles ordentlich aussieht. Denn wir bekommen ja heute noch Besuch von ganz oben.«

Jetzt weiß ich natürlich auch, warum er hier den ganzen Morgen rumhängt. Er hat wieder mal die Hosen voll, weil sein Chef heute zum Kontrollieren vorbeikommt. Dabei braucht vor dem wirklich keiner Angst zu haben. Im Gegenteil. Ist ein ganz netter.

Da ich sowieso gerade an meiner Information bin, um die wartenden Kunden abzufertigen, werfe ich schnell noch einen Blick in den Mülleimer beziehungsweise in die Ablage meiner Sekretärin, um nach der Liste zu suchen, die meinem Chef so sehr am Herzen liegt. Dummerweise ist der Eimer aber schon leer. Da kann man sagen, was man will, fleißig ist sie ja, meine Sekretärin.

Wenig später bekomme ich ein Gespräch meines Kollegen Meier mit, der gerade Schichtbeginn hat. Er versucht, einem Rentner zu erklären, dass Gipskartonplatten absolut ungeeignet sind, um damit einen Carport zu verkleiden, da es da ja oft nass wird und die Platten dann aufweichen würden. Ist aber gar nicht so leicht, denn schließlich weiß der rüstige Rentner ja genauestens Bescheid und macht schon seit über 40 Jahren alles selbst an seinem Haus. Na, wenn der über alles so genau Bescheid weiß wie über die Verwendung von Gipskartonplatten im Außenbereich, dann möchte ich die Bude doch gerne mal sehen. Ist bestimmt ein Musterhaus für die Vorführung bei der Messe für Abrissunternehmen und Schuttentsorgung.

Während ich noch überlege, ob ich mich vielleicht besser in das Gespräch einmischen soll, sehe ich, wie meine Sekretärin ihren Aktensammelwagen auf der anderen Seite des Hauptganges abstellt. Das ist die Gelegenheit, doch noch an die Liste zu kommen. Also starte ich sofort einen Versuch. An leeren Flaschen und allerhand Süßwarenverpackungen vorbei grabe ich mich langsam in Richtung Grund des blauen Plastiksackes vor. »Anscheinend bin ich hier nicht der Einzige, der haufenweise Nervennahrung braucht«, überlege ich gerade, als mich plötzlich jemand von der Seite anspricht: »Sag mal, zahlen die hier so schlecht, dass ihr euch das Essen schon aus dem Müll fischen müsst?«

Gott sei Dank ist es nur ein Kunde, der anscheinend zum Frühstück schon einen Clown verspeist hat, und nicht der Chef.

Ich suche also gemütlich weiter, und gerade als ich den Stapel Papier finde, der meiner zu sein scheint, steht auch schon der Kollege Meier neben mir und fragt: »Sag mal, was suchst du da eigentlich?«

»Arbeit für dich.«

»Im Müll?«

»Das musst du schon mir überlassen, wo ich mein Zeug aufbewahre. Hauptsache ist doch, dass man weiß, wo man etwas hingetan hat, und dass man es wiederfindet, wenn man es braucht, oder?«

»Ja schon, aber im Müll ...«, wundert sich Meier weiter.

So langsam geht mir der Hut hoch und ich fahre ihn an: »Oh Mann. Wonach sieht das denn hier aus? Ich hab halt aus Versehen die Liste vom Chef weggeschmissen und jetzt brauche ich sie wieder, weil er sie ja unbedingt zurückhaben muss.«

»Ach die«, meint Meier, »die brauchst du nicht zu suchen. Die liegt bei mir im Fach. Hab ich vorgestern fertig gemacht, als du frei hattest. Wollte ich dir eigentlich gestern schon sagen, hab ich aber dann vergessen.«

Also ehrlich gesagt glaube ich ja manchmal, dass bei ihm irgendwas nicht ganz richtig läuft im Oberstübchen, aber in solchen Momenten finde ich ihn einfach genial. Nur auf die Sache mit dem Müll hätte ich gerne verzichten können. Noch bevor ich Meier sagen kann, dass er mir die Liste doch bitte in mein Fach legen soll, kommt mir ein Kunde dazwischen und plappert einfach drauflos: »Ich hab da mal 'ne Frage zu den Regalen.«

»Welche Regale denn?«, frage ich ihn.

»Na, die Metallregale da drüben«, sagt er und zeigt mit dem Finger darauf. »Die, die Sie auch in der Werbung haben.«

»Ah ja, und was wollen Sie dazu wissen?«, forsche ich nach.

Er stellt also seine Frage: »Wo haben Sie die denn?«

Ich merke, wie mir langsam warm wird: »Wo ich die habe??? Sie haben doch gerade noch selbst mit dem Finger darauf gezeigt!«

Jetzt sollte man aber nicht meinen, dass er sich vielleicht noch daran erinnern könnte, weit gefehlt, stattdessen fragt er lieber noch mal nach: »Ja und wo sind die jetzt?«

Ich zeige fassungslos auf die Regale auf der anderen Seite vom Gang.

Er scheint echt ein gewiefter Hund zu sein und legt zur Verabschiedung noch mal nach: »Ach, ich wusste gerade nicht, wo ihr die habt.« Dann dreht er sich um und geht. Da frage mich dann schon, wie solche Leute überhaupt herfinden, geschweige denn wieder nach Hause kommen.

Leider ist mir durch das nette Gespräch der Kollege Meier abhandengekommen. Also mache ich mich auf die Suche nach ihm. Ihn per Durchsage auszurufen, wäre sicherlich das Einfachste, aber nicht besonders effektiv. Denn dann telefoniert er wieder durchs ganze Haus und fragt jeden, ob es sein kann, dass er ihn gerade ausgerufen hat, weil er die Durchsage nicht richtig verstanden hat. Also muss ich mich wohl selbst auf die Socken machen. Als Erstes schaue ich mal gegenüber beim Kollegen Huber in der Schreinerei vorbei. Der hat allerdings auch keine Ahnung, wo der Meier hin ist, erzählt mir aber von einem Kunden, der heute bei ihm war, um eine maßgefertigte Arbeitsplatte für seine Küche abzuholen. Damit auch alles ganz genau passen würde, hatte der Kunde extra einen Plan seiner Küchenzeile angefertigt. Aus unerklärlichen Gründen war der Plan aber leider spiegelverkehrt und somit auch die zugeschnittenen Arbeitsplatten vollkommen unbrauchbar. Jetzt sollte man eigentlich meinen, dass der Kunde da eben Pech gehabt hat und für seinen Schaden selbst aufkommen muss. Aber wie gesagt: sollte man meinen. Da sich der Kunde lauthals über den Scheißservice und die Unfähigkeit der Mitarbeiter beschwert hat, braucht er die Platten natürlich nicht zu bezahlen und Huber muss ihm zudem auch noch neue anfertigen. Allerdings diesmal spiegelverkehrt zum Plan. Da zeigt sich mal wieder, dass der recht bekommt, der am lautesten brüllt.

Gerade als ich mich wieder auf die Suche nach Meier begeben will, bittet mich Huber: »Kannst du mir nicht schnell noch helfen, die Arbeitsplatten von dem Planzeichner auf die Säge zu heben? Ich bin nämlich gerade allein.«

»Frag doch mal den Meier, wenn du ihn findest«, schlage ich vor. »Der hat wahrscheinlich gerade sowieso nichts Besseres zu tun.«

Daraufhin sieht er mich vorwurfsvoll an und meint: »Der Meier? Der ist so langsam, dem kann man im Laufen die Schuhe besohlen. Außerdem tut sich der doch eh bloß wieder weh.«

Na ja, so unrecht hat er damit gar nicht. Langsam ist der Meier wirklich. Neulich hat er es sogar geschafft, sich von der zugehenden Glasschiebetüre am Ausgang einklemmen zu lassen, obwohl die ja einen Bewegungsmelder und eine Lichtschranke hat.

»Na ja, was soll's. Hilft ja nix«, denke ich und wuchte mit Huber die erste Arbeitsplatte auf die Plattensäge. Prompt bleibe ich dabei an der Kante eines hervorstehenden Führungsprofiles hängen und reiße mir den Finger auf. Die Wunde sieht eigentlich nicht schlimm aus und scheint auch nicht besonders tief zu sein, blutet aber dafür recht ordentlich. Huber rennt sofort los, um etwas zum Abwischen und ein Pflaster zu holen, während ich an Ort und Stelle stehen bleibe, damit wir nachher nicht den halben Laden durchwischen müssen.

»Mist, hätte ich das doch mal lieber den Meier machen lassen!« Kaum habe ich den Satz zu Ende gedacht, steht plötzlich wie aus dem Nichts ein Kunde neben mir und meint: »Autsch! Das tut bestimmt weh. Aber vielleicht können Sie mir trotzdem schnell helfen, ein paar Spanplatten aufzuladen.«

»Sieht es wirklich so aus, als ob ich das gerade könnte? Vielleicht kann Ihnen ja meine Krankenschwester helfen«, erwidere ich und deute dabei auf den zurückkehrenden Kollegen Huber.

Der fährt den Kunden gleich an: »Sehen Sie denn nicht, dass ich erst mal den Kollegen versorgen muss?«

Ich sage zu ihm: »Passt schon. Hilf du ihm bei den Platten. Scheint ein echter Notfall zu sein und nicht so eine Lappalie wie mein Finger.«

Der Kunde steht wortlos daneben. An seinem Gesichtsausdruck ist deutlich zu erkennen, dass er gerade begriffen hat, dass sein Verhalten etwas unpassend war. In der Zwischenzeit schaffe ich es, mich selbst zu verarzten, und als Huber wieder zurück in der Schreinerei ist, poltert er los: »Das ist doch mal wieder so ein richtiger Idiot gewesen. Da kannst du verblutend im Straßengraben liegen und die fragen dich echt noch, ob du ihnen nicht mal schnell was aufladen kannst. Ich glaube, wenn du stirbst, fragen die höchstens noch deine Hinterbliebenen, ob sie nicht vielleicht von denen Prozente kriegen.«

Nein, der Kollege Huber neigt nicht zu Übertreibungen. Niemals. Nachdem er sich wieder etwas beruhigt hat, legen wir auch noch die restlichen beiden Arbeitsplatten des Planzeichners auf die Säge. Dieses Mal allerdings, ohne die Finger als Kantenschutz zu missbrauchen. Als die Platten endlich fertig sind, mache ich mich wieder auf die Suche nach dem Kollegen Meier und finde ihn kurz darauf in der Werkzeugabteilung. Er steht da vor einem Regal und ... ja, was macht er da eigentlich? Er steht einfach vor einem Regal und bewegt sich kein bisschen. Da ich neugierig bin, was er treibt, beschließe ich, ihn erst einmal zu beobachten. Nach einer Minute ist immer noch nichts passiert. Er steht da, ohne sich zu bewegen. Nach über zwei Minuten ist die Situation weiterhin unverändert und ich muss einsehen, dass er einfach mehr Ausdauer hat als ich. »Thomas?«, spreche ich ihn an, »Thomas? Was machst du da eigentlich?«

Er zuckt erschrocken zusammen und antwortet: »Ich, ähh. Ich schau nur, was hier die, ähh, Zangen so kosten.«

»Geht's noch? Du stehst hier was weiß ich wie lange bewegungslos in der Gegend rum, um zu schauen, was die Zangen kosten? Aber sonst läuft bei dir schon noch alles ganz rund, oder? Wenn du jetzt fertig bist mit Zangenpreiseanschauen, wäre es schön, wenn du mit in unsere Abteilung kommen könntest und mir endlich mal die blöde Liste vom Chef geben würdest.«

»Ach ja, die Liste. Ja, die gebe ich dir gleich«, antwortet er und wir gehen gemeinsam zurück in unsere Abteilung. Dort angekommen, erwarten uns wie üblich gleich mehrere Kunden.

»Egal was die jetzt du dir sagen: Du holst mir als Allererstes die Liste und legst sie in mein Fach«, raune ich Meier zu. Während er nur wortlos nickt, fange ich den ersten Kunden ab.

»Sie können mir sicher sagen, wo es Hackschnitzel gibt.«

»Hackschnitzel?«, frage ich. »Die gibt es beim Metzger.«

»Nein, nein, die sind in so großen Säcken. Kann man in den Garten streuen, damit das Unkraut nicht so wächst.«

Jetzt dämmert es mir: »Ach, Rindenmulch suchen Sie.«

»Ja genau, Rindermulch«, stimmt er zu. In dem Moment wird mir klar, wie er auf Hackschnitzel gekommen ist, denn anscheinend geht er davon aus, dass der Mulch statt aus Baumrinde aus Rindern gemacht wird.

»Den finden Sie in der Gartenabteilung«, verrate ich ihm und zeige ihm die Richtung.

Kaum ist er weg, ruft mir auch schon ein kleiner, südländisch aussehender Mann Anfang 40 entgegen: »Eh Chef! Bist du Fliese?«

Dazu muss man wissen, dass die Ansprache »Eh Chef« eine Begrüßung wie etwa »Guten Tag«, »Grüß Gott« oder einfach »Hallo« ist und meistens mit anschließenden Rabattforderungen einhergeht. Wir gehen also aufeinander zu und er streckt mir auch schon seine Hand zur Begrüßung entgegen. So etwas kann ich eh schon leiden wie Bauchweh. Weil ich aber höflich bin, schlage ich ein und mache bei seinem Spielchen mit.

»Was brauchen Sie?«, frage ich, und dann fängt er auch schon an.

»Eh Kollega, weißt du, brauch isch Fliese. Hab isch schon gesehen, geh ma hin.«

Alles klar, gehen wir also mal hin zu der Fliese, und sein Text geht weiter: »Kumma, diese, is gute Fliese?«

Ich sage: »Ja klar, super.«

»Was is Preis? Brauch ma 25 Meterquadrat.«

»8,50 Euro der Quadratmeter.«

Dann passiert das, worauf ich schon die ganze Zeit gewartet habe. Er tritt ganz nah an mich heran und raunt mir zu: »Aaach komm, machst du gute Preis für misch. Machst du bissi billiger. Weißt du, bin isch arme Mann.«

Genau in diesem Moment unterbricht mich der Kollege Meier: »Du, das mit der Liste. Ich glaub, die hab ich doch gestern oder vorgestern schon in dein Fach gelegt.«

Oh neiiiiin!! Doch obwohl ich innerlich koche, bleibe ich nach außen ruhig und säusele: »Da reden wir gleich noch drüber.« Dann wende mich wieder dem Kunden zu.

»Was war noch mal die Frage?«

»Ob du machen kannst bissi billiger«, antwortet er.

Ich erkläre ihm kurz, dass ich die Preise nicht mache und dass diese von der Zentrale festgelegt werden. Damit gibt er sich aber natürlich nicht zufrieden. »Aaaach komm, bist du Chef, kannst du schon bissi billiger machen.«

»Wenn die Fliese zu teuer ist, dann müssen Sie eine aussuchen, die günstiger ist, aber die hat dann vielleicht auch nicht die gute Qualität.«

»Na gut«, gibt er schließlich auf, »nehma diese. Muss schon gute sein, weißt du, is für Geschäft. Aba weißt du, machst du misch arm.«

»›Arm‹ ist das Stichwort«, denke ich, denn arm dran ist jetzt der Meier. Da der sich aber schon wieder in Luft aufgelöst hat, beschließe ich, lieber selbst noch mal in seinem Fach nachzusehen.

Vielleicht hat er die Liste auch einfach nur in dem ganzen Papiergewühl übersehen. Wie ich jedoch sehr schnell erkennen muss, ist der Meier ein sehr ordentlicher Mensch. Kein Papiergewühl. In seinem Fach liegen genau vier Blätter. Seine letzte Stundenabrechnung, ein noch nicht ausgefüllter Urlaubsantrag und zwei Preislisten. Eine von der Pizzeria um die Ecke, die andere vom Chinesen ein paar Straßen weiter. Wirklich sehr ordentlich. Hat zwar mit Arbeit relativ wenig zu tun, aber sehr ordentlich.

Jetzt kommt auch noch mein Kollege Paul dazu, dessen Schicht gerade erst beginnt. »Na, was ist denn los? Du schaust irgendwie gestresst aus!«, meint er.

»Gestresst sehe ich aus?«, frage ich zurück. »Warte mal, wie der Meier gleich aussieht, wenn ich ihn erwische.«

»Apropos Meier«, sagt Paul, »der hat mir vorgestern 'ne Liste vom Chef in mein Fach gelegt. Ich wusste nicht, wie dringend das ist, also hab ich die gleich abgearbeitet und alles als erledigt vermerkt. Du warst ja nicht da.«

Ich ahne Schlimmes und frage Paul: »Lass mich raten. Du hast sie dann in mein Fach gelegt, oder?«

»Nee«, antwortet Paul zu meiner Erleichterung, »die hab ich hier. Ich weiß doch, dass die zurück zum Chef muss.«

Er greift kurz in sein Fach, zieht die Liste hervor, und mir fällt ein Riesenstein vom Herzen. Aber das lasse ich mir natürlich nicht anmerken und sage zu ihm: »Ach, danke! Wird schon nicht so dringend sein. Aber vielleicht sollte ich sie ihm doch lieber gleich auf den Schreibtisch legen. Nicht dass sie nachher noch verloren geht. Wäre ja irgendwie ärgerlich.«

Jetzt frage ich mich natürlich nur noch, was für eine Liste der Kollege Meier glaubt bearbeitet zu haben. Aber ehrlich gesagt habe ich für heute gar keine Lust mehr, ihn zu suchen. Wahrscheinlich ist er sowieso wieder am Zangenpreisevergleichen.

Der Rückstauklappenreklamierer

Mitten in einem Kundengespräch fällt mir plötzlich ein doch eher übel gelaunter Typ ins Wort. Ziemlich barsch lässt er mich wissen, dass er eine Reklamation wegen einer Rückstauklappe hat. Ich erkläre ihm, dass ich mich sofort um ihn kümmern werde, sobald mein Gespräch beendet ist, und dass er sich noch ein paar Minuten gedulden muss.

»Keine Angst, ich lauf nicht weg«, sagt er daraufhin, und ich denke mir: »Das ist wohl meine kleinste Sorge, dass jemand mit einer Reklamation einfach wieder weggehen könnte.«

Während ich mein Kundengespräch weiterführe, läuft der Rückstauklappenreklamierer ungeduldig den Gang auf und ab, bis ich endlich fertig bin. Dann kommt er sofort auf mich zugestürmt und ruft: »Das Scheißding ist schuld, dass mein Keller tagelang unter Wasser gestanden ist. Wer ersetzt mir jetzt den ganzen Schaden und die Arbeit? Ich hab voll die Sauerei im Keller und sämtliche Wände sind bis auf 'nen Meter hoch nass.«

Also schaue ich mir die Klappe mal genauer an und muss feststellen, dass sie vollkommen in Ordnung ist. Betont beiläufig frage ich ihn, ob es sein kann, dass Wasser zwar in den Keller hineingelaufen, aber danach nicht mehr abgelaufen ist. Mit den Worten »Ja, genau so war das« bestätigt er meine schlimmsten Befürchtungen.

»Na, dann ist das ja recht offensichtlich«, fahre ich fort. »Da hat jemand die Rückstauklappe verkehrt herum eingebaut. Dadurch läuft dann das Wasser aus dem Kanal in den Keller. Wenn dann der Druck nachlässt und das Wasser aus dem Keller wieder zurück in den Kanal laufen will, macht die Klappe zu. Das kann man sich ungefähr wie ein Autoventil vorstellen. Die Luftpumpe ist der Kanal und der Reifen ist dann der Keller. Allerdings ist auf der Klappe extra die Durchlaufrichtung mit einem Pfeil gekennzeichnet.«

Auf meine freundliche Erklärung reagiert der Kunde etwas gereizt und schimpft: »Ihr wollt euch doch bloß herausreden, oder meinen Sie, ich wäre zu blöd, um so 'ne Scheißklappe einzubauen? Aber das ist mir jetzt wurscht. Dann geh ich eben gleich zum Anwalt und dann kann das ein Sachverständiger klären. Ihr hört noch von mir.«

Ich denke mir bloß: »Ja genau, gute Idee. Dann wird's richtig teuer für dich.«

Da bestätigt sich wieder einmal das alte Sprichwort: Eigene Dummheit wird doppelt teuer.

Der Einkaufszettel

Während ich gerade Ware einräume, drückt mir im Vorbeigehen ein Handwerker einen Zettel in die Hand und sagt: »Das nehm ich gleich mit. Muss nur noch schnell vorne was beim Werkzeug holen.«

Ich schaue mir also den Zettel an und lese: »Flexkleber, 5 Silikon Zementgrau, Fugengrau, Fleckschutz, Spachtelmasse, Haftgrund, Zahnspachtel.«

Gut, wahrscheinlich will er Fliesen verlegen. Aber wie viel braucht er von allem? Und von welchem Hersteller soll es sein? Da ich so nicht viel damit anfangen kann, stecke ich den Zettel erst einmal ein. »Der wird sich dann schon melden«, denke ich und kümmere mich gleich um den nächsten Patienten, der gerade zu mir gekommen ist.

»Ich brauch da so 'ne Konsole, wo ich 'ne Granitfensterbank draufmachen kann«, sagt dieser.

Klingt eigentlich ganz einfach, ist es aber nicht. Die einfachen Winkel sind nämlich nicht schön genug. Nach einigem Hin und Her einigen wir uns auf verchromte, hochglanzpolierte Winkel von der allerfeinsten Sorte. Das kann ich selbstverständlich sehr gut verstehen, denn bei mir schaut auch fast jeder, der hereinkommt, erst einmal unter die Fensterbank, um zu prüfen, ob da auch schöne, glänzende Winkel drunter sind.

»Und wie soll ich die festmachen?«, will er jetzt noch wissen.

»In der Regel nimmt man dafür Schrauben und Dübel.«

»Und die Fensterbank?«

Ich gebe ihm einen guten Kleber, der dafür echt super geeignet ist, und denke: »Das war's dann wohl jetzt!«

Stimmt, für knappe zwei Minuten. Denn dann kommt der Kerl schon wieder zu mir und ruft: »He, Meister, da steht aber nicht drauf, dass man damit Fensterbänke ankleben kann. Habt ihr da nix oder kennt sich da vielleicht jemand anderes besser aus?«

Ups, jetzt wird es aber schon fast beleidigend. Also kontere ich mit einer kurzen Gegenfrage: »Steht da vielleicht drauf, dass der Kleber nicht für Fensterbänke geht? Wahrscheinlich nicht. Eher steht da so etwas wie: für dauerhaft elastische Verbindungen von Holz, Beton, Naturstein, Metall und vielen Kunststoffen, oder?«

»Ja, stimmt.«

»Na, und ich geh doch mal davon aus, dass die Winkel aus Metall sind und der Granit schon ziemlich nah an einen Naturstein rankommt. Wenn natürlich eines der beiden aus Kunststoff ist, wäre ich eher vorsichtig.«

Daraufhin hat ihn dann wohl ein Geistesblitz getroffen, denn er stellt erstaunt fest: »Dann geht der ja doch!«

»Ich glaube schon, aber Sie können ja noch mal bei einem Kollegen nachfragen«, bemerke ich schnippisch, drehe mich um und gehe. Damit ist für mich der Fall erledigt und ich kann mich nun endlich wieder daranmachen, die Ware zu verräumen. Fleißig in meine Arbeit vertieft bekomme ich kaum mit, dass der Handwerker, der mir seinen Einkaufszettel zugesteckt hat, wieder auftaucht.

»Wo ist jetzt mein Zeug?«, fragt er.

Ich stelle mich erst einmal dumm: »Was für Zeug?«

»Na, ich hab dir doch eben den Zettel gegeben, wo alles draufsteht. Das will ich jetzt mitnehmen.«

»Ach, der Zettel. Leider weiß ich nicht, wie viel Sie da brauchen, weil da nichts dabeisteht. Und wo soll ich das denn zusammenstellen? Sie haben ja keinen Einkaufswagen dabei.«

Plötzlich wird er sauer: »Ja, du wirst dir doch mal 'nen Wagen holen können, oder? Und wie viel ich brauche, musst du doch wissen, ich hab ja auch die Fliesen hier gekauft. Ihr wisst ja sonst auch alles besser.«

Jetzt reicht es mir aber, also erwidere ich genervt: »Erstens holt sich bei uns derjenige den Einkaufswagen, der einkaufen will, und das bin nicht ich. Zweitens: Wenn wir nicht wollten, dass sich Kunden ihre Ware selbst nehmen, dann würden wir das Zeug hier nicht offen in die Regale stellen, sondern Türen mit Schlössern dran davormachen. Und drittens kann ich mir beim besten Willen nicht jeden merken, der hier mal irgendwann irgendetwas gekauft hat, nur weil er vielleicht irgendwann noch mal was braucht. So, und die Einkaufswagen stehen vor der Tür. Und falls Sie keinen Euro haben, gibt es an der Hauptinformation Einkaufswagenchips oder Sie können sich an der Kasse wechseln lassen.«

Das hat gesessen. Jetzt wird er doch etwas kleinlaut und meint: »Mensch, was regst du dich denn jetzt so auf? So war's ja nicht gemeint. Ich hol jetzt erst mal einen Wagen, und vielleicht kannst du mir ja dann noch zeigen, wo ich das alles finde.«

Ja, genau so machen wir das dann auch und zum Schluss sind wir beide wieder einigermaßen gut gelaunt.

Ich hab 'ne Meise

Im Allgemeinen ist es sehr angenehm, wenn ein Kunde gleich zu Beginn eines Gespräches erklärt, was er will. Da weiß man dann wenigstens sofort, woran man ist, und spart sich langes Hinterfragen. So macht es auch die Kundin, die gerade auf mich zukommt.

»Ich hab da mal 'ne Frage. Weil, wissen Sie, ich hab da 'ne Meise«, erklärt sie mir.

Ich denke nur: »Und? Schon mal beim Arzt gewesen deswegen?«, setze aber eine ernste Miene auf und meine: »So, so. Sie haben also 'ne Meise.«

»Ja, eigentlich ja mehrere.«

»Aha, gleich mehrere. Aber es ist doch schön, wenn man ganz offen darüber reden kann.«

»Nein, nein«, winkt sie ab, »so 'nen richtigen Vogel, wissen Sie?«

»Ja gut, das haben andere Leute auch. Aber wo ist da jetzt das Problem?«

Im Laufe ihrer darauf folgenden Erklärung stellt sich heraus, dass sie real existierende Vögel meint, die in ihrem Garten einen Nistkasten bewohnen. Dummerweise findet das aber auch ihre Katze recht interessant und fischt durch das Einstiegsloch nach dem Nachwuchs der Meisen. Da ist ihr die Idee gekommen, dass man etwas um den Nistkasten herum machen könnte, damit die Katze nicht mehr herankommt. Weil ich ja manchmal ein richtiger Schlaufuchs bin, ist sie mit dem Problem bei mir natürlich goldrichtig. Ich zeige ihr einen Taubenabwehrstreifen aus Edelstahl mit langen Metallspitzen. Diesen Streifen drehe ich so zusammen, dass die Spitzen nach außen zeigen, und befestige mit ein paar Schrauben noch zwei Winkel daran. Sieht jetzt ein wenig aus wie das Halsband eines Punkers, aber wenn sie das Ganze vor das Loch ihres Nistkastens schraubt, wird die Katze wohl keine Chance mehr haben, an die jungen Vögel zu kommen. Der Vorschlag schein ihr zu gefallen: »Das ist ja super. Sie sind echt ein Schatz. Wenn ich noch mal Probleme mit Vögeln habe, komme ich wieder zu ihnen.«

Na, das will ich doch nicht hoffen, denn vom Alter her könnte sie leicht meine Mutter sein.

Zement, ich brauche Zement

Kaum haben sich die Türen geöffnet, kommt auch schon der erste Kunde auf mich zugestürmt. Seit mindestens einer Viertelstunde wartet er bereits vor der Tür, denn ich habe ihn da stehen sehen, als ich zur Arbeit gekommen bin. Anscheinend ist inzwischen aus dem leichten Nieselregen ein ordentlicher Schauer geworden, denn aus seinen Klamotten tropft Regenwasser. Dabei hätte er sich eigentlich einfach unter das Vordach stellen können. Aber vielleicht hat er seine Kleider auch gerade erst aus der Waschmaschine herausgenommen und keine Zeit mehr gehabt, sie zu trocknen. Auf jeden Fall beginnt er trotz des schlechten Wetters gleich ein freundliches Gespräch mit mir: »Zement! Wo habt ihr Zement?«

Ich freue mich natürlich riesig über diese nette Begrüßung und erwidere: »Guten Morgen, was kann ich denn für Sie tun?«

Ziemlich laut schallt es mir entgegen: »Meeeensch, red nich rum, ich brauche Zement!«

»Ach, Zement?«, frage ich nach. »Der steht draußen, direkt neben dem Eingang.«

»Was? Da is doch kein Zement!«, erwidert er ungläubig. »Außerdem regnet's da ja wie verrückt!«

»Ja, das sehe ich. Schauen Sie doch mal da durch die Glastür raus. Da stehen so knapp 70 Paletten direkt links neben dem Eingang. Das sind so grüne Säcke, auf denen ›Zement‹ draufsteht. Haben Sie wahrscheinlich bloß nicht gesehen, weil die im überdachten Bereich sind, damit sie nicht nass werden. Da wäre übrigens auch noch Platz für Sie gewesen.«

Nach kurzem Überlegen dreht er sich um, schaut raus und meint: »Ah ja, das kann sein. Kann ich den aufladen und dann bezahlen oder soll ich zuerst zahlen? Ich weiß nämlich nicht genau, wie viel ich draufbringe.«

»Ich würde vorschlagen, Sie gehen zuerst zur Kasse. Denn mir ist es doch lieber, dass sie vergessen, etwas aufzuladen, als etwas zu bezahlen.«

»Keine Angst«, erwidert er, »das, was ich bezahle, nehme ich auch mit.« Dann marschiert er in Richtung Kasse. Na, das war mir doch eine Freude, dass ich helfen konnte.

Nachgewogen

»He Sie, ich hab hier das Anzündholz nachgewogen«, ruft mir ein Kunde hinterher. »Da steht ›6 Kilogramm‹ drauf und es sind aber nur 5,8 Kilogramm drin. Gell, hätten Sie nicht gedacht, dass da mal einer nachwiegt und euch draufkommt.«

»Nein«, antworte ich, »damit hab ich wirklich gar nicht gerechnet. Aber wenn Sie mal genauer lesen würden, was da draufsteht, dann wüssten Sie, dass sich das Gewicht auf den Zeitpunkt des Verpackens bezieht. Und wenn Holz trocknet, dann verliert es an Feuchtigkeit und wird dadurch nun mal leichter.«

Damit will er sich aber nicht zufriedengeben, denn schließlich hat er für 6 Kilogramm bezahlt. Und wenn er dafür bezahlt hat, dann will er das auch haben. Ist ja schließlich sein gutes Recht.

Zum Glück fällt mir ein, dass hinten im Hof noch eine Palette mit Anzündholz gelagert ist, die dort schon seit Längerem im Regen steht, weil uns der Platz im überdachten Bereich ausgegangen ist. Das Holz müsste sich jetzt gut mit Wasser vollgesaugt haben. Also schlage ich dem Kunden vor: »Wenn Sie wollen, dann kann ich Ihnen gerne einen Packen heraussuchen, der schwerer ist als 6 Kilogramm.«

»Ja, das will ich jetzt aber auch meinen. Das ist ja das Mindeste. Schließlich bin extra noch mal hierhergefahren«, mault er weiter.

Ich gehe also in den Hof und hole ihm ein paar von den richtig nassen Säcken. Diese wiegen wir dann gemeinsam nach, denn schließlich hat er ja extra dafür seine eigene Waage mitgebracht. Und die zeigt nun 6,7 Kilogramm an. Was für mich bedeutet, dass das Holz mehr als einen halben Liter Wasser aufgenommen haben muss.

»Normalerweise müssten Sie noch was draufzahlen«, sage ich, »aber wegen all Ihrer Mühe geht das schon in Ordnung.«

Jetzt ist er vollkommen zufrieden und macht sich mit dem nassen »Auslöschholz« vom Acker. Und ich frage mich nur, ob er wohl zurückkommen wird, um sich zu beschweren, weil es nicht brennt. Aber schließlich wollte er es ja so haben. Sicherheitshalber gebe ich meinen beiden Kollegen schnell Bescheid, damit die wissen, was passiert ist und wie sie ihn behandeln müssen, falls er wieder auftauchen sollte.

Strom und andere Kontaktprobleme

In Sachen Strom kann man schon einiges erleben. Da bauen Kunden zum Beispiel extra Schalter für ihre Beleuchtung ein, aber man kann dann offenbar drücken, wie man will, ohne dass sich das Licht ausschalten lassen würde. Andere wundern sich darüber, dass sich nach dem Einbau irgendwelcher Geräte die Sicherung nicht mehr reindrücken lässt. Die einzig mögliche daraus resultierende Vermutung ist natürlich, dass das Gerät defekt sein muss. Man hätte beim Anschließen allerdings auch einfach auf die Farbe der Kabel achten können. Die sind nämlich nicht nur zum Spaß so schön bunt.

Selbst bei mir zu Hause gibt es ein erstaunliches Stromphänomen. Wenn ich in der Garage ein Gerät anschließe, das ordentlich Leistung hat, fliegt im Haus der Schutzschalter heraus. So weit ist das ja auch in Ordnung. Das Interessante daran ist jedoch, dass ich dann im Haus zwar keinen Strom mehr habe, aber in der Garage schon. Da ich selbst von solchen Dingen lieber die Finger lasse, habe ich mir schon einmal einen Elektriker zu Hilfe geholt. Leider ist aber auch der nicht darauf gekommen, wieso das so ist. Nun bleibt es eben so.

Auch mein nächster Kunde scheint in Sachen Strom nicht gerade der absolute Profi zu sein. Aber dafür ist er offenbar kreativ. Nachdem er mit dem üblichen »Ich hab da mal 'ne Frage« das Gespräch begonnen hat, hält er mir einen Dreierpack Funksteckdosen entgegen und meint: »Ich habe mir vorne in der Elektroabteilung dieses Funksteckdosen-Set geholt. Jetzt bin ich mir aber nicht ganz sicher, ob die so auch richtig sind. Denn da ist ja an allen dreien ein Stecker hinten dran.«

»Ja klar«, erwidere ich, »wie soll das denn sonst gehen? Wenn kein Stecker dran wäre, könnte man sie ja auch nicht einstecken.«

Ungläubig schaut er mich an und nach einer kurzen Denkpause fragt er weiter: »Ja, muss ich dann da 'ne Steckdose hinmachen?«

Da ich keinen blassen Schimmer habe, was er denn eigentlich vorhat, forsche ich nach: »Jetzt mal ganz von vorne. Was wollen Sie mit den Steckdosen denn überhaupt machen?«

»Na, ich hab mir doch bei euch so ein Gartenhaus gekauft.«

»Das wäre ja noch nicht so schlimm«, denke ich, »das kann ja jedem mal passieren.«

»Und weil es da drinnen abends immer so dunkel ist, wollte ich mir eine Lampe reinmachen und vielleicht noch eine Steckdose. Dass man da wenigstens mal den Rasentrimmer zum Aufladen anstecken kann.«

»Ach so, und anstatt einen Schalter einzubauen, wollten Sie dann die Funksteckdosen hernehmen, oder?«

»Nein, das ist doch Blödsinn«, erwidert er entrüstet. »Ich will einfach kein Kabel zu der Hütte hinziehen. Und dafür brauche ich eben die Funksteckdosen.«

Jetzt dämmert es mir. Er scheint tatsächlich zu glauben, dass er mit den Funksteckdosen Strom von A nach B schicken kann, ohne dafür ein Kabel zu benötigen. Ich verkneife mir mühsam ein Lachen und erkläre ihm dann, dass daraus leider nichts werden wird, da die Funksteckdosen nur deshalb so heißen, weil man sie mit einer Funkfernbedienung ein- und ausschalten kann.

»Per Funk den Strom von einer Steckdose zur nächsten schicken geht damit leider noch nicht. Aber vielleicht erfindet das ja mal jemand«, sage ich.

»Na, dann sind das wohl doch die falschen«, fasst er enttäuscht zusammen. »Dann gehe ich vielleicht besser noch mal zu Ihrem Kollegen und frage den, bevor ich wieder die falschen einpacke.«

Anscheinend hat er nicht verstanden, dass es so etwas einfach noch nicht gibt. Aber vielleicht kann ihm der Kollege von der Elektroabteilung das Ganze besser erklären. Schließlich ist der ja Elektriker. Bevor der Kunde sich auf den Weg macht, trage ich ihm noch auf: »Wenn Sie beim Kollegen sind, dann richten Sie ihm doch einen schönen Gruß von mir aus und sagen ihm, er soll mir auch zwei von den Funksteckdosen zur Stromübertragung weglegen, falls er welche hat, ja?«

»Klar. Mach ich«, antwortet er und verschwindet in Richtung Elektroabteilung.

Gut zehn Minuten später klingelt mein Telefon. An der Nummer im Display erkenne ich, dass es der Kollege aus der Elektroabteilung ist. Ich hebe also ab, doch bevor ich etwas sagen kann, schießt er schon los: »Hast du mir den Typen mit der Funksteckdose geschickt?«

»Nein«, antworte ich, »nicht wirklich. Der wollte unbedingt noch mal mit dir reden. Weißt du, ich kenn mich da ja auch nicht so gut aus.«

Anscheinend hat der Kollege heute einen schlechten Tag, denn er fährt mich an: »Mann, bist du ein Idiot.«

»Das ist Ansichtssache«, gebe ich zu, »aber weil du so ein netter Kerl bist, hast du mir bestimmt auch Funksteckdosen zurückgelegt, oder?«

»Ach, du kannst mich mal«, kann ich gerade noch hören, bevor es nur noch »tut, tut, tut« macht. Anscheinend ist die Leitung unterbrochen worden. Also rufe ich den Kollegen schnell zurück. Bereits nach dem zweiten Klingeln meldet er sich: »Was is?«

»Ich glaube, ich bin gerade in ein Funkloch gekommen, denn auf einmal war unser Gespräch weg«, erkläre ich.

»Das war nicht weg«, antwortet er. »Ich hab aufgelegt.« Und wieder höre ich nur dieses »tut, tut, tut«.

Da die Verbindung heute besonders schlecht zu sein scheint, bleibt mir nichts anderes übrig, als ihn erneut anzurufen. Diesmal dauert es aber schon entschieden länger, bis jemand rangeht. Es ist sein Kollege. Daher frage ich ihn: »Ist der Karsten in der Nähe?«

»Der will nicht mit dir reden«, sagt er.

»Frag ihn mal, warum.«

»Keine Ahnung.«

»Na, dann frag ihn doch mal, ob ich rüberkommen soll, damit wir in Ruhe über alles reden können.«

»Ich glaube nicht, dass das so eine gute Idee ist«, meint er. »Irgendwie ist der heute echt mies drauf.«

»Ach, da wäre ich jetzt aber nicht draufgekommen. Ich komm gleich mal vorbei«, sage ich und lege auf.

In dem Moment kommt mir der Kunde mit den Funksteckdosen entgegen und ruft: »Also Ihr Kollege da vorne. Der ist ja so was von unfreundlich und gereizt. Das gibt's ja gar nicht.«

»Ja, ich weiß auch nicht genau, was da los ist«, stimme ich zu. »Ich glaube, er hat irgendwelche Probleme mit der Familie. Bestimmt was ganz Schlimmes, aber genau weiß ich es auch nicht. Man will da ja nicht so nachfragen.«

»Nein«, sagt er, »das ist manchmal auch besser so. Aber so was kann einen schon ganz schön mitnehmen.«

»Und? Wie sieht es jetzt mit dem Strom aus?«, wechsle ich das Thema.

»Ja, das mit den Funksteckdosen geht wohl wirklich nicht. Da hatten Sie recht. Muss ich halt doch eine Leitung rüberziehen«, stellt er abschließend fest und geht zum Ausgang.

Keine zwei Minuten später steht Karsten von der Elektroabteilung plötzlich vor mir und sagt: »Du, das von vorhin tut mir leid. Hast ja recht. War ja nur ein ganz normaler Kunde. Aber ich bin momentan irgendwie etwas gestresst. Ich weiß auch nicht, woran das liegt.«

»Das macht doch nichts. Jeder hat mal 'nen schlechten Tag. Und irgendwann hat man dann einfach die Schnauze voll und muss Dampf ablassen. Blöd ist halt nur, dass man sich vor den Kunden doch etwas zurücknehmen sollte.«

»Apropos Kunde«, wirft Karsten ein, »hoffentlich beschwert sich der mit den Funksteckdosen nicht über mich. Zu dem war ich schon mehr als nur unfreundlich.«

»Da mach dir mal keine Sorgen«, beruhige ich ihn. »Der war gerade hier und hat mir alles erzählt. Aber er hatte dann Verständnis dafür, dass du etwas gereizt bist, bei den familiären Problemen, die du hast.«

»Was für familiäre Probleme?«, fragt Karsten überrascht nach.

»Na die, von denen ich ihm erzählt habe. Keine Angst, ich hab nichts Genaueres gesagt. Aber er war danach wieder ziemlich entspannt.«

»Mann«, sagt Karsten, »du bist doch ein Idiot«, und grinst dabei über beide Backen.

»Kann schon sein«, gebe ich zu.

Musik aus dem Baumarkt

Seit ein paar Minuten höre ich dauernd so ein klopfendes Geräusch. Da ich gerade keinen Kunden habe, beschließe ich, dem Ursprung der mysteriösen Klänge auf den Grund zu gehen. Dem Klopfen folgend biege ich in den Gang mit den Mörtelkübeln ein und plötzlich steht sie da. Nein, nicht meine Traumfrau, sondern die Verursacherin der Klopfgeräusche. Eine Frau Mitte 40, eingewickelt in ein Batiktuch. Um sich herum hat sie 20 bis 30 umgedrehte Mörtelkübel verteilt, auf die sie abwechselnd schlägt. Im ersten Moment denke ich: »Die hat 'nen Dachschaden.«

Die Möglichkeit, sie zu fragen, ob ich ihr helfen kann, schließe ich erst einmal aus. Denn diese Frage kann ich ganz locker mit Nein beantworten. Einfach weitermachen lassen scheidet aber auch aus, denn sonst denkt jeder, dass wir hier irgendwelche Therapien anbieten. Meine Unentschlossenheit über das weitere Vorgehen erledigt sich durch ihre Frage: »Haben Sie noch mehr davon?«

»Wieso? Reichen die nicht?«, frage ich und deute auf die am Boden verteilten Exemplare.

»Doch, schon. Ich brauche ja eigentlich nur zwei. Aber ich habe vor einem halben Jahr schon einmal welche gekauft, und die klingen ganz anders.«

»Also für mich ist Mörtelkübel Mörtelkübel. Und da interessiert es mich wirklich nicht, wie der klingt, sondern was da reinpasst«, antworte ich.

»Das verstehe ich«, sagt sie. »Da braucht man schon ein ganz spezielles Gehör, damit man den Unterschied erkennt.«

»Ja, oder einen ganz speziellen Vogel«, denke ich und forsche nach, warum denn der Klang so wichtig ist.

»Wir machen damit Musik«, erklärt sie.

Da ich manchmal das Problem habe, erst zu wissen, was ich denke, wenn ich gehört habe, was ich sage, schießt auch der folgende Satz zuerst über meine Lippen und dann durch meine Ohren ins Gehirn: »Und Sie tanzen dazu bestimmt Ihre Namen, oder?«

»Ja«, antwortet sie, »getanzt wird auch dazu. Aber dabei lässt man sich eher von dem Rhythmus tragen, als etwas Bestimmtes symbolisieren zu wollen.«

Das wird mir jetzt zu viel und ich überlege nur noch, wie ich am schnellsten aus dieser Nummer wieder herauskomme. Trotz der Trommelgeräusche und dem netten Vorschlag »Vielleicht wollen Sie ja auch mal mit uns zusammen Musik machen und tanzen« scheine ich schließlich die rettende Lösung gefunden zu haben: »Wenn man den Rand der Kübel jeweils um ein paar Zentimeter abschneidet, verändert sich auch der Klang.«

»Das wär ja supi«, sagt sie, und ich denke: »Jawoll! Das war's! Die Tante bist du los.«

Doch stattdessen legt sie nach: »Ja, aber wenn das nicht so ist?«

»Doch, das ist so.«

»Dann schneiden Sie doch mal bei einem den Rand ab, damit ich das auch hören kann. Nicht dass ich jetzt die Kübel mitnehme und dann klingen nachher doch alle gleich.«

So langsam scheinen meine Nerven an ihre Belastungsgrenze zu kommen. »Ich kann mich doch jetzt nicht hier in den Gang setzen und anfangen, Mörtelkübel kaputt zu schneiden, nur damit Sie hören können, ob sich da der Klang verändert. Wo sind wir denn hier?«

»Na, im Baumarkt«, antwortet sie ganz trocken. »Und da wird einem immer geholfen. Also schneiden Sie mir doch bitteeee den Rand runter.«

Als ich mich kurz umschaue, sehe ich, dass sich inzwischen noch ein paar andere Kunden für das Spektakel interessieren und das Ganze offensichtlich sehr amüsant finden. »Wenn du der jetzt den Rand abschneidest«, denke ich, »dann ... ach was soll's, ich mach's einfach.«

Ich setze mich also auf den Boden und schneide mit einem Cuttermesser diesen blöden Rand von diesem dämlichen Kübel runter. Da taucht mein Kollege Meier auf und meint fröhlich: »Ach hier spielt die Musik.«

Innerlich habe ich gerade Silvester, aber nur den Teil mit den Raketen. Wenigstens fängt Meier mit der Batikfee gleich ein Gespräch an, sodass ich in Ruhe den Kübel weiterbearbeiten kann. Als ich endlich den Rand abgetrennt habe und der Tante den Kübel geben will, reißt ihn mir Meier förmlich aus der Hand. Er dreht ihn um und setzt ihn auf den Boden. Doch damit nicht genug, fängt er jetzt auch noch an zu trommeln. Das ist zu viel für mich. Während sie ihm bestätigt, dass er ja »so ein leidenschaftlicher Trommler« ist, mache ich mich unbemerkt aus dem Staub.

Seitdem geht Meier mehrmals die Woche zum Trommeln und Tanzen. Ich weiß nicht, warum er das macht. Vielleicht hilft es ihm, irgendwelche Probleme zu bewältigen (die er vorher wahrscheinlich noch gar nicht hatte), oder er lernt dabei sein inneres Ich kennen. Vielleicht macht es im aber auch einfach nur Spaß oder die Batikfee hat ihn verzaubert. Ich weiß es wirklich nicht. Ich weiß nur, dass ich ihn garantiert nicht danach fragen werde.

Keller nachgerüstet

Die Frage »Haben Sie auch Folien?« klingt zunächst einmal recht harmlos und eine einfache Antwort wie »Ja, da hinten« hätte wahrscheinlich auch gereicht. Aber nein. Ich muss natürlich noch weiter nachfragen: »Für was soll die Folie denn sein?«

Der Kunde antwortet: »Bei mir kommt etwas Wasser durch die Wand und da habe ich mir gedacht, dass ich da vielleicht besser eine Folie davormache.«

»Folie ist da mit Sicherheit keine gute Lösung«, widerspreche ich. »Da sollte man vielleicht erst einmal die Ursache finden und dann beheben. Wo kommt das Wasser denn her?«

»Das kommt direkt durch die Wand im Keller«, erklärt er. »Also eigentlich ist es ja noch gar kein Keller. Den baue ich gerade noch.«

»Klingt irgendwie komisch«, denke ich und frage weiter: »Also steht da noch gar kein Haus, sondern bloß der Keller, oder?«

»Doch, doch. Das Haus steht schon lange. Aber weil da kein Keller drunter ist, habe ich angefangen nachzurüsten. Und jetzt drückt mir eben das Wasser von außen durch die Lehmwand.«

Ich kann kaum glauben, was er mir da erzählt, und frage daher sicherheitshalber noch einmal genau nach, was er da gemacht hat. Wahrscheinlich habe ich ihn ja bloß falsch verstanden. Aber Pustekuchen. Er hat tatsächlich ein 2 x 2 Meter großes Loch in die Bodenplatte seines Hauses gestemmt und dann angefangen, das darunterliegende Erdreich abzutragen. Leider läuft ihm das Loch ab 1,5 Meter Tiefe immer wieder mit Wasser voll. Und um das zu vermeiden, braucht er von mir die Folie.

Ich überlege ernsthaft, ob ich die Polizei rufen oder ihm lieber einen Termin in der Klapse vereinbaren soll. Andererseits steht ja eigentlich nirgendwo geschrieben, dass es verboten ist, sich sein eigenes Grab zu schaufeln. Und falls er das Ganze doch überleben sollte, weil er nicht gerade im Keller ist, wenn das Haus einstürzt, kann er immer noch sagen: »Das hat mir der im Baumarkt so erklärt.«

Damit er aber genau das später nicht machen kann, hole ich zunächst einen Kollegen dazu und erkläre ihm die Sachlage. Der denkt natürlich erst, dass ich ihn verarschen will. Aber als ihm der Kunde das Ganze bestätigt, ist er doch ziemlich erstaunt. Nachdem mein Kollege nun den Ernst der Lage erkannt hat, sage ich zu dem Kunden: »Nur damit wir uns richtig verstehen. Ich habe den Kollegen als Zeugen dazugeholt, damit es im Fall der Fälle nicht heißt: ›Das hat mir der Typ im Baumarkt so erklärt. Der ist schuld, dass mein Haus kaputt ist, und ich will jetzt ein neues von ihm haben.‹ Sie bekommen von mir keine Folie oder sonst irgendetwas. Das Einzige, was Sie von mir bekommen, ist ein gut gemeinter Rat. Schütten Sie das Loch schnell mit Beton zu. Oder noch besser, fragen Sie mal einen Statiker, was der Ihnen rät. Das, was Sie da machen, ist lebensgefährlich.«

Wütend fährt er mich an: »Das müssen Sie schon mir überlassen, was und wie ich umbaue. Aber wenn Sie mir nichts verkaufen wollen, dann muss ich eben woanders hingehen.«

»Tun Sie das. Ich werde Ihnen auf jeden Fall nichts verkaufen«, sage ich. »Schließlich will ich wirklich nicht schuld sein, wenn Sie unter Ihrem eigenen Haus begraben werden.«

Er ist sich jedoch der Gefahr seines Tuns anscheinend in keinster Weise bewusst, denn er zieht laut meckernd von dannen, um sein Glück woanders zu versuchen. Bleibt nur zu hoffen, dass er dort dann auch gut beraten wird und irgendwann zur Einsicht kommt.

Auf den Hund gekommen

Mein Kollege und ich sind gerade dabei, eine Lieferung für einen Kunden zusammenzustellen, als mir ein unangenehmer Geruch auffällt. »Riechst du nichts?«

»Doch«, antwortet er, »das riecht nach Hundescheiße.«

Wir machen uns also auf die Suche nach der Geruchsquelle und werden auch schnell fündig. Mitten im Hauptgang hat ein Hund sein Geschäft verrichtet. Offenbar ist es ein großer Hund gewesen.

»Also ich mach das nicht weg«, sagt mein Kollege angewidert.

»Ja, ich auch nicht«, rufe ich wie aus der Pistole geschossen. »Aber weißt du was? Ich glaube, der Haufen liegt nicht in der Mitte, sondern auf der anderen Seite vom Gang. Dann gehört er doch eigentlich zur Holzabteilung, oder?«

Da wir uns nicht ganz sicher sind, messen wir lieber erst einmal nach. Und tatsächlich, der Haufen liegt mindestens 20 Zentimeter jenseits der Mitte. Somit ist die Sache klar. Er gehört definitiv zur Holzabteilung. Also schnappe ich mir das Telefon, um dem Kollegen dort Bescheid zu geben. Der ist natürlich nicht gerade begeistert, will sich aber darum kümmern. Somit ist die Sache für uns erledigt. Grinsend sage ich zu meinem Kollegen: »Na, der wird sich freuen. Das stinkt ja, als ob der Hund schon tot gewesen wäre.«

»Mensch«, meint er, »hab ich dir eigentlich schon die Story vom toten Hund erzählt?«

»Nein, schieß los.«

Also fängt er an: Irgendeiner seiner Bekannten hat mit seinem Hund einen Tagesausflug gemacht. Mitten in einer Fußgängerzone hat das Tier angefangen zu zittern, ist umgefallen und war tot.

Sein Bekannter wusste natürlich nicht, wohin mit dem Hund. Einfach liegen lassen und weitergehen war ja wohl nicht möglich.

Also ging er in ein Elektrogeschäft, erzählte kurz, was geschehen war, und bat um einen großen Karton. Der Verkäufer gab ihm die Verpackung eines riesigen Flachbildfernsehers mit. Draußen packte er dann seinen toten Hund in den Karton und schleppte ihn zum Auto. Als er das Ganze einladen wollte, merkte er, dass der Karton zu groß für den Kofferraum war. Also besorgte er sich Klebeband, klebte den Karton zu und band ihn aufs Dach seines Autos. So bepackt machte er sich dann auf den Nachhauseweg. Über die Autobahn versteht sich. An einer Raststätte hielt er noch schnell zum Tanken an, stieg aus und sah nach seinem Dachgepäck. Alles war noch da und auch noch gut fest. Würde also halten, bis er zu Hause wäre. Nachdem er getankt und bezahlt hatte, stellte er sein Auto auf den Parkplatz, um noch schnell zur Toilette zu gehen. Als er nach ein paar Minuten wieder zu seinem Fahrzeug zurückkam, fehlte etwas. Richtig. Der Karton mit dem toten Hund. Einfach vom Dach geklaut.

Ich muss lachen. Wer klaut denn einen toten Hund? Aber klar, das konnte der Dieb ja nicht wissen. Der hat bestimmt gedacht, dass da ein Fernseher drin war. Na, das dumme Gesicht hätte ich ja nur zu gerne gesehen, wenn der den Karton aufmacht.

Während wir uns noch über den toten Hund amüsieren, kehrt ein ganz anderes Problem zu uns zurück. Der Haufen von der Holzabteilung. Vor uns steht nämlich eine junge Frau mit einem Schäferhund an der Leine und einer kleinen Tüte in der Hand, die sie uns entgegenstreckt. »Können Sie das bitte für mich entsorgen?«, fragt sie. »Mein Hund hatte da vorne hingemacht und Ihre Kollegin an der Kasse war so freundlich, mir eine Tüte zu geben.«

Da wir uns vor Freude über diese tolle Überraschung kaum einigen können, wer denn jetzt die Tüte bekommt, fügt sie noch hinzu: »Ja oder haben Sie vielleicht einen Abfalleimer hier? Dann schmeiße ich es einfach da rein.«

»Na klar«, erwidere ich erleichtert. »Direkt draußen neben dem Ausgang. Und vielen Dank für's Wegmachen, sonst hätte das der Kollege von der Holzabteilung machen müssen.«

Sie grinst nur und meint: »Ihr seid mir schon zwei Helden.«

Plastik

Dass mein nächster Kunde kein Freund großer Worte ist, merke ich ziemlich schnell. Denn auf meine Frage »Wie kann ich Ihnen helfen?« antwortet er nur mit »Plastik«.

»Wie, Plastik?«

»Fürs Haus.«

»Ach ja, klar, fürs Haus«, wiederhole ich. »Und was macht das da so am Haus?«

Daraufhin gibt er mir eine alles erklärende ausschweifende Antwort: »Ja.«

So kommen wir anscheinend nicht weiter, also frage ich noch mal etwas genauer nach: »Für was soll das Plastik denn gut sein?«

»Fürs Licht.«

»Also eine Lampe oder eine Abdeckung dafür?«, forsche ich weiter.

»Nee, zum Durchgucken.«

»Ach, Sie meinen Acrylglas für eine Fensterscheibe, oder?«

Auch jetzt kommt von ihm nur: »Ja.«

Da er anscheinend nicht viel von ganzen Sätzen hält, sage ich nur »Komm« und gehe voraus zu den Acrylglasplatten. Dort angekommen, zeige ich dann einfach ins Regal und meine: »Da.«

Er mag zwar etwas wortkarg sein, aber er hat auf jeden Fall Anstand. Denn nachdem ich ihm die Platten gezeigt habe, sagte er: »Danke.«

Ganz schön dreist

Ein Mann Anfang 30 kommt zu mir, legt einen Kassenzettel auf den Tresen und sagt: »Hallo. Ich habe letzte Woche bei euch 18 Säcke Ausgleichsmasse gekauft. Die war aber anscheinend nicht in Ordnung und hat jetzt überall Risse bekommen. Gestern war ich dann schon einmal hier und habe mit Ihrem Kollegen vereinbart, dass ihr mir die 18 Säcke ausbezahlt. Es geht also nur noch um die Gutschrift.«

Ich schaue kurz auf den Kassenzettel und sehe, dass er tatsächlich vor ein paar Tagen die Ware bei uns gekauft hat. 18 Säcke für 22,95 Euro das Stück. Macht also zusammen 413,10 Euro. »Nicht schlecht«, denke ich und frage ihn: »Warum hat Ihnen der Kollege gestern denn nicht gleich eine Gutschrift gegeben?«

»Da hatte ich den Kassenzettel nicht dabei und außerdem wollte ich die Sache vorher klären«, meint er. »Aber das geht ja bei euch recht unkompliziert.«

Na, wenn er sich da mal nicht täuscht. Denn ich bin mir ziemlich sicher, dass keiner meiner Kollegen so eine Entscheidung treffen würde, ohne mich oder den Chef vorher zu fragen. Außerdem ist der von ihm beklagte Mangel kein Materialfehler. Die Risse entstehen entweder dann, wenn man alle Fenster und Türen aufreißt und durch den Durchzug die Oberfläche zu schnell abtrocknet oder wenn man die Fußbodenheizung beim Trocknen zu weit aufdreht. Und beides ist kein Grund dafür, ihm das Geld zu erstatten. Sollte aber wirklich einmal der Verdacht bestehen, dass das Material fehlerhaft ist, kommt in der Regel zunächst ein Mitarbeiter des Herstellers, um sich das Ganze anzusehen und das Material zu prüfen. Der entscheidet dann, ob und in welcher Höhe der Kunde entschädigt wird. Da ich dem Kunden natürlich auch nichts Böses unterstellen will, frage ich als Nächstes: »Welcher der Kollegen war es denn?«, und deute dabei auf die Mitarbeiterfotos, die an unserer Information aushängen.

Offenbar kann er sich nicht so schnell entscheiden, doch letztendlich kommt er zu dem Entschluss: »Ich glaube, der Kollege ist da nicht drauf.«

»Das glaube ich auch«, denke ich, sage jedoch: »Aber einer muss es ja gewesen sein. Auf den Fotos sind alle Mitarbeiter dieser Abteilung.«

Plötzlich scheint er sich zu erinnern: »Ja, ich glaube, das war der Herr oben rechts.«

So langsam wird es echt langweilig mit ihm. Denn wie 100 andere vor ihm auch schon hat er sich den ältesten Mitarbeiter rausgesucht in der Hoffnung, dass dieser auch am meisten zu sagen hat. Da ich kein Spielverderber sein möchte, führe ich sein Spielchen weiter und sage: »Das ist eher unwahrscheinlich. Denn der lässt sich seit knapp 14 Tagen in Spanien die Sonne auf den Pelz brennen. Kommt aber am Montag wieder.«

»Ach nein«, verbessert er sich hektisch, »ich meine natürlich den auf der anderen Seite. Da hab ich mich wohl falsch ausgedrückt.«

Ich deute auf das Foto und frage: »Der hier?«

»Ja, der war's.«

»Volltreffer! Das bin ich. Und ich kann mich beim besten Willen nicht daran erinnern, dass wir gestern miteinander zu tun hatten.«

»Ach, ihr seht doch auf den Fotos alle gleich aus«, rechtfertigt er sich. »Ich weiß einfach nicht mehr, wer das gestern war. Krieg ich jetzt endlich die Gutschrift oder muss ich erst zum Geschäftsführer gehen?«

Anscheinend glaubt er immer noch, dass ich total bescheuert bin und er hier mal eben locker-flockig über 400 Euro abgreifen kann. Da das aber nicht der Fall ist, stelle ich ihn vor die Wahl: »Jetzt passen Sie mal auf. Es gibt genau zwei Möglichkeiten. Entweder wir holen den Geschäftsführer und der entscheidet dann, ob Sie recht haben oder eine Anzeige wegen versuchten Betrugs bekommen. Oder aber Sie gehen jetzt einfach nach Hause und wir vergessen die ganze Sache.«

Bingo! Ich habe den Nagel wohl auf den Kopf getroffen, denn jetzt geht er voll ab: »Was sagen Sie da? Dass ich ein Betrüger bin? Ich scheiß doch auf euch. Und auf diesen Scheißladen hier. Ihr seid doch alle Betrüger. Ich geh zu meinem Anwalt, der wird euch in den Arsch treten.«

»Übertreiben Sie es nicht«, ermahne ich ihn. »Sie können hingehen, wohin Sie wollen, aber hier ist für Sie jetzt Ladenschluss.«

Obwohl er immer noch schimpft und pöbelt, was das Zeug hält, zeige ich mich als freundlicher Gastgeber, geleite ihn zur Tür und verabschiede ihn höflich.

Unkrautmittel gegen Blattläuse

Eine ältere Frau, ich schätze sie mal auf Anfang 70, erklärt mir, dass sie ein Mittel gegen Blattläuse benötigt, da ihre Rosen davon stark befallen sind. Während ich mit ihr zum Schrank mit den Pflanzenschutzmitteln gehe, frage ich sie: »Soll es ein bestimmtes Mittel sein oder ist die Marke egal?«

»Nein, nein«, antwortet sie, »wenn ich die Flasche sehe, dann weiß ich schon, was ich brauche.«

Am Schrank angekommen, öffne ich die Tür. »Welches Mittel ist es denn?«

Zielstrebig greift sie nach einer Sprühflasche mit Unkrautvernichter und sagt: »Das ist es.«

»Sind Sie sich da ganz sicher?«, frage ich nach.

»Ja, hundertprozentig. Das nehme ich immer für die Blattläuse an den Rosen her.«

Wenn ich jetzt gemein wäre, würde ich sie einfach mit der Flasche Unkrautvernichter abdampfen lassen und mir in Gedanken ausmalen, wie die Rosen in ein paar Tagen aussehen werden. Bin ich aber nicht. Und außerdem gehört es sich nicht, ältere Menschen zu verarschen. Also kläre ich sie auf: »Das ist aber Unkrautvernichter. Ich glaube nicht, dass das Ihren Rosen gefallen wird.«

»Das ist doch egal, was da draufsteht«, beschwichtigt sie mich. »Aber gegen die Blattläuse hilft es ganz gut.«

»Ja klar, wenn die nichts mehr zu essen haben, hauen die alle ab und suchen sich eine neue Pflanze«, denke ich. Einen Versuch starte ich noch: »Schauen Sie mal. Das hier ist das Mittel gegen die Blattläuse. Das mischt man mit Wasser und dann sprüht man es mit einer Sprühflasche auf die betroffenen Pflanzen.«

»Ja, so was hab ich auch zu Hause«, meint sie daraufhin, und jetzt dämmert mir, warum sie die andere Flasche wollte. »Kann es vielleicht sein, dass Sie das Blattlausmittel in der leeren Sprühflasche vom Unkrautvernichtungsmittel angemischt haben und damit jetzt die Rosen besprühen?«

Nach einer kurzen Denkpause fällt es ihr wieder ein: »Ja genau. Ich hatte die Flasche ja bloß zum Sprühen hergenommen. Wissen Sie, die war ja noch bei mir im Gartenhaus gestanden. Und weil die sowieso leer war, hab ich die halt für die Blattläuse hergenommen.«

»Na, da haben wir aber noch mal Glück gehabt«, sage ich und gebe ihr das Blattlausmittel.

»Ja. Gut, dass Sie da aufgepasst haben«, lobt sie mich. »Wissen Sie, ich werde jetzt 79 Jahre. Da bringt man schon ganz schön viel durcheinander.«

Für 79 macht sie aber noch einen ganz frischen Eindruck und ich denke: »Wenn in dem Alter mein einziges Problem darin besteht, dass ich ein Unkrautmittel mit einem Blattlausmittel verwechsele, dann soll es mir recht sein, wenn die Rosen draufgehen.«

Eine ganz normale Mittagspause

Es ist Zeit für die Mittagspause, also rufe ich einen Kollegen aus der Farbenabteilung an und frage ihn: »Wie sieht's aus? Döner?«

»Super Idee«, meint er, und ein paar Minuten später treffen wir uns am Ausgang.

»Nichts wie weg hier!«, ruft er mir zu, dann stürmen wir zum Auto.

Im Parkhaus angekommen, das zu dem Supermarkt gehört, auf dessen Gelände die Dönerbude steht, entscheide ich mich erst für einen Mutter-Kind-Parkplatz, weil der ja viel näher am Eingang liegt. Als jedoch ein paar Meter weiter ein ganz normaler Parkplatz frei wird, disponiere ich um und nehme doch lieber diesen. Als wir aus dem Auto aussteigen, spricht uns prompt eine Frau an und sagt: »Ihr seht aber wirklich aus wie Mutter mit Kind. Hat der Baumarkt heute denn schon Feierabend?«

Genervt antworte ich: »Ja klar, wir haben heute schon mal etwas früher zugesperrt.«

Es ist einfach absolut lästig, wenn man in der Mittagspause von irgendwelchen Kunden angequatscht wird, und diese dann obendrein auch noch besonders lustig sein wollen. So etwas mag ich gar nicht.

Vor der Dönerbude hat sich schon eine kleine Schlange gebildet. Klar, es ist Mittagszeit. Da es zügig vorangeht, können wir schon nach ein paar Minuten unsere Bestellung aufgeben. Der Betreiber der Dönerbude ist ebenfalls ein Kunde von uns. Er holt sich immer Gasflaschen, die er zum Grillen seines Dönerspießes braucht. Und weil wir ja nun einmal eh schon da sind, fragt er uns auch gleich nach den aktuellen Kohlenpreisen, weil er die ja noch für zu Hause braucht. Aber das ist kein Problem für uns, denn er ist wirklich nett und außerdem macht er den besten Döner weit und breit.

Bepackt mit zwei Tüten, aus denen es mächtig gut riecht, treffen wir wieder im Baumarkt ein. Jetzt noch schnell einen Kaffee von der Bäckerei, die sich im Gebäude des Baumarkts befindet, und dann ab in den Pausenraum. Der Weg dorthin führt leider durch den Verkaufsraum und trotz ziviler Kleidung, Döner und Kaffee in der Hand werden wir mehrmals von Kunden angesprochen.

Ich persönlich finde so etwas wirklich unverschämt und wahrscheinlich wäre keiner der Kunden besonders erfreut darüber, wenn man ihn während seiner Mittagspause mit Arbeit belästigen würde. Doch wie kommen die eigentlich darauf, dass man dort arbeitet, obwohl man keine Arbeitskleidung trägt? Ganz klar. So etwas ist Kundenlogik und funktioniert folgendermaßen: »Der hat was zu essen und einen Kaffee in der Hand. Also geht er in die Pause. In Pause gehen kann er aber nur, wenn er hier arbeitet. Also arbeitet er hier. Und dann kann ich ihn ja auch fragen.«

So etwas ist doch vorsätzlich, oder? Absichtliches Auf-die-Nerven-Gehen nennt sich das. Auch das obligatorische »Ich hab nur 'ne kurze Frage« macht es nicht besser, denn die haben 20 andere Kunden ebenfalls. Die einzige Lösung ist: abwimmeln und weitergehen. Bloß nicht stehen bleiben, sonst bist du verloren und kannst deine Pause vergessen.

Endlich im Pausenraum angekommen, lassen wir uns die Döner schmecken und lauschen den Gesprächen der Kollegen. Wie meistens geht es um Kunden. Bei meinem Kollegen in der Elektroabteilung hat sich heute jemand beschwert, dass er 40 Kilometer hergefahren ist, um sich eine Deckenleuchte bei uns zu kaufen. Als er die Lampe dann zu Hause montiert hat, funktionierte sie nicht. Jetzt musste er wieder von so weit herfahren, um die Lampe umzutauschen. Als der Kollege ihn gefragt hat, ob er denn schon eine Glühbirne in die Lampe eingeschraubt habe, hat ihn der Kunde nur ganz verdutzt angeschaut und gemeint: »Glühbirne? Ja ist da denn keine drin?«

Und wer ist schuld? Natürlich der Idiot aus dem Baumarkt. Lässt der doch den armen Kunden so weit fahren, anstatt ihm gleich eine Glühbirne mitzugeben. Dieser Elektrovogel ist aber echt gemein. So etwas macht der doch nur aus purer Bosheit.

Schließlich steht der doch wartend neben den Lampen, und wenn sich jemand eine wegnimmt, dann muss er ihm gleich die passende Glühbirne dazu in die Hand drücken.

Ganz schön hart hat es auch den Kollegen aus der Werkzeugabteilung getroffen. Ein Kunde ist zu ihm gekommen und hat ihn gefragt: »Wenn ich ein 8er-Loch bohren will, dann brauche ich doch einen 3er- und einen 5er-Bohrer, oder?«

Mein Kollege ist schweigend stehen geblieben, weil er zunächst nicht wusste, was er darauf antworten sollte. Also fuhr der Kunde fort: »Wissen Sie, was Sie jetzt hätten antworten müssen?«

»Nein!«

»Nehmen Sie zwei 4er-Bohrer, dann brauchen Sie nicht zu wechseln.«

Dann hat sich der Kunde einfach umgedreht und ist gegangen. Was soll man von so etwas nur halten?

Das sind dann wahrscheinlich genau die Kunden, die sich beim Chef oder der Zentrale darüber beschweren, dass sie hier verarscht worden sind, nur weil jemand mal einen Spaß gemacht hat.

Beim Thema Beschwerden wird sowieso gelogen, dass sich die Balken biegen. Da sind grundsätzlich alle Mitarbeiter unfreundlich und haben den Kunden falsch beraten. Jedenfalls habe ich noch nie so etwas gelesen wie: »Der Mitarbeiter war sehr freundlich und zuvorkommend. Auch seine Beratung war hervorragend. Nur leider hat er vergessen, mir zu sagen, dass man vor der Lampenmontage besser die Sicherung am Stromkasten ausschalten sollte. Andererseits hätte ich mir das ja denken können.« Nein. Solche Beschwerden gibt es nicht. Vielmehr heißt es dann: »Wenn Sie schon Lampen verkaufen, sollten Sie auch geschultes Personal einsetzen. So etwas ist ja lebensgefährlich. Außerdem war der Mitarbeiter ziemlich unfreundlich und ich hatte den Eindruck, dass er überhaupt keine Lust hat, mir etwas zu verkaufen.«

Der von dieser Beschwerde betroffene Kollege wiederum rechtfertigt sich dann: »Stimmt. Ich habe nichts von Sicherung rausmachen gesagt. Ich habe allerdings gesagt, dass nur Fachleute sich an Strom wagen sollten. Und wenn man sich damit nicht auskennt, sollte man lieber die Finger davon lassen und sich einen Elektriker leisten.«

Das Witzige an solchen Sachen ist, dass man nie herausfinden wird, wie etwas wirklich gewesen ist.

Wenn wir gerade schon mal beim Thema Lügen und Beschweren sind, fällt mir noch eine ziemlich dreiste Geschichte mit einer Kundin ein. Sie kam zu mir mit den Worten »Ich brauche da noch ein Paket von den Fliesen hier« und hielt mir ein Stück von einer Fliese vor die Nase, die ich noch nie gesehen hatte. Also erklärte ich der Kundin ganz behutsam, dass es diese Fliese bei uns leider nicht gibt und dass sie die doch da holen möge, wo sie die anderen auch herhatte. Eigentlich war das nicht schwer zu verstehen und als Antwort könnte man vielleicht ein »Okay, mache ich« erwarten. Doch falsch! Denn anstatt es einzusehen, versuchte mir die Kundin nun einzureden, dass ich ihr selbst die Fliesen letzte Woche verkauft hätte mit dem Versprechen, dass sie welche nachkaufen könne, falls sie nicht reichen sollten. (Originaltext: »Da haben Sie ja selbst noch zu mir gesagt, dass Sie die immer dahaben und dass es überhaupt kein Problem ist. Aber ihr lügt einem ja alle was vor.«) Ganz schön frech. Auch meine Erklärung, dass ich letzte Woche im Urlaub war, wurde mit einem »Ach, Sie waren doch nicht in Urlaub, so ein Quatsch« zurückgewiesen.

So etwas habe ich ja besonders gern. Erst woanders kaufen, dann herkommen und sich aufführen wie ein Frettchen auf Drogen. Und zu guter Letzt dann auch noch behaupten, dass ich lüge. Dementsprechend freundlich habe ich das Gespräch dann auch beendet. Und prompt hat sie sich dann darüber beschwert, dass ich so unfreundlich war und ihr einfach keine passenden Fliesen verkaufen wollte. Also musste ich mich erst einmal rechtfertigen, warum ich denn so unendlich böse zu der armen Frau gewesen war. Nachdem ich es erklärt hatte, war die Sache dann ganz schnell vergessen.

Am nächsten Tag ist dann ein Typ mit dem gleichen abgebrochenen Fliesenmuster zu mir gekommen. Na, da war ich aber begeistert. Wieder das gleiche Spiel. Er wollte ein Paket von den Fliesen und ich hatte keine. Im Gegensatz zu ihr hat er aber wenigstens gleich eingesehen, dass ich diese Fliese nicht habe, und zugegeben: »Die haben wir ja damals beim ... gekauft und den gibt es schon seit fünf oder sechs Jahren nicht mehr. Jedenfalls haben wir da im Bad an die Rohre ranmüssen und dann sind halt ein paar kaputtgegangen.«

Da musste ich dann aber schon anmerken, dass sich das gestern aus dem Munde seine Frau ganz anders angehört hatte. Und außerdem habe ich mich auch noch recht herzlich für die überflüssige Beschwerde bedankt. Er war von dem Ganzen sichtlich angetan, denn wieso hätte er sonst einen roten Kopf bekommen, wenn nicht vor Freude? Jedenfalls hat er dann ein Paket ähnliche Fliesen mitgenommen und mir versprochen, mit seiner Frau noch mal darüber zu reden.

Da solche Themen immer sehr ergiebig sind, diskutieren wir alle in unserer Pause noch ein wenig weiter und kommen zu dem Entschluss, dass fast alle irgendwie einen an der Klatsche haben. Wir natürlich nicht. Das macht mich dann allerdings etwas nachdenklich. Denn wenn ich hier so in die Runde schaue, sehe ich doch den einen oder anderen, bei dem ich gewisse Bedenken habe, ob da noch alles ganz rund läuft. Plötzlich fühle ich mich sogar in der Unterzahl, und da zwängt sich mir der Gedanke auf, dass die anderen vielleicht alle ganz normal sind und in Wirklichkeit ich der Bekloppte bin. Letztlich habe ich auch noch nie jemanden getroffen, der von sich selbst gesagt hätte, dass er derjenige mit dem Dachschaden ist. Jeder behauptet immer, dass es die anderen sind. Scheint irgendwie logisch, und meine Zweifel verstärken sich. Aber als ich dann so über den Tisch zu einem Kollegen schaue und sehe, wie merkwürdig er auf seinem mit Salami belegten Baguette herumkaut, verwerfe ich den Gedanken ganz schnell wieder. Denn ich kann mir beim besten Willen nicht vorstellen, dass es normal sein soll, wenn man auf einem Aufback-Baguette herumbeißt, ohne es vorher aufzubacken. Na ja, wenigstens hat er zuerst noch die Folie entfernt. Eine Zigarettenlänge überlege ich, ob ich meinen Kollegen vielleicht auf das kleine Missgeschick hinweisen sollte. Doch als ich feststelle, dass er bereits mehr als die Hälfte gegessen hat, beschließe ich, lieber nichts zu sagen und ihn einfach weiteressen zu lassen. Außerdem muss ich ja sowieso wieder los, denn die Pause ist wie immer viel zu schnell vergangen.

Auch ich bin Kunde

Obwohl heute mein freier Tag ist, gehe ich trotzdem in den Baumarkt. Allerdings nicht, um zu arbeiten, sondern einfach mal so, um zu schauen. Und zwar bei der Konkurrenz.

Ich bin gerade auf dem Parkplatz eingetroffen und rauche noch in aller Ruhe meine Zigarette fertig. Dabei beobachte ich einen Mitarbeiter, der versucht, mit seinem Gabelstapler ein viel zu großes Paket mit einem Gartenhaus auf einen viel zu kleinen Anhänger zu laden. Anscheinend muss er wirklich erst ein paar Versuche starten, bevor er merkt, dass es nur dann ginge, wenn sich die Seitenwände des Anhängers umklappen ließen. Jetzt wird erst einmal wild mit dem Kunden diskutiert, bevor er das Gartenhaus einfach neben dem Anhänger absetzt, die Verpackung aufschneidet und verschwindet. So richtig glücklich scheint der Kunde mit der Lösung allerdings nicht zu sein. Trotzdem macht er sich gleich daran, jedes Teil des Bausatzes einzeln aufzuladen. »Na dann, viel Spaß«, denke ich und gehe zum Eingang, um der Konkurrenz einen Besuch abstatten. Als Erstes fällt mein Blick auf einen Aufsteller mit Solarleuchten. Sechs Stück für knapp 10 Euro. »Das wär doch was«, überlege ich und beschließe, die Leuchten etwas genauer unter die Lupe zu nehmen. Kurz darauf wird mir schlagartig bewusst, wieso der Spruch »Man schaut mit den Augen und nicht mit den Händen« durchaus Sinn macht. Denn kaum habe ich eine der Musterleuchten in der Hand, fällt mir auch schon der Deckel mit der Solarzelle ab. Während ich verzweifelt versuche, den Schaden möglichst unauffällig wieder zu beheben, nimmt eine Kundin ein Paket Solarleuchten aus dem Aufsteller und meint: »Für das Geld sind die schon gut. Da kann man nicht meckern. Ich habe schon zwölf Stück zu Hause. Und da war bloß eine einzige dabei, die nicht ging.«

»Bloß eine einzige?«, frage ich sie. »Wie viele gehen denn im Normalfall nicht?«

»Ich hatte schon mal andere«, antwortet sie, »da war bestimmt jede zweite oder dritte kaputt. Und der Rest ging dann nach ein paar Wochen nicht mehr. Da stand das Wasser vom Regen drin.«

Anscheinend muss man bei Solarleuchten eine gewisse Ausfallquote miteinkalkulieren. Aber dafür sind sie ja billig. Also rechne ich mir kurz meine Chancen aus. Eine kaputte auf zwölf Stück plus eine, bei der der Deckel abbricht, und vielleicht noch eine, bei der es reinregnet. Macht also alles zusammen eine Ausfallwahrscheinlichkeit von 25 Prozent. Und bei meinem Glück erwische ich dann bestimmt auch noch ein Paket, wo von jeder Sorte eine drin ist. Da mich das Ganze dann doch eher an eine Lotterie auf dem Rummel erinnert, lege ich die Musterleuchte wieder zurück und überlasse diese Art des Glücksspiels lieber anderen Kunden. Vielleicht haben die ja mehr Glück.

Ich marschiere nun weiter in Richtung Gartenabteilung. Dabei fällt mir ein, dass ich einen neuen Grill wirklich gut gebrauchen könnte. Denn mein alter sieht durch den inzwischen schon extrem verrosteten Grillrost nicht mehr allzu appetitlich aus. Dabei ist die Bezeichnung »Grillrost« übrigens meiner Meinung nach von den Herstellern ganz bewusst gewählt worden. Denn würde es zum Beispiel »glänzendes Grillgitter« heißen, könnte man ja verlangen, dass es wenigstens die nächsten paar Jahre so bleibt. Da aber das Wort »Rost« schon Teil der Artikelbezeichnung ist, kann sich wohl kaum jemand darüber beschweren, dass das Ding einfach wegrostet. Und das, obwohl das Gitter ja wegen der verchromten Oberfläche eigentlich gar nicht rosten dürfte. Aber auch dafür hat die Industrie eine Lösung gefunden und überall werden Grillreinigungsbürsten angeboten. Diese sind meistens eine Kombination aus Stahlwolle, Drahtbürste und Eisenschaber. Damit lässt sich dann kinderleicht die Verchromung beim Reinigen beschädigen und der Rost kann so richtig kommen. Praktischerweise war bei meinem letzten Grill ein solches Reinigungsinstrument gleich mit im Paket enthalten und ich Trottel habe es natürlich auch benutzt. Das ist ungefähr so, als wenn man beim Handykauf dem Kunden einen mit Wasser gefüllten Eimer dazugeben und sagen würde: »Da können Sie das Handy reinstellen, wenn es schmutzig ist.«

Ich mache mich also auf die Suche nach den Grills und werde schließlich zwischen Grünpflanzen, Heckenscheren und Schaufeln fündig. Nachdem ich mir die dort ausgestellten Exemplare ein wenig angeschaut habe, spricht mich eine Verkäuferin an: »Kann ich Ihnen irgendwie behilflich sein?«

»Aha«, denke ich, »ich sehe also so aus, als ob ich Hilfe bräuchte.« Dann sage ich zu ihr: »Nein danke, ich schaue nur mal, ich brauche einen neuen Grill.«

So einfach will sie sich aber anscheinend nicht abwimmeln lassen. »Ja, ab und zu braucht man doch mal einen neuen. Was suchen Sie denn? Einen Gasgrill oder einen mit Kohle?«

»Einen Kohlegrill«, antworte ich. Und weil sie es ja anscheinend so genau wissen will, gebe ich ihr gleich noch ein paar Auskünfte: »Er soll nicht so klein sein, aber auch nicht zu groß. Preislich muss es nicht der billigste sein, aber auch nicht der teuerste. Einfach ein ganz normaler Grill, auf dem ich auch mal zehn Steaks gleichzeitig grillen kann.«

Sie tut so, als ob sie mich verstanden hätte, und meint: »Da habe ich hier drüben ein ganz tolles Modell für Sie. Wenn ich Ihnen das vielleicht mal kurz zeigen dürfte?«

»Na klar, darfst du«, denke ich und folge ihr zu dem Grill, den sie ja offenbar so toll findet. Zugegeben, auf den ersten Blick schaut er auch nicht schlecht aus. Aber als ich ihn mir dann mit den Händen etwas genauer ansehe, stelle ich fest, dass er doch ganz schön wackelig ist. Daher frage ich die Verkäuferin: »Der steht aber jetzt nicht richtig, oder? Ach nee, der ist ja so wackelig. Sind die alle so?«

»Nein, nein. Das ist nur ein Muster.«

»Ach so, dann ist der eigentliche Grill also anders als das Muster, oder?«

»Nein, aber das Muster hat unser Lehrling aufgebaut. Und der ist handwerklich nicht ganz so geschickt.«

Innerlich habe ich mich schon längst entschieden, den Grill zu nehmen. Aber es macht einfach zu viel Spaß, selbst einmal Kunde zu sein, daher quatsche ich weiter: »Aha, dann ist der bestimmt auch nicht so leicht aufzubauen.«

»Doch, doch«, meint sie, »das ist ganz einfach. Und außerdem ist ja eine Aufbauanleitung mit dabei.«

»Ach so, und Ihr Lehrling hatte keine Aufbauanleitung. Das erklärt natürlich, warum das Muster so wackelt.«

Sie scheint jetzt schon etwas genervt von mir zu sein. Doch gerade, als ich ihr sagen will, dass ich den Grill trotzdem nehme, kommt sie mir zuvor und bestätigt: »Nein, der hatte keine Aufbauanleitung.«

»Na ja, eigentlich wollte ich ja schon so einen Grill haben. Aber was mache ich denn, wenn da rein zufällig gar keine Aufbauanleitung dabei ist? Schließlich hat die ja bei dem Muster anscheinend auch gefehlt. Also ich weiß echt nicht, ob ich den ohne Anleitung aufbauen kann.«

Sichtlich verärgert von meiner dummen Fragerei sagt sie: »Da war schon eine Anleitung dabei, aber er hat sie nicht gelesen. Aber wenn Sie wollen, können wir ja nachsehen, ob eine dabei ist.«

Da ich jetzt allmählich doch Mitleid mit ihr habe, spare ich mir die Frage, ob der Lehrling eventuell nicht lesen kann oder ob er nur zu faul dazu ist, und winke ab: »Ist schon in Ordnung. Ich nehme jetzt einfach einen mit. Und das mit dem Aufbau wird schon klappen.«

Daraufhin hebt sie mir einen verpackten Grill vom Stapel und stellt ihn auf meinen Einkaufswagen. Damit sammelt sie natürlich reichlich Sympathiepunkte. Aber anscheinend nur, um sie im nächsten Moment wieder alle auf einmal zu verspielen. Denn sie fragt: »Brauchen Sie vielleicht noch eine Reinigungsbürste für den Grillrost dazu?«

»Nein danke«, antworte ich, »aber Sie wollten doch noch nachsehen, ob die Aufbauanleitung beiliegt.«

Nachdem auch dieser Punkt geklärt ist, setze ich meinen Einkauf fort und begebe mich zum Highlight eines jeden Baumarktes, der Werkzeugabteilung. Nur hier gibt es so wunderbare Dinge wie Abzieher, Ringschlüssel mit Ratscheneinsatz, Abisolierzangen und vor allem Akkuschrauber und Schlagbohrmaschinen. Es gibt einfach für alles ein entsprechendes Werkzeug, das einem die Arbeit erleichtert. Ich persönlich glaube ja, dass viele von diesen Geräten nur deshalb gekauft werden, weil sie einem irgendwie das Gefühl von Kompetenz und Macht geben. Eben ganz nach dem Motto: »Ich brauche zwar nie einen Rohrschneider, aber erstens weiß ich, wie er funktioniert, und zweitens habe ich einen, falls doch mal ein echter Notfall eintritt. Und dann sind alle überglücklich, das ich damals diesen total überteuerten Rohrschneider gekauft habe, obwohl ich ihn bis zu diesem Notfall noch nie gebraucht habe.« Eigentlich totaler Schwachsinn. Denn was sollte das für ein Notfall sein? Zumindest keiner, den man nicht auch mit einem Winkelschleifer beheben könnte. Also lasse ich das ganze Kleinwerkzeug links liegen und begebe mich gleich zur Königsklasse, den Elektrowerkzeugen. Da meine alte Schlagbohrmaschine eher an einen Feuer spuckenden Drachen erinnert als an ein Gerät, mit dem man Löcher in eine Wand bohren kann, ist es dringend an der Zeit, eine neue zu besorgen. Denn wenn in einem Haushalt etwas nicht fehlen darf, dann sind es ein Akkuschrauber und eine Schlagbohrmaschine.

Während ich mir in aller Ruhe die Ausstellungsstücke anschaue, belausche ich ein Gespräch zwischen einem Kunden und einem Verkäufer. Dabei erklärt der Kunde dem Verkäufer gerade, dass sein neuer Akkuschrauber nach nicht einmal zehn Minuten Arbeit bereits den Geist aufgegeben hat und dass er seitdem keinen Mucks mehr von sich gibt. Das Fazit des Verkäufers ist ernüchternd. »Ja, dann müssen wir den einschicken. Das kann aber zwei bis drei Wochen dauern, bis der aus der Reparatur wieder da ist«, meint er.

Da es mich natürlich interessiert, was der Kunde sich da für einen Schrott hat andrehen lassen, nähere ich mich den beiden unauffällig etwas. Aber zu meinem Erstaunen handelt es sich bei dem Gerät nicht etwa um ein billiges Ramschprodukt, sondern um ein absolutes hochwertiges Markenprodukt mit Schlagbohrfunktion und Lithium-Ionen-Akku. »Das wär auch was für mich«, denke ich und rücke noch ein Stück näher.

Der Kunde scheint über die Idee, das Gerät einzuschicken, nicht besonders erfreut zu sein. »Ja, was ist das denn für ein Mist?«, schnaubt er ärgerlich. »Ich kaufe mir hier den Schrauber, und dann geht der nicht. Ich brauche das Ding aber jetzt, weil ich gerade meine Terrasse baue, und nicht erst in ein paar Wochen. Da kann doch ich nichts dafür, dass der Schrott ist. Den müsst ihr mir ersetzen, und zwar sofort.«

»Also, wie war das denn genau? Und was geht da nicht?«, fragt ihn der Verkäufer.

»Ja, das weiß ich doch nicht, was da nicht geht«, brüllt ihn der Kunde an. »Dafür sind Sie doch da, um das rauszufinden. Ich hab nur ganz normal geschraubt, und dann ist er plötzlich stehen geblieben. Der kam mir schon die ganze Zeit so vor, als ob er nicht richtig laufen würde.«

»Ich kann Ihnen so leider auch nicht sagen, was da nicht funktioniert«, stellt der Verkäufer fest. »Dazu müssen wir das Gerät einschicken, damit es vom Hersteller überprüft werden kann. Und das dauert eben.«

Im Gegensatz zum Verkäufer kann ich mir sehr wohl vorstellen, was mit dem Gerät nicht in Ordnung sein könnte. Ich tippe mal darauf, dass einfach nur der Akku leer ist. In Gedanken überlege ich bereits, wie ich wohl am günstigsten an dieses Hightech-Gerät kommen könnte. Am besten wäre, wenn der Verkäufer das Gerät einfach umtauschen würde und der Kunde mit seinem neuen Schrauber und dem Kassenzettel verschwinden würde. Denn ohne Kassenzettel ist es fast unmöglich, dieses Gerät beim Hersteller zu reklamieren. Danach könnte ich dann für das vermeintliche Schrottgerät einen guten Preis mit der Geschäftsleitung aushandeln. Die Idee ist super, aber natürlich moralisch nicht ganz einwandfrei.

Die beiden diskutieren noch ein wenig, bis letztendlich der Verkäufer sagt: »Na gut. Ich tausche Ihnen das Gerät einfach gegen ein neues aus.«

Das kommt meinem Plan schon mal sehr entgegen. Das Einzige, was jetzt noch zwischen mir und dem nagelneuen günstigen Akkuschlagschrauber steht, ist mein Gewissen. Und das gibt leider, ohne einen Umweg über das Gehirn oder den Verstand zu nehmen, sofort eine Meldung an den Mund weiter und lässt mich den Kunden direkt fragen: »Haben Sie es vielleicht schon mal mit Aufladen probiert?«

»Was gibt es denn da aufzuladen?«, kontert der. »Das Gerät ist doch brandneu. Und was geht Sie das überhaupt an?«

»Eigentlich nichts«, erwidere ich, » hätte ja sein können, dass es vielleicht nur am leeren Akku liegt.«

Jetzt überlegt er erst mal ein paar Sekunden, um mich dann richtig anzumaulen: »Ja, was glaubst du, wer du bist? Das hier geht dich 'nen Scheißdreck an. Meinst du vielleicht, dass ich zu blöd bin, um mit so 'nem Akkuschrauber umzugehen? Mensch, hau doch ab und gib deinen Senf da ab, wo du danach gefragt wirst.«

Seinem Gesichtsausdruck und dem Wortlaut entnehme ich, dass ich mit meiner Vermutung wohl nicht so falsch liege. Außerdem scheint ihm gerade eingefallen zu sein, dass wir uns von irgendwoher kennen. Denn warum sonst sollte er plötzlich von Sie auf Du umschwenken?

Dass an der Sache irgendwas faul sein könnte, scheint jetzt auch dem Verkäufer bewusst zu werden. »Ja, haben Sie jetzt den Akku schon mal geladen oder nicht?«, fragt er den Kunden. »Wissen Sie, wenn wir das Gerät einschicken und es ist nichts defekt, dann müssen Sie für die Kosten von Transport und Überprüfung aufkommen.«

Das hat gesessen. Beim Boxen könnte man diesen Satz mit einer sauber geschlagenen Rechten vergleichen, die mitten im Ziel landet. Das merkt anscheinend auch der Kunde, denn der wird jetzt richtig sauer. »Ach, weißt du was?«, schnauzt er den Verkäufer an. »Das wird mir jetzt zu blöd mit euch. Wenn sich hier keiner auskennt, dann muss ich eben woanders hingehen. Dummschwätzer kann ich jedenfalls nicht gebrauchen. Und nur dass eines klar ist: Kaufen werde ich hier nichts mehr. Das könnt ihr euch hinter die Ohren schreiben.«

Nach dieser tollen Ansage schnappt er sich wütend sein Gerät und dampft ab.

»Was hat er denn jetzt?«, fragt mich der Verkäufer.

»Keine Ahnung«, sage ich, »aber wahrscheinlich ist ihm eingefallen, dass er es doch mal mit Aufladen probieren könnte. Denn wenn wirklich etwas kaputt wäre, hätte er es ohne Sorge einschicken lassen können. Schließlich gibt es ja für solche Fälle auch Garantie auf das Gerät.«

Leider hat sich durch den plötzlichen Sinneswandel des Kunden auch mein Traum vom günstigen Akkuschlagschrauber in Luft aufgelöst. Da mir aber ein neuer einfach zu teuer ist, frage ich den Verkäufer: »Habt ihr vielleicht 'ne günstige Schlagbohrmaschine? Ich mein jetzt nicht billig, sondern eine, bei der Preis und Leistung zusammenpassen.«

»Könnte sein, dass ich da was für Sie habe«, sagt er nach kurzem Überlegen und zeigt mir eine Maschine, die mir zwar gut gefällt, die aber preislich doch deutlich über meinen Vorstellungen liegt.

»Ja, die wäre schon super, aber die ist mir dann doch etwas zu teuer.«

»Wenn Sie sie nicht sofort brauchen, lässt sich da was machen«, antwortet er. »Das ist nämlich ein Auslaufmodell und wird bald reduziert. Das dauert allerdings noch ein paar Wochen.«

»Ja klar, aber bis ich das dann mitkriege, ist keine mehr da. Und so viel wird die auch nicht billiger werden, oder?«

»Nee, so viel wird da nicht gehen«, bestätigt er meine Vermutung. Allerdings scheint er eine noch viel bessere Idee zu haben: »Aber wenn die alle abverkauft sind, könnte ich das Ausstellungsstück weglegen und Ihnen dafür 'nen super Preis machen. Dem fehlt ja nichts. Und natürlich haben Sie da auch die ganz normale Garantie drauf.«

»Na, das ist doch mal wirklich super«, denke ich und willige in seinen Vorschlag ein.

Nachdem ich ihm meine Telefonnummer gegeben habe, damit er mich anrufen kann, wenn es so weit ist, stöbere ich noch ein wenig weiter. Dabei stoße ich in der Sanitärabteilung auf ein wirklich fantastisches Produkt. Einen Toilettendeckel mit Absenkautomatik. Diesen Deckel kann man einfach zufallen lassen und die Absenkautomatik federt ihn dann kurz vor dem Aufprall ab, sodass es kein störendes Schlaggeräusch gibt. Während ich mir überlege, ob es nicht vielleicht sinnvoller wäre, so etwas in Fenster einzubauen, damit sie nicht bei jedem kleinen Windzug zuknallen, muss ich feststellen, dass die Klodeckeltechnik noch viel weiter fortgeschritten ist, als ich mir in meinen kühnsten Träumen überhaupt hätte vorstellen können. Denn der nächste Deckel hat nicht nur eine Absenkautomatik, sondern auch noch ein integriertes Nachtlicht, das sich automatisch einschaltet, wenn man den Deckel im Dunkeln öffnet. Eine absolut geniale Erfindung. Ich weiß wirklich nicht, wie ich so lange ohne einen solchen Klodeckel überleben konnte. Denn wie oft habe ich mich nachts schon durch die Dunkelheit meines Badezimmers gekämpft, nur um dann festzustellen, dass in der Toilettenschüssel kein Licht brennt? Und obendrein kann mir der herunterfallende Deckel dank der Absenkautomatik auch nie wieder die Finger so übel zwischen Brille und Schüssel einklemmen. Die einzige Frage, die mich jetzt noch beschäftigt, ist: Kaufe ich den Deckel gleich oder hebe ich mir das lieber als Überraschung für Weihnachten auf?

Beim Gedanken an die überglücklichen Gesichter der Beschenkten wird mir allerdings ziemlich schnell klar, dass man so etwas nicht einfach mal nebenbei kaufen kann. Dazu braucht es schon einen ganz besonderen Anlass. Also entscheide ich mich dafür, bis Weihnachten mit dem Kauf zu warten. Bis dahin muss ich eben damit durchkommen, dass ich das eine oder andere Mal den Lichtschalter betätige, wenn ich nachts auf die Toilette muss.

Auch wenn es mir wirklich schwerfällt, mich von dem wahnsinnig praktischen Toilettendeckel mit Absenkautomatik und integriertem Nachtlicht zu trennen, so muss ich schließlich doch weiterziehen und ihn zurücklassen. Denn inzwischen habe ich Hunger bekommen und begebe mich daher langsam in Richtung Kasse, um zunächst meinen Grill zu bezahlen. Auf dem Weg dahin fällt mir allerdings ein, dass ich unbedingt noch einen Unkrautvernichter kaufen muss. Denn das Zeug wuchert inzwischen in meinem ganzen Garten. Anfangs habe ich es noch mit Auszupfen probiert, aber es kommt einfach immer wieder und wächst viel schneller als alles andere, das dort eingepflanzt ist. Also lasse ich meinen Einkaufswagen in der Nähe der Kasse stehen und flitze schnell in die Gartenableilung, um mir ein solches Mittel zu besorgen. Nach kurzer Suche werde ich fündig. Nur leider wird der Unkrautvernichter hinter einer verschlossenen Glastür aufbewahrt. Das wiederum heißt, dass man erst einen Mitarbeiter finden muss. Allerdings nicht irgendeinen Mitarbeiter. Nein. Man muss schon den einen ganz speziellen finden, der den Schlüssel für diesen Schrank hütet. Witzig finde ich, dass die Pflanzenschutzmittel zwar alle verschlossen aufbewahrt werden müssen, das Rattengift aber direkt daneben offen im Regal stehen darf.

Diese Logik verstehe ich ehrlich gesagt nicht wirklich. Macht aber auch nichts. Denn schließlich habe ich ja ein ganz anderes Problem. Ich brauche die Schlüsselfigur. Und wenn man so jemanden sucht, gibt es zwei Möglichkeiten, es zu tun. Entweder läuft man wild umher und fragt jeden Mitarbeiter oder man bleibt einfach dort stehen, wo man gerade ist, und hofft, dass diese Person irgendwann vorbeikommt. Da ich keine große Lust habe, lange umherzuirren, entscheide ich mich für die zweite Möglichkeit. Nach ein paar Minuten – einer gefühlten halben Stunde – kommt die Mitarbeiterin auf mich zu, die mir auch schon den Grill angedreht hat, und fragt: »Haben Sie noch etwas vergessen?«

Ich sage: »Ja, ich brauche noch was gegen Unkraut«, und bin mir eigentlich ziemlich sicher, dass jetzt die Sucherei nach dem Schlüssel losgeht. Doch weit gefehlt. Sie zückt sofort den Schlüssel, schließt den Schrank auf und meint: »Wissen Sie schon, welches Mittel Sie brauchen?«

»Ja, das in der grünen Flasche. Ich nehme gleich eine große.«

Sie gibt mir die Flasche und drückt mir gleich dazu noch eine kostenlose Belehrung über das Mittel ins Ohr. »Das weiß sie also«, denke ich, »aber einen Grill richtig aufbauen geht gar nicht.«

»Ja, alles klar«, sage ich, »ich hab das schön öfter hergenommen. Also keine Angst, dass ich mich oder die Umwelt damit umbringe.«

Mit dem Unkrautmittel in der Hand komme ich kurz darauf wieder zur Kasse. Allerdings kann ich jetzt meinen Wagen nicht mehr finden. Wie ich feststellen muss, hat irgendein Spaßvogel meinen Grill auf einem Stapel Werkzeugboxen abgestellt und sich mit meinem Einkaufswagen aus dem Staub gemacht. »Nur gut, dass da kein Euro, sondern nur ein Plastikchip drin war«, denke ich. Weil mir jammern jetzt auch nicht unbedingt weiterhilft, nehme ich den Grill einfach unter den Arm und stelle mich an der Kassenschlange an. Während ich darauf warte, endlich bezahlen zu dürfen, verspüre ich plötzlich ein Stechen in der Wade. Ein Blick nach hinten verrät mir auch die Ursache des plötzlichen Stechens. Hinter mir steht nämlich ein Kunde mit seinem oder vielleicht auch meinem Einkaufswagen. Oben im Korb hat er ein paar Schrauben, etwas Folie und einige Silikonkartuschen. Auf die untere Ablage hat er ein paar Pakete Laminat aufgeladen. Diese stehen schön vorne über und stoßen jedes Mal, wenn er ein Stück weiterfährt in meine Waden. Während ich noch überlege, ob ich etwas sagen soll, und mir vorstelle, was ich mit ihm machen würde, wenn ich sicher wüsste, dass es auch noch mein Einkaufswagen ist, bin ich auch schon an der Reihe. Die Kassiererin deutet auf den Grill und sagt: »Da muss ich aber jetzt mal schnell reinschauen. Der war ja schon mal offen.«

»Klar war der schon mal offen«, erwidere ich. »Ihre Kollegin musste ja unbedingt noch nachsehen, ob die Aufbauanleitung dabei ist.«

In aller Ruhe zieht sie nun ein Teil nach dem anderen aus dem Karton, um sicher zu sein, dass ich da auch nichts hineingetan habe, was da nicht hineingehört. Nachdem sie sich endlich sicher genug ist, bringt sie leider nicht mehr alles wieder in dem Karton unter. »Das ist wahrscheinlich die Quittung für die Sache mit der Aufbauanleitung«, denke ich resigniert und muss über mich selbst ein wenig schmunzeln. Denn wäre der Karton noch verschlossen gewesen, hätte sie wahrscheinlich gar nicht nachgesehen.

»Das ist schon in Ordnung so«, sage ich zu ihr und bezahle meinen Einkauf.

Als ich dann zu Hause endlich den Grill aufbauen will, geht es mir so, wie es mit Sicherheit jedem schon mal ergangen ist: Es fehlen genau zwei Schrauben. Da ich aber nicht einer der meckernden Kunden sein möchte, die sich über alles und jeden beschweren, spare ich mir den erneuten Weg zum Baumarkt. Stattdessen fische ich ein paar ähnliche Schrauben aus meiner Krimskramskiste und baue den Grill zusammen. Außerdem hätten sich fast 30 Kilometer einfacher Fahrtweg wegen zwei Schrauben wohl kaum gelohnt. Aber es soll ja Leute geben, die so etwas als Hobby betreiben.

Der Dachdecker

Mit dem Satz »Ich brauche Dachpappe für ein kleines Häuschen« meldet sich der nächste Hobbybastler zu Wort. Da ich davon ausgehe, dass es sich um ein Gartenhäuschen oder etwas Ähnliches handelt, zeige ich ihm gleich die besandete Dachpappe.

»Bitte schön, hier ist die Dachpappe. Auf der Rolle sind 10 Quadratmeter drauf und sie kostet rund 8 Euro.«

»Kleiner habt ihr's nicht, oder?«, fragt er, »denn ich brauche ja nur so ein kleines Stück für ein Vogelhaus.«

»Ach so«, erwidere ich. »Sie haben also 'ne Großbaustelle. Na, das ist natürlich was anderes.«

Also zeige ich ihm die schmalen Streifen, die als Horizontalsperre ins Mauerwerk eingelegt werden. Die sind zwar auch 10 Meter lang, aber bloß zwischen 11 und 36 Zentimeter breit. Allerdings sind ihm die dann doch wieder zu klein und auch zu teuer. Nachdem er kurz überlegt hat, wenden wir uns wieder der besandeten Dachpappe zu und er schlägt vor: »Da können wir ja ein Stück aus der Dachpappe rausschneiden, das merkt doch keiner. Wissen Sie, das Dach hat ja bloß so 40 x 60 Zentimeter.«

So langsam werde ich ärgerlich: »Das glaube ich nicht, dass wir da was rausschneiden. Das müssen Sie schon selbst machen, nachdem Sie die Rolle gekauft haben.«

»Aber ich kann doch keine ganze Rolle brauchen.«

»Tja, und ich kann keine Dachbahn mit einem 40 x 60 Zentimeter großen Loch drin gebrauchen.«

»Ja, so kommen wir nicht ins Geschäft«, seufzt er. »Aber wenn ihr kein Geld verdienen wollt, dann muss ich eben zur Konkurrenz gehen. Die freuen sich bestimmt, wenn sie Umsatz machen.«

»Ja genau«, denke ich, »die freuen sich bestimmt. Bei dem enormen Umsatz ...«

Grün und Blau

Mein nächster Kunde, nennen wir ihn mal Rolf, hat ein größeres Problem. Weil seine Frau nicht dabei ist, muss Rolf ganz allein entscheiden, welche Fliesen er in seinem neuen Bad haben will. Und das ist schwieriger, als man glaubt. Denn sollten die von ihm ausgesuchten Fliesen seiner Frau nicht gefallen, hat er wahrscheinlich die nächsten Jahre nicht mehr viel zu lachen. Bringt er jedoch gar keine Fliesen mit nach Hause, macht ihm der Fliesenleger Stress. Denn der kommt ja schon morgen früh. Rolf sitzt also in der Zwickmühle. Da er obendrein nicht einmal ansatzweise eine Vorstellung davon hat, wie das Bad später aussehen soll, kann ich ihm auch nicht wirklich weiterhelfen. Ich mache zwar ein paar Vorschläge, aber er kann sich einfach nicht entscheiden. Also lasse ich ihn erst mal in Ruhe weitersuchen und verspreche, später wieder nach ihm zu schauen.

Kaum habe ich mich von Rolf abgewendet, spricht mich auch schon eine ältere Dame mit Brille an: »Ich suche Briketts. Ihr Kollege hat gesagt, dass die da draußen sind. Da ist aber nichts mehr.«

Ich gehe also gemeinsam mit der Frau nach draußen und zeige ihr, wo die Ware steht.

»Hier war ich doch gerade«, sagt sie. »Aber die Briketts standen da noch nicht da.«

»Jaaaa, die wird der Kollege wahrscheinlich gerade erst abgeladen haben.«

»Ja, das kann sein.«

Na klar! 24 Paletten in knapp 90 Sekunden abgeladen und sauber aufgestapelt. Machen wir dauernd so.

Da muss man sich doch echt mal überlegen, ob der Verkauf von Brillen auf Flohmärkten nicht generell verboten werden sollte.

Ein paar Kunden später, um genau zu sein etwas mehr als eine Stunde später, fällt mir plötzlich ein, dass ich etwas vergessen habe: Rolf. Also schaue ich doch gleich mal nach, wie es ihm in der Zwischenzeit geht. Mittlerweile ist er schon recht frustriert und überlegt ernsthaft, ob die blauen Bodenfliesen gut zu den Wandfliesen mit dem leichten Grünton passen. »Grün und Blau schmückt die Sau«, denke ich, sage aber: »Und? Schon was gefunden?«

»Was halten Sie von denen hier?«, fragt er mich und deutet auf die eigenartige Farbkombination.

»Super!«

»Jetzt echt?«

»Nee, das geht gar nicht. Aber das müssen Sie natürlich selbst entscheiden, ist ja schließlich Ihr Bad und nicht meines.«

»Ja, das stimmt schon«, seufzt Rolf, »aber es ist echt schwierig.«

Ich empfehle ihm, sich vielleicht doch besser etwas Neutraleres auszusuchen. Zum Beispiel Bodenfliesen in einem dezenten Beige mit einer einfachen weißen Wandfliese. »Oder noch besser, rufen Sie einfach Ihre Frau an, die kann Ihnen das bestimmt sagen.«

»Ich weiß nicht«, meint er. »Ich schau jetzt noch ein bisschen weiter.«

Während Rolf also weiter nach den ultimativen Fliesen für sein Bad sucht, nutze ich die Gelegenheit und gehe kurz zur Toilette. Der Weg von dort zurück in meine Abteilung führt mich durch »Feindesland«, also andere Abteilungen. Nach ein paar Metern spricht mich auch prompt der erste Kunde an: »Wo ist denn hier der Unterschied bei den Lampen? Die sind doch beide gleich. Aber die eine kostet 10 und die andere 15 Euro.«

Ich schaue kurz auf die Packung und antworte: »200 Watt sind der Unterschied. Der eine Strahler hat 300 Watt, der andere 500 Watt.«

Da es dick und breit auf der Verpackung steht, hätte er eigentlich auch selbst darauf kommen können.

Schon kommt der nächste Kunde daher und fragt mich, wie viel Gewicht denn die Regalträger aushalten. Da ich das aber nun wirklich nicht weiß, rufe ich einen Kollegen, der sich damit auskennt. Witzigerweise steht hinter dem Kunden ein weiterer, der sich das Ganze anhört, um mir dann die gleiche Frage noch einmal zu stellen. »Jetzt aber nichts wie weg hier«, denke ich, »sonst halte ich mich mit einer einzigen Frage den ganzen Tag auf.«

Als ich endlich wieder in meiner Abteilung eintreffe, ruft mir Rolf schon entgegen: »He, Meister? Bringen Sie mir mal 'nen Kaffee, bei mir dauert's noch länger.«

»Kaffee ist aus. Ich hab nur noch Schampus«, erwidere ich. »Aber wenn es wirklich noch länger dauert, dann müssen Sie mit einem Kollegen vorliebnehmen. Denn ich hab gleich Feierabend.«

»Kein Problem«, meint er, »auf mich brauchen Sie nicht zu warten.«

Froh über sein Verständnis begebe ich mich kurz darauf auf den Nachhauseweg.

Am nächsten Morgen staune ich nicht schlecht. Denn der erste Kunde, der den Laden betritt, ist Rolf. Und er hat mir etwas mitgebracht. 29 Pakete mit hellgrünen Wandfliesen, die er jetzt umtauschen will.

»Da hätte ich doch besser mal auf Sie gehört«, erklärt er. »Aber Ihr Kollege meinte, das passt schon.«

»Was passt schon?«, frage ich. »Grün und Blau?«

»Ja genau. Aber die blauen Bodenfliesen sind schon in Ordnung. Nur brauche ich jetzt weiße Wandfliesen anstatt der grünen.«

Ich tausche ihm also die grünen Wandfliesen gegen weiße um und Rolf sagt: »Also mir hätte das Grün mit dem Blau ja gut gefallen. Aber wissen Sie, was meine Frau gesagt hat?«

»Nein, was denn?«

»Grün und Blau schmückt die Sau.«

Die Dönerbrüder

Ich berate gerade ein älteres Ehepaar, das sich für Küchenfliesen interessiert. Das mag im ersten Moment einfach klingen, ist es aber nicht. Denn es gibt Leute, die aus allem eine Wissenschaft machen müssen und sich selbst mit ein paar einfachen Küchenfliesen stundenlang aufhalten können. Jedenfalls erkläre ich den beiden gerade zum fünften Mal, dass es je nach Brand zu farblichen Abweichungen der Fliesen kommen kann und dass sich das auch nicht vermeiden lässt, als ein Kollege zu mir kommt und sagt: »Deine Freunde sind wieder da.«

Ich weiß natürlich sofort, wer gemeint ist: die Dönerbrüder. Also eigentlich heißen sie ja Erkan und Jupp. Weil sie aber angeblich irgendwo eine Dönerbude betreiben, von der niemand weiß, wo genau sie ist, nennen wir sie die Dönerbrüder. Auch Brüder sind sie nicht wirklich, aber sie kommen immer zu zweit. Beide sind recht groß, und wenn sie nebeneinanderstehen, nehmen sie locker den Platz eines großen Schlafzimmerschrankes ein. Vom Aussehen her könnte man vermuten, das es sich um zwei wirklich böse Buben handelt, die in einem ganz anderen Gewerbe tätig sind. Aber in Wirklichkeit sind es zwei ganz nette Typen. Dass die beiden jetzt »meine Freunde« sind, liegt übrigens daran, dass sich bei ihrem ersten Besuch alle anderen Mitarbeiter schnell genug aus dem Staub gemacht haben und ich als Einziger übrig geblieben bin. Ja, ich war einfach zu langsam.

Zu langsam scheint es heute auch Erkan und Jupp zu gehen. Denn nachdem sie eine Weile mein Gespräch mit dem älteren Ehepaar verfolgt haben, packen mich die beiden links und rechts am Arm, ziehen mich zur Seite, und Erkan sagt zu dem Ehepaar: »Guckt ihr ma weiter. Der geht jetzt ma mit uns mit.«

Der Mann schaut zwar etwas verdutzt, meint dann aber: »Das ist schon okay. Wir brauchen eh noch ein bisschen.«

»Komm mit, wir ham da ein Problem«, sagt Erkan daraufhin zu mir. Kaum sind wir ein paar Meter gegangen, fügt er noch hinzu: »Brauchst dir nicht das Gelaber von den Alten anhören. Die labern dich sonst noch tot, Mann.«

»Na, was ist denn jetzt euer Problem?«, frage ich die beiden, und genau in dem Moment klingelt mein Telefon. Bevor ich drangehen kann, nimmt mir Erkan das Telefon aus der Hand. »Scheißendrecks Telefon«, meint er. »Die wollen alle nur labern den ganzen Tag.«

Noch bevor ich etwas entgegnen kann, hält er das Telefon meinem Kollegen hin, der gerade Ware verräumt, und sagt zu ihm: »Hier, geh ma ran. Is für dich. Und dahinten warten so Alte auf Fliesen. Musst dich aber beeilen, sonst sind die vielleicht schon tot.«

Mein Kollege nimmt stillschweigend das Telefon entgegen und ich sage zu Erkan: »Du könntest glatt hier anfangen. Aber was war jetzt mit deinem Problem? Weil meine hast du ja schon gelöst.«

»Weißt du noch, die Fliesen, die ich für's Wohnzimmer gekauft hab?«

»Ja klar, das hellbeige Feinsteinzeug war das, oder? Was ist damit?«

»Nix is damit«, meint Erkan. »Gefallen mir nicht mehr. Sieht aus, als ob ein Hund Pipi drauf gemacht hat. Da brauch ma andere.«

»Okay. Und die Pipifliesen willst du jetzt umtauschen, oder?«, frage ich ihn.

»Nee, die Pipifliesen behalt ma. Kamma in Keller legen. Das is doch egal.«

»Wow«, denke ich, »Fliesen für knapp 35 Euro pro Quadratmeter einfach in den Keller werfen. Weil's egal ist. Starke Nummer.«

Ich mache mich also mit den beiden im Schlepptau auf die Suche nach Fliesen, die nicht so aussehen, als ob ein Hund draufgepinkelt hätte, als mich plötzlich ein anderer Kunde anspricht: »Äh, Entschuldigung. Ich bräuchte dann auch mal jemand für die Fliesen.«

Sofort sagt Jupp zu ihm: »Siehst du nicht, dass der jetzt keine Zeit hat? Guck ma, dahinten is andere Kollege. Fragst du den.«

»Also von mir aus können die beiden den ganzen Tag hierbleiben«, denke ich und zeige Erkan ein weißes, hochglanzpoliertes Feinsteinzeug. Das scheint ihm zu gefallen, doch bevor er sich weiter dazu äußern kann, klingelt sein Handy. »Scheißendrecks Telefon«, schimpft er wieder und drückt das Gespräch einfach weg. Keine 20 Sekunden später klingelt es erneut. Jetzt hat er aber die Schnauze endgültig voll und schaltet das Handy aus. »So, jetzt hamma Ruhe. Telefon geht mir voll auf den Sack«, erklärt er und wendet sich wieder den Fliesen zu. Gerade als Erkan sagt: »Ja, die is gut. Die nehma«, ertönt wieder ein Handyklingeln. Diesmal ist es allerdings das Handy von Jupp. Und der geht ran. Nachdem er sich gemeldet hat, redet er kurz etwas auf Türkisch und gibt das Telefon dann an Erkan weiter. Der redet zwar auch türkisch und ich verstehe kein Wort, aber er hört sich verdammt kleinlaut an. Während Erkan telefoniert, wispert Jupp mir zu: »Is seine Mama. Muss ma rangehen, weißt du? Is besser.«

»Is schon klar«, sage ich. »Ich hol in der Zwischenzeit schon mal den Stapler. Dann können wir die Fliesen nachher rausfahren.«

Ein paar Minuten später bin ich mit dem Stapler wieder zurück und Erkan ist inzwischen mit seinem Telefonat fertig. »Jetzt brauch ma noch 'ne Wäschespinne. Weißt du, wo die ist?«, fragt er mich.

»Na klar, hinten, bei Haushaltswaren.«

»Na, dann kommst du mit. Die Fliesen mach ma später.«

Wir lassen also alles stehen und liegen und marschieren gemeinsam in Richtung Haushaltswarenabteilung. Dort angekommen, sagt Erkan: »Jetzt brauch ma aber eine ganz gute Wäschespinne. Weißt du, die ist nämlich für meine Mutter.«

Da ich jetzt nicht unbedingt der Wäschespinnenexperte bin, schaue ich mir die Dinger erst einmal etwas genauer an. Nach einem kurzen Vergleich überlege ich: »200 Euro für 'ne Wäschespinne ist echt okay. Soll ja was Gutes sein. Ist ja schließlich für die Mama.«

Also ziehe ich die Wäschespinne vorsichtig aus dem Regal und rufe: »Die hier ist super. Die wird deiner Mutter gefallen.«

Aber als ich mich umdrehe, steht da nicht Erkan. Auch nicht Jupp. Da steht nur ein circa 80 Jahre alter Mann, der sich gerade einen Handfeger aus der Wühlbox kramt, mich komisch anschaut und sagt: »Das glaub ich nicht, mein Junge.«

Scheiße, das ist peinlich! Ich versichere also dem Alten, dass es sich um ein Versehen handelt, und entdecke auch sogleich die beiden Übeltäter, die mich in diese peinliche Situation gebracht haben. In aller Seelenruhe stehen sie am anderen Ende des Ganges und helfen einer gut bestückten Blondine dabei, eine Gartengarnitur aufzuladen. Sind halt echt hilfsbereit, die Jungs.

Ich wandere also mit der Wäschespinne rüber zu den drei Turteltauben und sage zu Erkan: »Hier ist die Wäschespinne, die du deiner Mutter mitbringen sollst. Ist eine ganz gute, wird ihr sicher gefallen.«

Auf einen Schlag verschwindet das Lächeln bei allen dreien aus den Gesichtern und die Blondine stellt fest, dass sie den Rest jetzt auch allein schafft.

»Das war aber jetzt schon bisschen peinlich. Kannst doch nicht einfach mit meiner Mutter anfangen«, schimpft Erkan, als wir schon ein Stück weit weg von der Blondine sind. Ich aber sage: »Nee, peinlich war, als ich dachte, ich rede mit dir, und dem Opa hinter mir gesagt habe, dass die Wäschespinne seiner Mutter bestimmt gefallen wird. Das war peinlich.«

Ohne weitere Zwischenfälle schaffen wir es schließlich mit der Wäschespinne und den Fliesen zur Kasse. Dort zieht Erkan wie immer ein Geldbündel aus Hundertern, Zweihundertern und Fünfhunderten aus der Hosentasche, zahlt die lumpigen 1500 Euro für die Fliesen und die Wäschespinne seiner Mutter und steckt den Rest wieder ein. Draußen auf dem Parkplatz meint Erkan dann zu mir: »Was bekommst du Provision?«

»Wie Provision? Für was denn?«

»Na, wir ham doch schon so viel bei dir gekauft. Da bekommst du doch bestimmt Provision dafür.«

»Nein, dafür gibt es leider gar nichts. Aber wenn es das geben würde, dann müsste ich nicht mehr hier arbeiten.«

»Gar nix?«, fragt Erkan entsetzt.

»Gar nichts«, antworte ich.

Daraufhin greift Erkan in seine Hosentasche, zieht einen Fünfziger hervor, hält ihn mir entgegen und sagt: »Da. Dann zahl ich dir Provision.«

»Lass mal gut sein. Aber du kannst mir vielleicht einen Gefallen tun.«

»Was denn?«

»Du hast doch noch reichlich Platz hier in deinem Transporter. Kannst du vielleicht noch was mitnehmen?«

»Ja schon«, antwortet Erkan. »Was denn?«

Ich deute zu der Blondine von vorhin rüber, die gerade verzweifelt versucht, ihre Gartenmöbel in einem Kombi unterzubringen. »Na zum Beispiel ihre Gartenmöbel. Die bekommt sie niemals in den kleinen Kombi rein. Vielleicht fragst du sie ja mal.«

Erkan grinst. »Na klar mach ich das für dich. Bist schon ein Guter.«

Dickbeschichtung

Eigentlich wollte ich gerade Feierabend machen und nach Hause gehen. Doch zwei sehr korpulente Damen kommen auf mich zu und fragen nach Dickbeschichtung. Zum Glück weiß ich sofort, was sie damit meinen: eine Bitumenabdichtung für den Kellerbereich. Denn jemand, der sich nicht auskennt, hätte auch vermuten können, dass sie Sonnencreme oder etwas Ähnliches suchen. Ich zeige den beiden Elfen also, wo sie die Dickbeschichtung finden, und kurz darauf marschieren sie, mit dem Eimer in der Mitte, in Richtung Kasse.

Bevor ich aber endgültig Feierabend machen kann, fragt mich noch jemand: »Wann verschenkt ihr eigentlich die Schneeschaufeln?«

Trotz des inzwischen schon recht schönen Frühlingswetters sehe ich dafür natürlich keinen Anlass. Und um jeder weiteren Diskussion zu entgehen, antworte ich: »Gar nicht. Eher verkaufen wir ja noch den passenden Schnee dazu.«

Somit ist auch dieses Thema vom Tisch und ich kann meine Flucht in Richtung Feierabend fortsetzen.

Endlich draußen angekommen, ich will gerade in mein Auto einsteigen, sehe ich die beiden Elfen wieder. Sie sitzen in ihrem Kleinwagen und essen Sahnetorte direkt aus der Hand. Na ja, haben sie sich ja auch redlich verdient. Denn immerhin haben sie zusammen einen etwa 15 Kilogramm schweren Eimer bis zum Auto geschleppt. Das kann schon hungrig machen. Und mal ehrlich: Mit den Händen schmeckt es eh am besten.

Falsche Information

Ich muss noch ein wenig Papierkram erledigen, stehe in meiner Information und wälze Belege, als plötzlich das Telefon klingelt. Eine Kollegin von der Hauptinformation ist dran, um mir zu sagen, dass an meiner Information ein Kunde auf mich wartet. Da stehe ich aber ja schon, und es ist weit und breit niemand zu sehen. »Na ja, der wird schon noch kommen.« Ich arbeite also weiter an der Bewältigung meines Papierberges und warte auf den Kunden. Aber es kommt niemand. Stattdessen klingelt erneut das Telefon. Und wieder ist es die Kollegin von vorhin, die mir mitteilt, dass ein Kunde an meiner Information auf mich wartet. Außerdem soll er mittlerweile schon ziemlich sauer sein, weil er schon so lange auf mich wartet. Ich schaue mich um. Der einzige wartende Kunde, den ich sehe, steht an einer anderen Information. Also beschreibe ich ihr den Herren kurz. Und siehe da, er ist es. Nur dass der anscheinend gar nichts von mir will. Denn warum sollte er sonst an der Information für Holz und Bauelemente stehen und nicht an der für Baustoffe? So wird das jedenfalls nichts werden. Wenn er selbst nicht einmal weiß, wo er steht, dann kann ich ihm auch nicht helfen. Oder vielleicht doch? Ich gehe also zu ihm hin und frage: »Warten Sie auf den Kollegen?«

Sofort legt er los: »Schon seit einer Viertelstunde. Ich habe sogar schon zweimal an der Hauptinformation Bescheid gesagt, dass sie endlich jemanden vorbeischicken sollen. Aber es kommt ja kein Schwein.«

»Na, das würde mich aber auch sehr wundern«, sage ich. »Denn im Allgemeinen laufen hier nur Rindviecher rum. Aber ich kann Ihnen trotzdem den Kollegen holen.«

»Ja bitte. Und ich habe nichts dagegen, wenn er sich beeilt«, meint er.

Ich nehme also mein Telefon und rufe den Kollegen Huber an. Der scheint auch nicht weit weg zu sein und kommt bereits wenige Augenblicke später um die Ecke. Jetzt legt der Kunde erst richtig los und brüllt meinen Kollegen an: »Ja das wird aber auch langsam Zeit. Muss man Sie denn dreimal anrufen lassen, damit Sie Ihren Arsch hierherbewegen? Also so was hab ich ja noch nirgends erlebt.«

»Aber der Kollege hier ist der Erste, der mich angerufen hat. Und ich bin doch auch gleich gekommen«, versucht sich Huber zu rechtfertigen.

»Stimmt«, bestätige ich, »die ersten beiden Anrufe kamen zu mir und ich habe an meiner Information gewartet. Aber es ist ja keiner gekommen.«

Der Kunde gibt weiter Gas und mault jetzt mich an: »Ach, und dann halten Sie es nicht für nötig, hierherzukommen oder was?«

»Wieso?«, frage ich erstaunt. »Das ist doch gar nicht meine Abteilung und auch nicht meine Information. Und wenn ich nicht nach dem zweiten Anruf hergekommen wäre, dann würden Sie jetzt noch auf einen Kollegen warten.«

Um das nette Gespräch nicht vollkommen eskalieren zu lassen, versucht mein Kollege, beruhigend auf den Kunden einzuwirken. »Ja gut. Aber jetzt bin ich ja da. Was hätten Sie denn gebraucht?«

Irgendwie scheint Hubers Gelassenheit nicht so wirklich auf den Kunden abzufärben, denn der versucht es jetzt eher auf die spöttische Art: »Was ich gebraucht hätte, fragt er mich. Ha, ha. Dass ich nicht lache. Ich brauche es immer noch. Und zwar brauche ich Wellplatten für aufs Dach.«

»Wenn Sie Acrylwellplatten brauchen, dann sind Sie bei mir richtig. Bitumen- und Zementfaserplatten bekommen Sie bei dem Kollegen hier«, erklärt Huber und deutet dabei auf mich.

Jetzt ist alles aus. Der Kunde kennt jetzt kein Halten mehr und fängt laut an zu brüllen: »Ihr verarscht mich doch, oder? Ihr macht euch 'nen Spaß draus, Leute wie mich warten zu lassen und von einem zum anderen zu schicken. Das könnt ihr machen, mit wem ihr wollt. Aber nicht mit mir. Ich werde mich beschweren. Über euch alle. Und kaufen werde ich bei euch bestimmt nichts mehr. Mich seht ihr hier nie wieder. Das verspreche ich euch.«

Während der Kunde tobend das Haus verlässt, fragt mich mein Kollege ratlos: »Sag mal, was hat der jetzt eigentlich?«

»Keine Ahnung. Ich glaube ja, dass er einfach nur an der falschen Information gestanden hat. Aber dass man deswegen gleich so austicken muss ...«

Eine total verfaxte Angelegenheit

Dass Leute ein Fax oder eine E-Mail schicken, wenn sie ein Angebot haben möchten, ist inzwischen schon ziemlich normal. Allerdings schreiben die meisten dann wenigstens auf, was sie genau benötigen und wer sie sind. Ganz anders bei diesem Fax, das gerade vor mir liegt. Der Name des Absenders fehlt komplett. Eine Telefonnummer? Fehlanzeige. Was und wie viel er benötigt? Auch unklar. Im Fax steht lediglich: »... bitte ich Sie um ein Komplettangebot für Vollwärmeschutz.«

Da ist weder angegeben, wie groß die Fläche ist, noch ist irgendwo erwähnt, wie dick oder welchen Wärmeleitwert die Dämmung haben soll. Also mache ich es mir einfach und schreibe darauf: »Komplettangebote gibt es bei uns ab 9,95 Euro pro Quadratmeter«, und schicke die Anfrage zurück.

Kurze Zeit später kommt tatsächlich eine Reaktion. Anscheinend reicht dem Anfragenden meine Auskunft nicht, denn im Fax steht: »Das ist doch kein Angebot. Ich brauche ein richtiges Angebot mit Einzelpositionen und Gesamtpreis.« Dabei ist »richtiges Angebot« auch noch doppelt unterstrichen. Was auch gut so ist, denn sonst hätte ich es am Ende vielleicht noch überlesen. Kann man ja nie wissen. Da aber immer noch sämtliche Angaben zum Objekt fehlen, schreibe ich zurück: »Um Ihnen ein richtiges Angebot erstellen zu können, benötigen wir auch richtige Angaben darüber, was genau und wie viel Sie benötigen.«

Natürlich lasse ich mir den Spaß nicht nehmen, »richtige Angaben« doppelt zu unterstreichen, bevor ich das Ganze wieder an den Absender zurückfaxe. Nur zur Sicherheit sende ich ihm auch gleich noch acht Seiten Produktinformationen und Einbauhinweise mit. Vielleicht kann er ja damit etwas anfangen.

Offenbar kann er das aber nicht. Denn seine nächste Mitteilung an mich besteht aus nur einer einzigen Frage: »Welche Angaben brauchen Sie?«

»Ja wie blöd bist du denn?«, frage ich mich. Aber gleichzeitig kommt mir auch eine super Idee. Ich stelle also eine Liste zusammen mit allem, was man zum Hausisolieren benötigt. In diese Liste braucht der Kunde dann nur noch die gewünschten Mengen einzutragen. Das ist einfach und so kann der Kunde auch nichts vergessen. Denke ich. Und außerdem lässt sich die Liste beliebig oft nutzen und kann auch anderen Kunden helfen, die sich vielleicht nicht ganz so gut auskennen.

Stolz faxe ich dem Kunden den Prototyp meiner neuen Liste zu, mit dem Vermerk, dass er mich bei Rückfragen auch gerne telefonisch erreichen kann. Ungeduldig warte ich nun auf eine Reaktion, denn schließlich will ich ja wissen, ob das mit der Liste auch funktioniert. Gut zwei Stunden später ist es dann endlich so weit und das Antwortfax kriecht langsam aus dem Gerät. Doch das Ergebnis ist ernüchternd. Zum einen fällt mir auf, dass ich vergessen habe, ein Feld für die Kundendaten einzufügen. Denn eine Adresse ist immer noch nicht angegeben. Zum anderen ist nicht eine einzige Position ausgefüllt, dafür finde ich aber auf Seite zwei eine weitere Nachricht: »Vielen Dank für Ihr Angebot«, steht da, »aber leider kann ich daraus weder Preise noch Stückzahlen entnehmen.«

Jetzt ist meine Geduld am Ende. Ich packe die beiden Faxseiten und kopiere sie. Allerdings nicht einfach so. Nein. Während jedem Kopiervorgang ziehe ich das Blatt langsam aus dem Kopierer. Das Ergebnis ist einwandfrei. Man kann zwar noch erkennen, dass es sich um die beiden Seiten handelt, die mir der Bittsteller gesendet hat, aber lesen geht nicht mehr. Alles schön verzerrt. Unmissverständlich schreibe ich mit schwarzem Filzstift auf die beiden Kopien »Nicht lesbar!« und schicke sie zurück.

Kurz darauf rasselt wieder meine Liste mit dem beigefügten Dankschreiben aus dem Faxgerät. »Der kapiert aber auch gar nichts«, denke ich und schnappe mir noch mal die beiden Kopien. Vor dem Absenden füge ich noch hinzu: »Bitte Rückruf unter Tel.: …«

Mittlerweile ist es 19.30 Uhr. Seit ein paar Stunden habe ich schon nichts mehr von dem Vogel mit dem Vollwärmeschutz gehört. Als ich deshalb zum Faxgerät gehen will, um nachzusehen, ob er vielleicht wieder etwas Lustiges gefaxt hat, läuft mir Markus über den Weg. Markus ist ein Typ, mit dem ich früher einmal eine Zeit lang in der gleichen Firma zusammengearbeitet habe. Und ehrlich gesagt ist er mir schon damals ziemlich auf die Nerven gegangen. Ein notorischer Klugscheißer, der von nichts, aber auch gar nichts eine Ahnung hat. Dummerweise erkennt er mich gleich wieder und spricht mich an: »Mensch, was machst denn du hier? Arbeitest du jetzt hier, oder was? Ja, wir haben uns ja schon eine Ewigkeit nicht mehr gesehen.«

»Na super«, denke ich, »der hat mir jetzt gerade noch gefehlt.«

Obwohl ich mich mit meinen Antworten recht kurz halte, drückt er mir innerhalb weniger Minuten seine gesamten Erlebnisse der letzten fünf Jahre ins Ohr. Es ist bloß gut, das 98 Prozent davon sofort auf der anderen Seite wieder herausfallen, denn sonst würde mir wahrscheinlich der Kopf platzen. Jedenfalls erzählt er mir, wie furchtbar doch die alte Firma war, dass er sich jetzt selbstständig gemacht hat und überhaupt alles so super bei ihm läuft. Eben das übliche Blabla. Kurz bevor ich vor Langeweile ins Koma zu kippen drohe, sagt er: »Du, warum ich eigentlich hier bin: Da hat mir heute irgendein Spaßvogel von euch ein Angebot ohne Preise geschickt. Ist doch auch nicht normal, oder?« Daraufhin hält er mir das Fax mit meiner Liste unter die Nase.

»So was Blödes aber auch. Muss ja echt ein Spaßvogel gewesen sein. Und schau mal hier unten, da steht auch noch mein Name drauf.«

»Wieso unterschreibt da einer mit deinem Namen?«

»Keine Ahnung. Kann ich mir beim besten Willen nicht erklären, wie so was sein kann. Aber weißt du, was ich glaube? Das ist gar kein Angebot. Das ist eine Liste, in die du nur noch die entsprechenden Mengen eintragen musst. Danach bekommst du dann das Angebot.«

Jetzt scheint er einen echten Geistesblitz zu haben, denn er meint: »Ja klar. Logisch. Sonst weiß ja auch keiner, wie viel ich brauche. Das weiß ich ja selbst noch nicht. Da muss ich ja erst mal alles ausmessen.«

Wie es aber mit Geistesblitzen so ist, dauern sie leider oft nur einen kurzen Moment. Deswegen heißt es ja auch »Blitz« und nicht »Ewigkeit«. Im nächsten Moment fügt er nämlich hinzu: »Ja, aber was der alles hier wissen will. Was ist denn bitte schön ein Sockelprofil? Oder eine Anputzleiste?«

»Also Sockelprofile werden oberhalb vom Sockel befestigt. Rund ums Haus. Und die Dämmung wird dann quasi da reingestellt«, erkläre ich ihm.

»Ach, dann wird die Dämmung gar nicht verklebt?«, fragt er.

»Doch. Aber weißt du was? Am besten ist, du misst zunächst das Haus aus. Alles, was du dann schon weißt, schreibst du in die Liste. Und wenn du irgendetwas nicht weißt, dann kommst du einfach wieder zu mir. Dann füllen wir das gemeinsam aus und ich mache dir ein Angebot.«

»Ja, das ist super von dir, hast mir jetzt echt schon weitergeholfen.«

»Ich tue halt, was ich kann. Und wenn du nicht noch hier rumhängen würdest, dann könnte ich jetzt auch Feierabend machen.«

»Oh, sperrt ihr denn schon zu?«

»Schon vor fünf Minuten.«

»Na dann mach ich mich schnell vom Acker, ich will ja nicht schuld sein, dass du Überstunden machen musst.«

»Und ich will nicht schuld sein, dass du hier nicht mehr rausfindest«, denke ich und begleite ihn sicherheitshalber zum Ausgang. Aber wenigstens weiß ich jetzt, warum sich die ganze Sache mit dem Angebot so verfaxt schwierig gestaltet hat.

So genau geht's doch nicht

Mit einem Werbeprospekt in der Hand spricht mich ein Kunde an: »Den Betonmischer aus der Werbung hier. Wo habt ihr den?« Dabei deutet er auf den Mischer in dem Prospekt. Ich antworte: »Den haben wir gleich hier hinten. Aber der kostet jetzt natürlich wieder 159 statt 139 Euro. Denn das war ja der Werbepreis in dem Prospekt, den Sie da haben. Und das Angebot ist schon seit fast einer Woche abgelaufen.«

Nachdem ich den Kunden zu dem Betonmischer geführt habe, schaut er sich in aller Ruhe das Gerät an und meint dann: »Also wenn ich den für den Angebotspreis bekomme, dann nehme ich ihn.«

»Angebote sind leider immer zeitlich begrenzt«, erkläre ich. »Und wenn man den Preis das ganze Jahr über bekommen würde, dann wäre es eben kein Angebot mehr.«

»Ach, jetzt stellen Sie sich nicht so an«, erwidert er. »Da können Sie doch mal ein Auge zudrücken. Und außerdem hatte ich letzte Woche keine Zeit.«

Offenbar will er nicht so leicht aufgeben, ich diskutiere also noch ein wenig mit ihm herum. Zufällig kommt dann unser Chef vorbei und klinkt sich in das Zwiegespräch mit ein. Kurze Zeit später ist klar, dass der Kunde den Mischer zum Werbepreis bekommen wird.

Während dieser sehr fröhlich mit seinem Betonmischer zur Kasse marschiert, sage ich zu meinem Chef: »Also von mir hätte der keinen Nachlass bekommen. Schließlich ist die Werbung ja schon seit fast einer Woche vorbei und andere zahlen auch den vollen Preis.«

»Ach, Herr Kollege«, entgegnet er, »so genau geht das doch nicht. Und außerdem kommt dieser Kunde bestimmt wieder.«

»Bestimmt, entweder zum Reklamieren oder mit einem Werbeprospekt von vor drei Monaten. Aber wenn es eh nicht so genau geht, können wir morgen ja vielleicht mal erst so gegen zehn Uhr öffnen anstatt schon um acht.«

»Wir sind aber nicht der Kunde. Wir sind der Dienstleister«, stellt er daraufhin fest.

»Musiker sind doch auch Dienstleister, oder?«, frage ich ihn.

Er schaut mich verständnislos an und meint: »Eigentlich schon. Wieso? Machen Sie Musik?«

»Nein, aber ich bin neulich zu einem Konzert gefahren. Erst bin ich hier schon später weggekommen als gedacht und dann bin ich auch noch im Stau gestanden. Also bin ich fast eine halbe Stunde zu spät gewesen. Und soll ich Ihnen was sagen? Die Schweine haben tatsächlich schon angefangen. Und das, obwohl ich, in dem Fall also der Kunde, noch nicht da war. Da hätte ich doch eigentlich verlangen können, dass sie wenigstens noch mal von vorne anfangen, oder?«

Wo habt ihr Klopapier?

Es ist Samstagmorgen kurz nach 8 Uhr und der Laden ist noch fast menschenleer. Plötzlich kommt ein Kunde aus der Sanitärabteilung auf mich zugestürmt und ruft ganz hektisch: »Klopapier. Wo habt ihr Klopapier?«

»Wir haben kein Klopapier«, erwidere ich. »Aber nebenan im Discounter gibt es bestimmt welches. ««

»Ihr müsst doch irgendwo Klopapier haben. Das gibt's doch gar nicht.«

Da es wirklich dringend zu sein scheint, sage ich: »Also das einzige Klopapier, das wir haben, ist auf den Kundentoiletten direkt neben dem Eingang.«

Nach einem kurzen »Alles klar. Danke« flitzt er auch schon los, und ich denke nur: »Der wird doch nicht etwa ins Ausstellungsporzellan gemacht haben?«

Jetzt bin ich im Zwiespalt. Einerseits wüsste ich schon sehr gerne, ob er tatsächlich sein Geschäft in der Ausstellung verrichtet hat. Andererseits, sollte es wirklich so sein, dann will ich es vielleicht lieber nicht sehen. Letztendlich siegt dann aber doch die Neugierde und ich schaue nach. Wie ich ziemlich schnell feststellen kann, hat nicht er das Ausstellungsporzellan für seine Notdurft missbraucht. Das hat sein Junior für ihn übernommen. Mitten in der Ausstellung sitzt ein kleiner Junge mit heruntergelassener Hose auf einer Toilettenschüssel und wartet in aller Seelenruhe darauf, dass ihm der Papa endlich etwas zum Abputzen bringt. Meine Anwesenheit scheint ihn dabei nicht im Geringsten zu stören, denn er erzählt mir gleich die wichtigsten Details. »Kacka macht. Baba abbutzen«, erklärt er und grinst dabei frech. Ich sage zu ihm: »Ja, der Papa holt was zum Abputzen. Der kommt gleich wieder. «

»Baba schimpfen?«, fragt er weiter.

»Nein«, beruhige ich ihn, »der Papa schimpft nicht. Weißt du, wenn man aufs Töpfchen geht, wird man nicht geschimpft. Da bekommt man in deinem Alter eigentlich sogar eine Belohnung dafür.« Und da ich in meiner Information wie immer ein paar Süßigkeiten stehen habe, füge ich noch hinzu: »Da gehst du nachher mit mir mit, und dann bekommst du von mir noch ein paar Gummibärli.«

Das hat auch der inzwischen zurückgekehrte Papa des kleinen Kackers mitbekommen und schimpft: »Das wäre ja noch schöner. Erst macht er hier so eine Sauerei und dann würde er dafür auch noch eine Belohnung bekommen. So geht's aber nicht. Das können wir mal ganz schnell vergessen.«

Ich drehe mich zu ihm um: »Seien Sie doch froh, dass er so brav auf die Toilette geht. Er hätte ja auch in die Hose machen können. Und dass die Dinger hier nur zum Anschauen rumstehen, kann er wirklich nicht wissen.«

Das sieht er schließlich auch ein, findet es aber trotzdem peinlich. Während der Papa den Kleinen sauber macht, hole ich also schnell ein paar Gummibären aus meiner Info, um sie dem Jungen zu geben. Der scheint sich darüber wirklich zu freuen. Zum Abschied sage ich noch zu ihm: »Und wenn du mal wieder aufs Töpfchen musst, zeigt dir der Papa ein anderes. Eines, wo einem nicht jeder beim Kackamachen zusieht.«

»Apropos«, meint nun der Papa, »was ist jetzt eigentlich mit dem kleinen Missgeschick? Macht das jemand weg oder muss ich ...«

»Keine Ahnung«, antworte ich. »Ich hab ja auch gar nichts gesehen. Das ist nämlich nicht meine Abteilung.«

Er grinst nur, nimmt seinen Junior an der Hand und verschwindet mit ihm irgendwo in der Ausstellung.

Reserviert ist reserviert

Um wirklich ganz auf Nummer sicher zu gehen, ruft mich ein Kunde an und will Gehwegplatten reservieren. Auch meine Erklärung, dass ich davon noch mindestens 30 Paletten auf Lager habe, ändert daran nichts. Ich muss ihm unbedingt eine Palette reservieren. Denn schließlich will er nicht umsonst 25 Kilometer zu uns fahren, nur um dann festzustellen, dass wir keine mehr haben. Und weil ich ein guter Junge bin, hebe ich schließlich tatsächlich mit dem Gabelstapler eine Palette zur Seite. Da er die Palette ja heute noch abholen will, stelle ich sie zudem so hin, dass er sie auch gleich aufladen kann, und schreibe außerdem seinen Namen darauf.

Knapp drei Stunden später bin ich wieder im Außenbereich, um einem Kunden eine Palette Pflanzsteine aufzuladen. Dabei bekomme ich einen Streit zwischen zwei Männern mit. »Ja, bist du so blöd oder tust du nur so?«, brüllt der eine den anderen an, woraufhin dieser erwidert: »Ja, wer von uns ist denn hier der Depp? Das bist ja wohl du.«

»Na, das will ich mir doch mal aus der Nähe ansehen«, denke ich und verlade im Rekordtempo die Palette mit den Pflanzsteinen. Kaum bin ich bei den beiden Streithähnen angekommen, wird mir auch sofort klar, worum es geht. Um die reservierte Palette mit den Gehwegplatten. Zwischenzeitlich hat nämlich offenbar ein anderer Kunde genau solche Platten gekauft und lädt diese nun auf seinen Anhänger. Das Dumme daran ist nur, dass er sich ausgerechnet an der Palette bedient, die der Kunde Schneider vorhin telefonisch bei mir reserviert hat.

»Ja, kannst du nicht lesen?«, fragt er den vermeintlichen Plattendieb. »Da steht mein Name drauf.«

Das scheint diesen jedoch ziemlich kaltzulassen. Stattdessen stellt er nur eine kurze Gegenfrage: »Hast du die überhaupt schon bezahlt?«

»Nein, aber das mach ich gleich. Und reserviert ist reserviert. Das sind meine Platten«, meint Schneider.

Als er dann auch noch anfängt, die Platten wieder vom Anhänger des anderen Kunden abzuladen, und dieser ihn warnt: »Wenn du nicht gleich deine Griffel aus meinem Hänger nimmst, dann scheppert's«, beschließe ich, doch lieber mal einzuschreiten.

»Was ist denn los?«, frage ich, und Schneider beginnt sofort zu schimpfen: »Der Depp hier lädt einfach meine Platten auf, die ich reserviert habe. Der ist doch nicht ganz sauber.«

»Gut, aber warum die Aufregung?«, frage ich. »Es sind doch nun wirklich genug Platten für beide da.« Dabei deute ich auf die restlichen rund 30 Paletten.

»Ja, aber ich habe die doch extra reserviert«, meint der Kunde Schneider, und ich frage ihn: »Haben Sie die denn auch schon bezahlt?«

»Ich komm ja nicht dazu«, schnaubt er. »Aber da steht doch mein Name drauf.«

»Wenn das das einzige Problem ist, kann ich ganz schnell helfen«, denke ich, reiße den Reservierungszettel von der Palette herunter und klebe ihn auf eine von den anderen 30. »So, das ist jetzt die reservierte Palette. Das mit der anderen war ein Irrtum. Und wenn Sie jetzt reingehen und die Platten bezahlen, dann hebe ich sie Ihnen sogar noch mit dem Stapler auf den Lkw.«

Irgendwie scheine ich ihn damit etwas überfordert zu haben. Denn es dauert einige Sekunden, bis er seine Sinne wieder beisammen hat und dann antwortet: »Na, das ist doch mal ein Wort. So machen wir das.«

Während Schneider sich an der Kasse anstellt, um die Gehwegplatten zu bezahlen, kommt der Plattendieb auf mich zu und sagt: »Der hat sie doch nicht alle. Regt sich voll auf wegen den paar Platten. Dabei habt ihr ja noch 'nen Haufen davon.«

»Genau, wir haben noch 'nen Haufen davon. Wenn das aber die letzten gewesen wären, dann wären Sie der Letzte, der mit diesen Platten vom Hof gefahren wäre. Denn was ich gar nicht leiden kann, ist, wenn mir jemand etwas von reservierter Ware wegnimmt und ich dann dastehe wie der letzte Depp. Und das nur, weil jemand nicht lesen kann oder es ihm einfach scheißegal ist.«

Der Balkon

Wenn jemand ganz genau nach speziellen Dingen fragt, dann sollte man eigentlich meinen, dass er weiß, was er damit vorhat. Ganz anders verhält es sich allerdings bei dem Kunden, der gerade vor mir steht und mich nach Winkeln und Dübeln fragt. Stutzig werde ich eigentlich erst in dem Moment, als er auch noch einen wirklich guten Kleber empfohlen haben möchte. »Wofür soll der Kleber denn sein?«, forsche ich nach.

»Ja, wissen Sie, ich baue mir gerade einen Balkon ...«, antwortet er.

»Ah ja, aber was hat der Kleber damit zu tun?«

Hätte ich geahnt, was er mir jetzt für eine Geschichte ins Ohr drückt, hätte ich wahrscheinlich gar nicht erst nachgefragt.

»Den Kleber brauche ich eigentlich nur zur Sicherheit«, erklärt er. »Ich baue ja einen Balkon an mein Haus. Da schraube ich mit den Winkeln und den Dübeln ein paar Balken als Träger an die Hauswand. Und damit die dann auch wirklich hundertprozentig halten, wäre es nicht schlecht, wenn Sie da einen guten Kleber hätten, mit dem ich die Stirnseiten der Balken noch zusätzlich ankleben könnte, damit sie auch wirklich fest sitzen.«

»Nur damit ich das richtig verstehe«, frage ich nach. »Sie machen erst ein paar Querbalken ans Haus, auf denen dann die eigentlichen Träger des Balkonbelages festgemacht werden. Und vorne kommen doch noch bestimmt ein paar Stützen drunter, oder?«

»Nee, nee. Stützen kommen da keine mehr drunter«, widerspricht er entsetzt. »Die Träger verschraube ich doch mit den Winkeln an der Hauswand. Darauf kommen dann oben noch die Bretter als Boden. Den Kleber brauch ich ja nur, falls einer der Winkel nicht richtig halten sollte. Das müssen Sie sich ungefähr so wie bei einem großen Regalboden vorstellen, der an der Wand festgeschraubt wird.«

Da ich aber anscheinend mehr Vorstellungskraft habe als er, sehe ich das ganze Ding schon in sich zusammenfallen. Also frage ich ihn: »Sind Sie sich sicher, dass das hält? Ich meine ja nur. Denn bei einem Regalboden haben die Winkel mindestens eine Schenkellänge von zwei Dritteln des Brettes. Wenn ich mir dagegen jetzt Ihre Winkel ansehe, dann dürfte der ganze Balkon höchstens 30 Zentimeter tief werden.«

Anscheinend habe ich ihn jetzt doch zum Nachdenken gebracht, denn nach einer kurzen Denkpause kommt er zu dem Fazit, dass die Winkel für seinen Balkon dann ja mindestens einen Meter lang sein müssten. Jetzt kommt ihm das Ganze wohl doch etwas komisch vor. Ich frage also weiter: »Haben Sie schon mal so große Winkel an einem Balkon gesehen? Also ich noch nicht.«

»Na ja, ich eigentlich auch nicht«, antwortet er. »Aber ich hab da bis jetzt auch noch nicht wirklich darauf geachtet.«

»Na, dann sollten Sie das mal machen«, schlage ich vor und gebe ihm gleich noch einen Tipp mit auf den Weg. »Da können Sie sich dann auch gleich mal anschauen, wie so ein Balkon richtig befestigt wird, oder am besten mal einen Zimmerer fragen. Der kann Ihnen dabei bestimmt weiterhelfen.«

Nach einer weiteren Denkpause scheint ihm das jetzt alles doch recht einleuchtend zu sein. Trotzdem hat er noch eine Frage: »Wissen Sie vielleicht, wo ich mir so einen Balkon mal ansehen könnte?«

»Nein«, seufze ich, »über eine Musterbalkonausstellung für Selbstbastler ist mir leider nichts bekannt. Aber wissen Sie was? Lassen Sie die Sache mit dem Anschauen einfach weg und gehen Sie besser gleich zu einem Zimmerer. Und den finden Sie im Telefonbuch. Das ist das dicke Buch, in dem hinter jedem Namen irgendwelche Zahlen stehen.«

Spray gegen Vögel

Im ersten Moment bin ich doch leicht irritiert, als mich eine Kundin mit der Frage anspricht: »Haben Sie ein Spray gegen Vögel?«

Da ich noch nie etwas von einem Anti-Vogel-Spray gehört habe, frage ich nach: »Wie, gegen Vögel? Was soll das denn mit denen machen?«

»Na, verjagen soll es die. Was denn sonst?«, antwortet sie.

»Aha, und wie wollen Sie das anwenden? Soll das Spray irgendwo draufgesprüht werden, damit sich da keine Vögel mehr hinsetzen, oder soll es mehr so wie ein Wespenspray sein, mit dem man sie dann im Flug abwehren kann?«

Obwohl ich weiß, dass es so etwas nicht gibt, stelle ich mir vor, wie sie zu Hause mit einer Spraydose bewaffnet fliegenden Vögeln hinterherjagt und versucht, diese zu besprühen. Allein diese Vorstellung zaubert natürlich ein leichtes Grinsen in mein Gesicht.

»Da brauchen Sie gar nicht so blöd zu grinsen«, schimpft sie. »Geben Sie mir einfach beide.«

Okay, ich lasse also das blöde Grinsen weg und erkläre ihr: »So etwas gibt es leider nicht. Aber die Idee an sich ist total super. Das Einzige, was ich habe, sind so Metallspitzen, die man zum Beispiel auf Balken befestigen kann, damit sich da keine Vögel mehr draufsetzen oder einnisten. Oder vielleicht noch ein Netz?«

»Nein, das geht nicht«, antwortet sie. »Wissen Sie, ich brauche das ja für den ganzen Garten.«

»Wieso für den ganzen Garten? Fressen die das Obst weg oder was?«, frage ich arglos nach, ohne zu ahnen, was sich mir im nächsten Moment für ein schlimmes menschliches Schicksal offenbaren wird.

Einen Augenblick lang scheint sie nach den passenden Worten zu suchen, bevor sie dann endlich loslegt: »Das ist nicht wegen dem Obst, das ist wegen mir. Überall sitzen die. Auf dem Dach, auf den Bäumen, und dann fliegen die auch noch rum! Die sind einfach überall. Und ich habe doch panische Angst vor denen. Wenn ich die nur zwitschern höre, traue ich mich kaum mehr aus dem Haus.«

»Na, geh doch einfach mal zum Onkel Doktor und lass dir ein paar lustige Tabletten verschreiben«, denke ich. Aber dann wird mir klar, wie arm sie eigentlich dran ist. Denn Vögel sind ja fast überall. Und wenn man vor denen wirklich solche Angst hat, dann ist es bestimmt ganz schön schwer, ein normales Leben zu führen. Also schlage ich ihr vor, dass sie sich vielleicht eine Katze zulegen sollte, damit diese dann die Vögel vertreibt.

»Das habe ich auch schon probiert«, erwidert sie. »Zwei Stück hatte ich. Aber das hat auch nichts geholfen. Und irgendwie sind die mir auch unheimlich gewesen. Weil ich hatte die ja nur draußen und dann haben die abends immer durchs Fenster reingeschaut und an der Scheibe gekratzt. Nee, das mit den Katzen war auch nichts für mich.«

Auch wenn ich ihr leider nicht wirklich weiterhelfen kann, höre ich ihr wenigstens noch ein wenig zu. Dabei stellt sich heraus, dass sie tatsächlich schon in ärztlicher Behandlung ist und sich eigentlich nur noch mit Pfefferspray bewaffnet aus dem Haus traut. Sie hat zwar keine Ahnung, ob das tatsächlich gegen einen plötzlichen Vogelangriff helfen würde, aber wenigstens fühlt sie sich damit etwas sicherer.

Ich hoffe nur, dass sie auf der weiteren Suche nach einer Lösung für ihr Vogelproblem nicht in einem dieser Läden landet, in denen statt Musik Vogelgezwitscher im Hintergrund läuft. Denn dann könnte es sein, dass dort ein paar Tränen fließen.

Faule Hunde

Bisher dachte ich immer, dass man als Analphabet besonders gut Rückschlüsse aus Bildern ziehen kann oder sich sonst irgendwie unauffällig durchs Leben schummelt. Doch anscheinend geht man heutzutage viel offener damit um und macht kein großes Geheimnis mehr daraus, dass man geistig etwas minderbemittelt ist. Jedenfalls mault mich gerade ein Kunde lautstark an, dass er jetzt schon eine Viertelstunde auf einen Verkäufer wartet, weil er dringend eine Beratung braucht. Und keiner von diesen »faulen Hunden« lässt sich blicken.

Ich wende mich also freundlich dem Kunden zu und frage ihn, worum es denn geht.

»Na, das Zeug da«, er meint eine Abdichtungsmasse für Dachflächen, »geht das auch für draußen?«

»Na ja, da steht ja drauf: ›Für innen und außen‹, und die Abbildungen zeigen eine Dachfläche, die damit abgedichtet wird. Und so ein Dach befindet sich ja doch meistens draußen ...«

Daraufhin er, diesmal allerdings schon nicht mehr ganz so lautstark: »Na also, das wollte ich ja nur wissen.«

Was? Und dafür hat er eine Viertelstunde gewartet? Na, da nehme ich den »faulen Hund« doch glatt mal als Kompliment. Denn ich bin dann doch lieber faul als blöd. Und mit beidem scheint er sich ja bestens auszukennen, denn wäre er in der Schule nicht so faul gewesen ...

Der Opa eines Kollegen

Da ich gerade Urlaub habe und das Wetter absolut super ist, beschließe ich, mit meiner Frau einen Kurztrip in die österreichische Bergwelt zu unternehmen. Einfach nur so, ohne festes Ziel und ohne einen festen Zeitplan. Da es dorthin auch nur knapp zwei Stunden Autofahrt sind, ist es auch nicht wichtig, einen genauen Plan zu haben. Denn im Notfall ist man ja auch ganz schnell wieder zu Hause.

Jedenfalls fahren wir gerade auf einer kleinen Bergstraße und genießen die wunderbare Aussicht, als ich am Straßenrand einen kleinen Pfeil entdecke. Darauf steht »Marmorsteinbruch« und der Pfeil zeigt auf einen kleinen Weg, der sich den Berg hinaufschlängelt. »Den könnten wir uns doch mal anschauen«, schlage ich meiner Frau vor, woraufhin sie nur meint: »Wenn du dann auch wieder zurückfindest, können wir das schon machen. Ist bestimmt interessant.«

Da ich schon bei der Hauptstraße keinen blassen Schimmer hatte, wo sie eigentlich hinführt, macht es für mich keinen großen Unterschied, ob ich auf der jetzigen Straße weiterfahre oder dem kleinen Schild in Richtung des Steinbruches folge. Dazu muss man vielleicht noch erwähnen, dass ich grundsätzlich ohne Navigationssystem unterwegs bin. Denn mir reicht es schon, dass ich in der Arbeit dauernd durch irgendwelche Zwischenfragen und Kommentare unterbrochen werde. Da will ich wenigstens beim Autofahren meine Ruhe haben. Und schließlich habe ich ja für Notfälle noch einen Straßenatlas dabei, der übrigens ein Werbegeschenk meines Arbeitgebers war.

Ich drehe also kurzentschlossen um und biege in den kleinen Weg ein, der zum Marmorsteinbruch führen soll. Nach ein paar Hundert Metern wird aus diesem Weg allerdings ein noch kleinerer, der sich zu allem Überfluss auch noch gabelt. Da in so einem Fall langes Nachdenken auch nichts bringt, folge ich einfach meinem Bauchgefühl und entscheide mich für den linken Weg. Das Ganze wiederholt sich dann noch ein paamal, bis schließlich überhaupt kein richtiger Weg mehr da ist und wir vor einer steilen Geröllpiste stehen. Allerdings führen von dort aus wenigstens gleich mehrere Wege wieder nach unten. Während wir überlegen, ob wir einfach wieder umkehren oder einem anderen Weg folgen sollen, höre ich plötzlich das Motorengeräusch eines Traktors. Kurz darauf kann ich ihn dann auch sehen und sage zu meiner Frau: »Den frag ich jetzt einfach. Der wird sich hier ja wohl auskennen.«

Ich steige also aus und gehe dem Traktor entgegen, auf dem ein alter Mann sitzt. Der scheint uns inzwischen auch entdeckt zu haben und hält am Rande der Geröllpiste an. Beim Traktor angekommen, sage ich zu dem Alten: »Grüß Gott. Wir haben eigentlich den Marmorsteinbruch gesucht. Aber irgendwie scheinen wir uns verfahren zu haben.«

»Den habt ihr doch gefunden«, antwortet er und lacht dabei. »Ihr steht ja mittendrin. Aber da wird schon seit fast 20 Jahren nichts mehr abgebaut.«

»Aha, und über welchen Weg kommen wir jetzt wieder am schnellsten runter?«

»Ja, wo wollt ihr denn hin?«

Mit dieser Frage hat mich der Alte eiskalt auf dem falschen Fuß erwischt. Denn da ich weder weiß, woher wir gekommen sind, noch wo wir uns gerade befinden, kann ich ihm auch nicht sagen, wo wir hinwollen. »Wenn Sie kurz warten könnten, dann hole ich schnell eine Straßenkarte. Da tun wir uns vielleicht etwas leichter«, sage ich. Der Alte nickt nur und ich hole den Straßenatlas aus meinem Auto.

Kaum bin ich mit dem Atlas wieder zurück, ruft er: »Arbeiten Sie da im Baumarkt?«, und deutet auf das Logo meines Arbeitgebers, das dick und breit auf der Vorderseite des Atlas aufgedruckt ist.

»Ja, warum?«, frage ich, ohne weiter darüber nachzudenken.

»Mein Enkel hat da auch mal gearbeitet«, antwortet der Alte. »Während seines Studiums in Wien hat er sich da immer was nebenbei verdient. Und zu meinem 85. Geburtstag hat er mir von da einen Holzspalter geschenkt. Damit soll das ja viel leichter gehen.«

Jetzt komme ich doch ins Grübeln. Denn wenn die Kollegen vielleicht recht ekelhaft zu seinem Enkel waren und der Holzspalter eventuell auch nicht so ganz einwandfrei funktioniert hat, dann könnte es doch sein, dass mich der Alte in die hinterste Mongolei schickt, von wo aus ich niemals wieder nach Hause finde. Aber zu meiner Beruhigung scheint es seinem Enkel dort ganz gut gefallen zu haben und den Holzspalter nimmt er sowieso nicht her. Denn schließlich ist er ja erst 88 und kann sein Holz noch selbst mit der Axt spalten.

Nachdem er mir dann noch in einer knappen Viertelstunde erklärt hat, wer wo arbeitet, wer hier alles mit wem verwandt ist, warum die Anni wirklich abgehauen ist und was früher alles besser war, fällt ihm dann auch wieder der kürzeste Weg nach unten ein. »Da fahrt ihr jetzt hier hinten den alten Forstweg runter. Also eigentlich ist das kein richtiger Weg mehr. Der wird nur noch von den Waldarbeitern benutzt. Da ziehen die immer ihr Holz ins Tal. Aber mit dem Geländewagen kommt man da schon durch. Unten kommt ihr dann beim Striegl Sepp seinem Hof raus. Da könnt ihr einfach durchfahren. Aber nicht anhalten. Der hat einen ganz bösen Hund. Dahinter geht's dann mal rechts weg und ihr kommt wieder auf die Hauptstraße.«

Ich bedanke mich bei ihm und gehe zurück zum Auto. Dabei überlege ich, ob so ein Navigationsgerät nicht vielleicht doch mal eine gute Anschaffung wäre. Andererseits hätte ich dann wahrscheinlich niemals den Alten getroffen. Im Auto wartet meine Frau schon ganz ungeduldig und fragt: »Was hast du denn mit dem so lange geredet?«

»Ach, das ist der Opa von 'nem Kollegen aus Wien. Und die Anni ist nur deshalb abgehauen, weil der Schorsch sowieso alles versoffen hat und dauernd irgendwelche Weibergeschichten laufen hatte. Aber jetzt fahren wir erst mal zum Striegl Sepp seinem Hof. Da sind wir dann auch schon fast wieder auf der Hauptstraße. Aber beim Sepp nicht aussteigen. Der hat nämlich einen ganz bösen Hund.«

Meine Frau schaut mich verdutzt an und meint: »Kennst du die etwa alle?«

»Jetzt schon«, antworte ich und fahre los.

Verpiss dich

Ich räume gerade etwas Ware ein, als mich ein Kunde fragt: »Habt ihr ›Verpiss dich‹?«

»Na klar«, denke ich, »das steht genau zwischen ›Halt die Fresse‹ und ›Gleich gibt's was aufs Maul‹.«

Aber statt dem Kunden meinen Gedankengang mitzuteilen, sage ich lieber: »Bin schon weg«, und gehe einfach in die andere Richtung.

»Nein, nein«, ruft er mir nach, »die heißt so.«

Ich überlege kurz und sage dann: »Ich kenne aber keine Kollegin, die so heißt.«

»Das ist eine Pflanze«, erklärt mir der Kunde. »Die heißt so, weil sie angeblich Katzen abschreckt. Und bei mir sind dauernd solche Mistviecher im Garten und scheißen mir alles voll. Da hat mir ein Arbeitskollege den Tipp mit dem ›Verpiss dich‹ gegeben. Das wollte ich jetzt einfach mal ausprobieren.«

Da sich die Pflanzen in der Gartenabteilung befinden, stelle ich mich in den Hauptgang und erkläre dem Kunden den Weg. »Einfach diesem Gang hier folgen bis zum Ende, da gibt es dann ›Verpiss dich‹.«

Den Schluss bekommt eine ältere Dame mit, die gerade ihren Einkaufswagen an mir vorbeischiebt. Kopfschüttelnd schimpft sie vor sich hin: »Das ist ja eine Frechheit, wie hier mit Kunden umgegangen wird. So etwas hätte zu unserer Zeit keiner sagen brauchen. Der wäre auf der Stelle rausgeflogen. Unverschämt ist das!«

Ich drehe mich zu ihr um und kläre sie auf: »›Verpiss dich‹ ist eine Pflanze, die Katzen aus dem Garten verjagt, damit die da nicht alles vollkacken. Und die hat der Herr gesucht.«

»Was soll das sein?«, fragt sie ungläubig.

Ich erkläre es ihr also noch mal in aller Ruhe und ganz ausführlich.

»Und das funktioniert?«

»Ich denke schon. Zumindest hat der Herr von eben mir das so erklärt. Die Kollegen aus der Pflanzenabteilung können Ihnen sicher noch Genaueres sagen.«

»Ja, da muss ich doch direkt mal schauen«, meint sie daraufhin. »So was könnte ich nämlich auch brauchen. Weil bei mir kommen auch immer die Katzen vom Nachbarn und erledigen ihr Geschäft in meinem Garten.«

»Soll ich Ihnen zeigen, wo es ›Verpiss dich‹ gibt, oder finden Sie es auch so?«, frage ich sie.

Lächelnd winkt sie ab und meint: »Keine Sorge, ich find's schon so.«

Die Rasenmäherreklamation

Dass jemand ein Gerät reklamiert, wenn in der Garantiezeit mal etwas kaputtgeht, ist selbstverständlich und obendrein das gute Recht des Kunden. Denn dafür ist die Garantie ja schließlich da. Dass aber nicht jeder Schaden davon abgedeckt wird, ist den Kunden manchmal nur sehr schwer zu vermitteln. So ist es auch bei diesem Kunden, der mir gerade einen Rasenmäher vorbeibringt. Auf den ersten Blick lässt sich schon mal feststellen, dass dieses Gerät mit Sicherheit nicht kaputtgepflegt wurde. Es ist total verdreckt, hat drei verschiedene Räder dran und ist an ein paar Stellen mit Klebeband umwickelt. »Das muss ja noch nichts heißen«, überlege ich und frage den Kunden: »Was fehlt dem Gerät denn?«

»Ja, ich weiß auch nicht so genau. Auf alle Fälle springt er nicht mehr an. Aber der ist noch in der Garantiezeit. Habe ich erst letztes Jahr bei euch gekauft«, erklärt er mir und fuchtelt mit dem Kassenbeleg herum.

»Na gut«, sage ich, »dann wollen wir doch mal versuchen, ihn zu starten.« Als ich jedoch an dem Seilzug ziehe, reiße ich mir fast den Arm ab. Anscheinend ist das Seil schon einmal gerissen und der Kunde hat es, wahrscheinlich aus Kostengründen, einfach etwas gekürzt. Genauer gesagt fast um die Hälfte. Das erklärt auch, warum der Seilzug auf halbem Weg einfach stehen geblieben ist und ich mir fast den Arm ausgerissen hätte. Aber auch die Geräusche, die dabei aus dem Motor gekommen sind, klangen nicht besonders gut. Also schaue ich mal unter den Mäher und sehe sofort, dass das Schneidemesser extrem verbogen ist. Zudem fängt beim Kippen des Mähers der Motor an, sich von der Karosserie wegzubewegen. Das könnte wahrscheinlich daran liegen, dass die Karosserie rund um den Motor fast komplett durchgerissen ist.

»Wo sind Sie denn mit dem Mäher drübergefahren?«, frage ich den Kunden. »Das Messer ist ja total verbogen und der Motor ist fast komplett von der Karosserie abgerissen. Da müssen Sie schon an etwas ziemlich Massivem hängen geblieben sein.«

Was jetzt folgt, ist die typische Erklärung von jemandem, der gerade selbst verschuldet seinen Rasenmäher geschrottet hat, aber versucht, das Ganze über die Garantie abzuwickeln.

»Das habe ich aber nicht gesehen. Ich bin überhaupt nirgendwo drübergefahren«, meint er. »Der ist auf einmal beim Mähen ausgegangen. Mehr war da nicht. Gut, vielleicht hat er mal 'nen Stein erwischt, aber sicher nichts Großes.«

»Na gut, wir können das Gerät zur Reparatur einschicken. Aber auf Garantie wird da nichts mehr gehen.«

»Wie, einschicken? Ich dachte, ihr tauscht mir den um.«

»Nein, da ist nichts mehr mit Austauschen. Und ich schätze auch, dass sich eine Reparatur nicht lohnen wird. Da ist ein neuer Mäher mit Sicherheit günstiger.«

»Ja, aber wofür habe ich denn dann die zwei Jahre Garantie?«, fragt er, jetzt schon etwas lauter. »Ihr wollt euch doch bloß rausreden. Kaufen kann man alles bei euch, aber wenn dann mal was kaputtgeht, will keiner was damit zu tun haben.«

»Also, mit dem Schaden habe ich schon zweimal nichts zu tun«, erwidere ich. »Da ist nur derjenige schuld, der den Mäher auf das Hindernis geschoben hat. Sonst keiner. Da werden Sie für Ihren Schaden schon selbst aufkommen müssen.«

Ehrlich gesagt habe ich ja für solche Reklamationsversuche durchaus ein gewisses Verständnis. Denn es ist natürlich schmerzlich, wenn man von einer Sekunde auf die nächste den eigenen Rasenmäher schrottet. Und das bloß, weil man einen kurzen Moment unachtsam war. Aber man sollte dann auch einsehen, dass eigene Dummheit nicht unter die Garantie fällt, und sich nicht so maßlos danebenbenehmen wie dieser Kunde.

»Bist du denn überhaupt Mechaniker?«, pflaumt er mich an.

»Nein«, entgegne ich, »aber dafür braucht man auch kein Mechaniker zu sein. Das hier ist ja ungefähr so, als ob man mit seinem Auto gegen einen Baum donnert und sich dann beschwert, dass es nicht mehr geht. Das hat dann auch nichts mit Garantie zu tun.«

Jetzt legt er richtig los: »Ach komm. Erzähl mir doch nix, Bursche. Wenn du kein Mechaniker bist, hast du sowieso keine Ahnung davon. Hat hier überhaupt jemand Ahnung oder sind hier lauter so Aushilfsdeppen beschäftigt? Hol mal den Chef her.«

Damit ist dann für mich der Punkt erreicht, an dem ich dieses Gespräch beende: »Erstens bin ich kein Aushilfsdepp. Zweitens ist der Chef auch kein Mechaniker. Und drittens ist dieses Gespräch für mich zu Ende. Denn beleidigen lassen brauche ich mich von Ihnen nicht. Und falls Sie immer noch den Chef sprechen möchten, wenden Sie sich bitte an die Hauptinformation. Auf Wiedersehen.«

Während ich davongehe, schmeißt er mir noch reichlich Schimpfwörter hinterher und droht mir an, sich über mich zu beschweren. »Soll er doch«, denke ich, »aber sein Mäher bleibt deswegen trotzdem ein Schrotthaufen.«

Er hat dann später tatsächlich noch mit dem Chef gesprochen. Aber auch der wollte ihm den Mäher nicht reparieren oder gar umtauschen. Und komischerweise hat er über unsere nette kleine Unterhaltung dann doch kein einziges Wort verloren.

Ein Schloss für Haustiere

»Haben Sie ein Schloss für Tiere?«, fragt mich ein Kunde. Da ich damit nicht wirklich etwas anfangen kann, frage ich nach: »Welche Art Tiere meinen Sie denn?«

»Ganz normale Haustiere«, antwortet er.

Einen Augenblick lang weiß ich nicht weiter. Aber dann habe ich eine Idee. »Brauchen Sie vielleicht einen Käfig? Also so etwas, wo man zum Beispiel einen Hasen oder ein Meerschweinchen reintut? Oder meinen Sie vielleicht ein Halsband?«

»Nein«, entgegnet er, »ich brauche ein ganz normales Schloss für Haustiere.«

»Was soll das denn sein?«, frage ich weiter. »Vielleicht ein Vorhängeschloss oder etwas Ähnliches?«

So langsam scheint sein Geduldsfaden etwas gespannt zu sein, denn er wird lauter: »Verstehen Sie nicht? Ein Schloss für Haustiere. Das macht man auf und wieder zu. Jeder hat Haustiere.«

Allmählich dämmert mir, dass er ein echtes Schloss meint. Nur weiß ich nicht, wie er das an irgendwelchen Tieren befestigen will. Zur Sicherheit frage ich noch mal nach: »Sie meinen also schon ein richtiges Schloss, oder? So mit echten Schlüsseln und so.«

»Ja, mit Schlissel«, bestätigt er, und in dem Moment begreife ich, dass er einfach nur einen beschissenen Dialekt hat und in manchen Worten das ü als i ausspricht. Daher meint er auch nicht Haustiere, sondern Haustüre.

»Ach, für eine Haustüre«, sage ich. »Das bekommen Sie bei meinem Kollegen vorne in der Eisenwarenabteilung.«

Er nickt mir erleichtert zu, und da ich ein feiner Kerl bin, begleite ich ihn natürlich zu meinem Kollegen.

Dort angekommen, sage ich zu dem Kunden: »Bitte schön. Das ist der Kollege. Dem können Sie jetzt sagen, was für ein Schloss Sie genau brauchen.«

Der Weg zur Eisenwarenabteilung scheint sich für mich gelohnt zu haben, denn der Kunde wiederholt gegenüber meinem Kollegen: »Ich brauche ein Schloss für Haustiere.«

Und jetzt schaut auch mein Kollege mindestens genauso blöd aus der Wäsche wie ich vorhin und fragt: »Ja wie? Für welche Haustiere?«

Sicher könnte ich dieses witzige Spiel jetzt noch eine Weile beobachten und einfach abwarten, wie lange es dauert, bis er draufkommt, was der Kunde wirklich von ihm will. Aber ich bin ja schließlich kein Unmensch, also erkläre ich meinem Kollegen, dass es sich dabei nicht um Tiere, sondern um eine Haustüre handelt, für die der Kunde ein neues Schloss benötigt.

Auf dem Weg zurück in meine Abteilung ärgere ich mich dann doch noch ein wenig, dass wir keine Abteilung für Heimtierbedarf im Haus haben. Denn es wäre doch noch viel lustiger gewesen, wenn ich den Kunden gleich zu Beginn des Gespräches dorthin geschickt hätte.

Runtergefallen

Ich berate gerade einen Kunden beim Silikon, als ich plötzlich ein Geräusch aus dem Nebengang höre, das in etwa so klingt, als ob ein voller Joghurtbecher auf dem Boden aufschlägt. »Das hört sich nicht gut an«, denke ich und gehe, gleich nachdem das Beratungsgespräch beendet ist, in den Gang, aus dem das Geräusch gekommen ist. Als ich um die Ecke biege, sehe ich auch schon die Sauerei. Jemand hat einen Becher mit Tiefengrund fallen lassen und sich dann anscheinend aus dem Staub gemacht. Denn der einzige Kunde im Gang ist ein etwa 40-jähriger Mann, der sich ein Stück weiter hinten die Beschreibung von Fliesenkleber durchliest. Um zu verhindern, dass irgendwelche Kunden die klebrige Brühe im ganzen Haus verteilen, mache ich mich notgedrungen daran, das kleine Missgeschick zu beseitigen. Kaum habe ich den Deckel aufgehoben, kommt auch schon ein Kollege ums Eck und fragt: »Ist dir was runtergefallen?«

»Nein. Wieso?«

»Na, weil du den Deckel noch in der Hand hast.«

»Den habe ich gerade aufgehoben«, erkläre ich, »runtergeschmissen hat es jemand anders.«

Da mein Kollege offenbar noch Kundschaft hat, macht er sich gleich wieder aus dem Staub. Ein paar Sekunden später steht allerdings schon der nächste meiner Mitstreiter vor mir und sagt: »Der Thomas hat gemeint, dir sei was runtergefallen und dass ich dir vielleicht helfen könnte, die Sauerei wegzumachen.«

»Sag mal, hört mir hier überhaupt jemand zu? Mir ist nichts runtergefallen. Das war schon so.«

»Das ist ja mal eine typische Kundenausrede«, stellt mein Kollege fest. »Was Blöderes ist dir nicht eingefallen, oder? Außerdem hast du ja sogar noch den Deckel in der Hand.«

»Pass mal auf, das war eigentlich ganz anders. Ich stand hier und hatte den Tiefengrund in der Hand. Dann ist plötzlich der Boden nach oben geschnellt und hat den Becher zerdeppert. Danach hat er sich dann wieder ganz schnell abgesenkt. Und jetzt sieht es so aus, als ob mir der Becher runtergefallen wäre. Also wenn du mich fragst, dann ist das eine Verschwörung, aber von ganz oben.«

Mein Kollege lacht und meint: »Na, wenn du mir das gleich so erklärt hättest, dann hätte ich das vielleicht sogar geglaubt. Aber ich geh erst mal in den Zuschnitt, Sägemehl holen.«

»Mach das«, sage ich, »ich bleib solange hier und passe auf, dass keiner durchläuft.«

Jetzt, da mein Kollege weg ist, traut sich auch der Kunde, der zuvor noch die Beschreibung des Fliesenklebers gelesen hat, zu mir und sagt: »Ist was runtergefallen?«

»Noch so ein Spaßvogel«, denke ich und frage: »Wie kann ich Ihnen denn weiterhelfen?«

»Ich hab da auf dem Fliesenkleber gelesen, dass man den Untergrund erst mit Tiefengrund einstreichen muss, bevor man den Kleber aufträgt. So was würde ich dann brauchen.«

»Bitte schön. Liegt genau vor Ihnen und ist sogar schon auf den Untergrund aufgetragen«, sage ich aus Spaß zu ihm und deute auf die Sauerei am Boden. Dabei fällt mein Blick zufällig auf seine Schuhe und die Hosenbeine. An denen befinden sich nämlich bis zu einer Höhe von etwa 20 Zentimetern rosafarbene Spritzer Tiefengrund. »Aha, das ist ja interessant!«

Auf meinen kleinen Spaß reagiert er jedenfalls ganz locker: »Ja, das ist schon das richtige Mittel. Aber es ist leider auf den falschen Untergrund aufgetragen.«

Während wir beide über sein kleines Späßchen lachen, kommt mein Kollege mit dem Sägemehl zurück und ich sage ganz nebenbei zu dem Kunden: »Falscher Untergrund ist gut. Und das, obwohl sie ihn doch selbst aufgetragen haben.«

Jetzt ist Schluss mit Lachen. »Wieso selbst aufgetragen?«

»Das ist nicht so schlimm. Wegen des kaputten Bechers brauchen Sie sich keine Gedanken zu machen. So was kann schließlich jedem mal passieren. Aber Ihre Schuhe und die Hose sollten

Sie am besten sofort abwaschen. Denn wenn das Zeug fest wird, dann kriegen Sie das nachher nicht mehr raus.«

Er schaut an sich runter, und als er die Flecken bemerkt, meint er bloß: »Ach, Shit. Das gibt's doch gar nicht. Haben Sie da was zum Abwaschen?«

»Na klar, auf der Kundentoilette gibt es Wasser und Papierhandtücher. Den Tiefengrund können Sie ja auch danach noch mitnehmen. Ich stell Ihnen schon mal einen auf die Seite.«

Mit hochrotem Kopf marschiert er ab in Richtung Toilette und mein Kollege fragt mich: »Ach, dem ist der Becher runtergefallen? Der hätte aber auch mal was sagen können. Schließlich reißt ihm ja keiner deswegen den Kopf ab.«

»Ja, aber so ist es doch viel lustiger«, sage ich. »Und ich wette, dass er nachher wiederkommt, seinen Tiefengrund abholt und obendrein noch den kaputten Becher mitbezahlt.«

»Niemals«, meint mein Kollege, »den siehst du nie wieder.«

»Okay. Um's Aufwischen?«

»Um's Aufwischen!«

So richtig gewonnen hat dann aber keiner von uns und wir haben die Sauerei gemeinsam beseitigt. Denn der Kunde ist zwar wiedergekommen, um sich den Tiefengrund zu kaufen, aber selbstverständlich haben wir ihn den runtergefallenen nicht bezahlen lassen. Obwohl ich ja immer noch davon überzeugt bin, dass er den schon bezahlt hätte, wenn ihn nur jemand dazu gezwungen hätte.

»Lustige Produkte aus dem Baumarkt«

Wer glaubt, dass in einem Baumarkt alles trist und öde ist, der irrt sich gewaltig. Denn um gute Laune bei Kunden und Mitarbeitern zu verbreiten, haben sich die Namensgeber einiger Produkte mächtig viel Mühe gegeben. Lustige und verwirrende Produktbezeichnungen sind daher keine Seltenheit und auch bestimmt keine böse Absicht. Sie dienen lediglich dazu, Kunden und Verkäufern ein kleines Lächeln abzuringen.

Um das Ganze zu verdeutlichen, habe ich hier die gängigsten Schmunzler zusammengestellt.

Abzieher. Damit sind nicht etwa die Hütchenspieler in der Fußgängerzone gemeint. Das sind Abzocker. Abzieher werden meist im Maschinenbau oder im Kfz-Bereich verwendet und dienen dazu, miteinander verpresste Teile wie beispielsweise Kugellager von anderen Bauteilen abzuziehen. Also bitte nicht verwechseln.

Ausblaspistole. Mit ihr lassen sich in der Tat Kerzen ausblasen. Allerdings würde das laute Knattern des Druckluftkompressors bei einem netten Abend mit Kerzenlicht doch etwas stören. Daher ist ihr Einsatzgebiet meist in Werkstätten. Dort werden damit allerdings keine Kerzen ausgeblasen, sondern Werkstücke von Staub und anderen Verunreinigungen befreit.

Bayrische Drahtfalle. Dieses Ding heißt wirklich so und dient keinesfalls dem Fangen von Drähten, wie man vielleicht aufgrund des Namens vermuten könnte. Man findet sie überwiegend im süddeutschen Raum und sie ist eine absolut merkwürdige Konstruktion aus gebogenen Kupferdrähten. Offiziell dient sie zum Fangen von Wühlmäusen, wird aber meistens zur Bekämpfung von Maulwürfen eingesetzt. Da diese aber nicht getötet werden dürfen, hat man sich als offiziellen Verwendungszweck eben auf die Wühlmausbekämpfung geeinigt. Dazu wird diese Gerätschaft direkt in den unterirdischen Gang der Tiere eingegraben. Wenn nun das Tier in die Falle hineinläuft, wird es erschlagen. Das Besondere daran ist die Konstruktion selbst, die sich allerdings nur sehr schwer beschreiben lässt. Am besten ist, Sie nutzen die Bildersuche im Internet und schauen sich die bayrische Drahtfalle einfach mal an.

Bibersapie mit Rückenzahnung. Was hier zunächst klingt wie ein missgebildeter Biber mit spitzen Zacken auf dem Rücken ist in Wirklichkeit ein Gerät, mit dem man gefälltes Holz ziehen und schieben kann. Die Bibersapie mit Rückenzahnung muss man sich in etwa so vorstellen wie einen spitzen Haken an einem Schaufelstiel. Auf der Rückseite des Hakens ist eine Zahnung ins Metall gefräst, mit der man das Holz drehen und schieben kann. Für alle, die es ganz genau wissen wollen, empfiehlt sich auch hier wieder die Recherche im Internet oder – viel besser! – der Besuch eines Baumarktes in ländlicher Gegend.

Blas- und Sauggerät. Die Verwendung dieses Gerätes scheint eindeutig zu sein und macht besonders Männern richtig viel Spaß. Allerdings beschweren sich die Nachbarn ganz gerne mal über den Lärm, wenn man es zu oft und zu lange benutzt. Aber ansonsten ist so ein Laubsauger, wie er umgangssprachlich auch oft genannt wird, ein recht praktisches Gerät.

Distanzschrauben. Sie tragen diesen Namen nicht deshalb, weil man beim Verarbeiten möglichst weit weg bleiben sollte, sondern weil man mit ihnen die Distanz von Brettern zum Untergrund, auf den sie geschraubt werden sollen, ganz einfach justieren kann. Dazu zieht sich beim Einschrauben am oberen Ende der Schraube eine geriffelte Fläche in das Brett hinein. Wenn man dann die Schraube wieder etwas herausdrehen will, bewegt sich das Brett zurück und die Distanz kann eingestellt werden. So was ist besonders auf unebenen Untergründen von großem Vorteil, da man sich das Unterlegen von Abstandhaltern sparen kann.

Doppelnippel. Dabei handelt es sich nicht um ein lustiges Zubehör aus dem Sexshop. Ein Doppelnippel ist ein Verbindungsstück zwischen zwei Wasserleitungen, das auf beiden Seiten ein Gewinde hat und so mit den beiden Leitungen verschraubt wird.

Druckminderer. Druckminderer sind nicht verschreibungspflichtig und es gibt sie auch nicht in der Apotheke, sondern im

Baumarkt. Sie werden bei Gasflaschen verwendet, damit das angeschlossene Gerät mit einem gleichbleibend niedrigen Druck das Gas zugeführt bekommt.

Einschraubschlauchtülle. Das klingt im ersten Moment recht kompliziert, ist es aber gar nicht. Denn eine Einschraubschlauchtülle wird an ein Gerät, beispielsweise an eine Pumpe, angeschraubt. Über die eigentliche Tülle wird dann der Schlauch auf den Anschluss aufgesteckt und mit einer Schlauchschelle fixiert.

Entmantler. Wer glaubt, dass der nette Italiener um die Ecke, der einem beim Betreten des Restaurants immer so charmant aus der Jacke hilft, ein Entmantler ist, der irrt. Das ist Angelo. Ein Entmantler ist ein Werkzeug, mit dem man mit wenigen Handgriffen die äußere Hülle an einem Kabelende entfernen kann, ohne dabei die innen liegenden Leitungen zu verletzen.

Expressanker. Wenn ein Schiff mal ganz schnell stoppen muss, weil wieder irgendein Selbstmörder auf einer Luftmatratze vor dem Bug liegt, um sich quasi überschwimmen zu lassen, dann wird der Expressanker geworfen. Allerdings bringt das nicht besonders viel, denn ein Expressanker ist nicht als Notbremse für Schiffe gedacht. Vielmehr handelt es sich dabei um eine Art Dübel für Betonuntergründe. Er besteht aus einem durchgehenden Metallstift, an dessen oberen Ende sich ein Gewinde befindet. Nachdem man ein Loch in den Beton gebohrt hat, braucht man nur noch den Expressanker dort hineinzuschlagen und eine Mutter auf dem Gewinde festzuziehen. Dadurch verspreizt sich dann am anderen Ende ein kleiner Metallring im Beton und das Ding hält bombenfest.

Faulenzer. Klar, die gibt es überall. Nicht nur im Baumarkt. Aber da gibt es so viele davon, dass die sie glatt verkaufen können. Dabei handelt es sich nicht etwa um Typen wie mich, die den ganzen Tag nur faul in der Gegend rumstehen und dumme Sprüche reißen, sondern um einen Rollenbock. Das Ganze sieht ähnlich aus wie ein Unterstellbock, an dem Rollen befestigt sind. In Schreinereien findet man solche Faulenzer sehr häufig. Dort stehen sie faul neben der Kreissäge herum. Wenn dann jemand beispielsweise ein langes Brett abschneiden möchte, kann er es auf den Faulenzer legen und durch die Rollen auf der Oberseite ganz leicht und Stück für Stück nachziehen.

Fitschenringe. Fitschenringe werden nicht paniert und in heißem Fett ausgebacken. Das sind Tintenfischringe. Fitschenringe sind diese kleinen Unterlegscheiben, meist aus Messing gefertigt, die man bei Türscharnieren unterlegt, wenn die Türe beim Öffnen oder Schließen am Boden schleift.

Freistromventil. Wer hofft, seine Stromrechnung durch den Kauf eines Freistromventiles minimieren zu können, der wird spätestens beim Einbauversuch feststellen, dass es absolut überhaupt gar nichts mit Strom zu tun hat. Dafür allerdings auch nichts mit kostenlos.

Falls Sie sich jetzt fragen sollten: »Was soll das sein?«, dann schauen Sie sich doch mal Ihre Wasserleitung etwas genauer an. Da ist irgendwo ein kleines, meist grünes Rädchen eingebaut, mit dem man das Wasser abstellen kann. Genau das ist dann das Freistromventil.

Kammstifte. Ein Reparaturset für Kämme, bei denen die Zacken abgebrochen sind, gibt es leider nicht. Also muss es sich um etwas anderes handeln. Und richtig, es sind kleine blaue Nägel mit einem ganz flachen Kopf, die unter anderem beim Beziehen von Polstermöbeln zum Befestigen des Stoffes verwendet werden. Sie sind also zum Kämmen eher ungeeignet.

Katzenzunge. Natürlich handelt es sich bei dieser Katzenzunge nicht um einen chinesischen Snack für zwischendurch oder eine Leckerei aus Schokolade, sondern um eine kleine Kelle mit abgerundeten Ecken, die zum Verarbeiten von Gips und ähnlichen Produkten verwendet wird.

Klapprosette. Was eigentlich klingt wie ein genetischer Defekt am menschlichen Körper, ist in Wirklichkeit nichts anderes als eine Abdeckung für Rohre, die aus der Wand oder dem Boden kommen. Dazu werden Klapprosetten nachträglich auf den Anschluss zwischen Rohr und Wand aufgesetzt, um damit den meist unschönen Übergang zu verdecken. Selbstverständlich gibt es auch Rosetten, die man schon beim Einbauen der Leitung mitverarbeiten kann. Diese bestehen dann aus einem Stück und nennen sich Überschiebrosetten.

Krampen. Irgendwie kann ich mir darunter nicht wirklich etwas vorstellen, außer vielleicht ein bayerisches Schimpfwort. Aber es klingt lustig. Krampen sind übrigens Nägel ohne Kopf, die in der Mitte krumm gebogen wurden, bis beide Enden in die gleiche Richtung zeigen. Damit lässt sich dann beispielsweise ein Zaungeflecht ganz prima an Holzpfosten nageln.

Kreuzband. Im ersten Moment stellt man sich jetzt zu Recht die Frage, warum Fußballer immer so jammern, wenn sie sich ein Kreuzband gerissen haben. Denn schließlich gibt es die doch im Baumarkt. Aber glauben Sie mir, es würde sehr merkwürdig aussehen, wenn sich jemand ein solches Kreuzband implantieren lassen würde. Denn ein Kreuzband ist eine besondere Form eines Türscharnieres, welches über Eck an der Türe befestigt wird.

Kugelhahn. Ein Kugelhahn ist kein fetter Gockel. Er wurde auch nicht im Kugelgrill zubereitet. Vielmehr ist er eine Durchflussregulierung an Wasserleitungen. Meistens hat er einen roten oder blauen Hebel und kann mit nur einer Vierteldrehung zwischen auf und zu wechseln. Man findet ihn oft auf Baustellen und beim Heizungsbau. Kugelhahn heißt er deswegen, weil durch die Drehung im Inneren eine Kugel mit einem Loch darin bewegt wird. Verläuft das Loch in Richtung Leitung, kann das Wasser fließen. Steht es quer dazu, läuft auch kein Wasser.

Madenschrauben. Ja, wahrscheinlich lassen sich damit auch Maden festschrauben. Allerdings dürften die dann nicht besonders glücklich darüber sein. Und außerdem sind sie dafür auch nicht gedacht. Denn Madenschrauben sind kleine Schrauben, die eigentlich nur aus einem Gewinde bestehen und anstelle des Kopfes eine Aufnahme für einen Schraubendreher oder einen Innensechskantschlüssel haben. Somit lassen sie sich beim Verschrauben komplett versenken, ohne dass ein störender Schraubenkopf aus dem Werkstück hervorsteht. Man könnte also sagen, dass sie sich direkt ins Material hineinfressen und darin verschwinden. Eben genauso wie Maden.

Muffenstopfen. Nein, das ist keine Tätigkeit, sondern ein Deckel, der zum Verschließen von Abwasserrohren dient.

Nagelschelle. Nagelschellen sind nicht die kleinen Geschwister von Hand- und Daumenschellen. Vielmehr sind es die kleinen Klammern, mit denen man Elektrokabel so wunderbar an der Wand festnageln kann.

Schlagschnur. Eine Schlagschnur wird nicht, wie man vermuten könnte, am vorderen Ende einer Peitsche befestigt, sondern hat einen ganz anderen Zweck. Sie soll nämlich gerade Linien markieren. Dazu wird sie in ein mit Farbpulver gefülltes Gehäuse gesteckt. Dieses Pulver bleibt dann beim Herausziehen an der Schnur hängen. Spannt man sie nun zum Beispiel dicht über einem Betonboden, hebt sie etwas und lässt sie dann zurückschnellen, zeichnet sich unter ihr eine Linie des Farbpulvers ab. So hat dann auch der Fliesenleger keine Ausrede mehr für sein krummes Werk, denn ihm ist ja eine gerade Linie vorgegeben.

Schmiernippel. Schmiernippel sind nicht die Nippel einer Gogo-Tänzerin, nachdem sie sich eingeölt hat. Schmiernippel sind die kleinen, eingeschraubten Nippel, auf die man eine Fettpresse aufstecken kann, um bewegliche Teile an Baggern und anderem technischen Gerät zu schmieren.

Schraubglied. Nein, nicht das, was Sie jetzt vielleicht denken. So etwas nennt sich Umschnalldildo, gibt es nicht im Baumarkt und wird meines Wissens auch nicht verschraubt. Ein Schraubglied ist ein Kettenglied, das auf einer Seite mittels einer Verschraubung geöffnet und geschlossen werden kann. So lassen sich damit problemlos Ketten miteinander verbinden und wieder trennen. Für dauerhafte Verbindungen gibt es Notglieder. Dieses sind mehr oder weniger aufgebogene Kettenglieder, die beim Verbinden zusammengedrückt werden und sich kaum wieder öffnen lassen.

Schrumpfschlauch. Der Schrumpfschlauch ist nicht zu verwechseln mit dem Schrumpfkopf. Denn im Gegensatz zu den kleinen Köpfchen hat der Schlauch eine wirklich sinnvolle Funktion. Er wird über Kabelverbindungen gezogen und durch Hitze zum Schrumpfen gebracht. Dadurch wird die Verbindungsstelle gegen Feuchtigkeit abgedichtet und es wird verhindert, dass der Strom einen ungewollten Weg einschlägt.

Schweißmörtel. Egal wie oft man es versucht, man kann mit diesem Mörtel einfach nicht schweißen. Umgangssprachlich wird er auch Fertigschweiß genannt. Trotzdem eignet er sich nicht dazu, ihn sich unter den Armen und im Gesicht zu verteilen, nur damit es so aussieht, als ob man schwer gearbeitet hätte.

Auch wird er entgegen aller Sagen und Gerüchte nicht mit dem Schweiß von Bauarbeitern angemischt. Der Schweißmörtel ist ein Feinputz, der nach dem Auftragen mit einem Filzbrett glatt gerieben wird. Das nennt man verschweißen oder filzen.

Überwurffalle. Das klingt zunächst recht abenteuerlich und man könnte meinen, dass man damit Tiere fangen kann oder es sich um die Grundausstattung von Wilderern handelt. In Wirklichkeit ist eine Überwurffalle aber eine Art Haken, wie man ihn oft an Scheunentüren oder Transportkisten findet. Zum Verschließen wird dabei der Haken über eine Öse gelegt, in die man dann zum Beispiel ein Vorhängeschloss hängen kann.

Überwurfmutter. Nein, es ist keine Mama, die den schwarzen Gürtel im Judo hat und einen mit einem gekonnten Schulterwurf außer Gefecht setzt, bloß weil man gerade ihren Sprössling schräg angesprochen hat. Eine Überwurfmutter ist eine Schraubmutter, bei der auf einer Seite der Rand nach innen gebogen ist. Zu Hause findet man sie meistens unter dem Waschbecken. Dort dienen sie zur Befestigung des Wasserschlauches am Eckventil.

Umschaltknarre. Eine Umschaltknarre kennt vermutlich jeder. Wer jetzt allerdings glaubt, es sei eine Waffe, bei der Actionhelden in Filmen von Einzel- auf Dauerfeuer umschalten können, um so sämtliche Gegner allein fertigmachen zu können, der irrt gewaltig. Denn mit einer Umschaltknarre, die umgangssprachlich auch oft Ratsche genannt wird, werden Schrauben angezogen oder gelockert. Dazu kann man vorne verschieden große Steckschlüssel anbringen, die oft auch als Nüsse bezeichnet werden. Durch einen kleinen Hebel auf der Rückseite lässt sich dann die Drehrichtung bestimmen. Dreht man beispielsweise eine Schraube fest, so kann man die Ratsche auch wieder entgegen der Drehrichtung zurückziehen, ohne dass sie die Schraube wieder löst. Dadurch spart man sich das lästige Umsetzen wie bei einem herkömmlichen Schraubenschlüssel. Dem dabei entstehenden knarrenden Geräusch verdankt dieses Werkzeug seinen Namen.

Unterwasserfarbe. Diese Farbe ist als Innenanstrich für Swimmingpools und andere mit Wasser gefüllte Becken gedacht. Zugegeben, die Namenswahl ist etwas unglücklich ausgefallen. Denn irgendwie erweckt der Name den Eindruck, als könne man diese Farbe unter Wasser verarbeiten. Wer jedoch mit dem offenen Eimer in seinen gefüllten Pool steigt und versucht, die Farbe dort zu verstreichen, der wird im wahrsten Sinne des Wortes sein blaues Wunder erleben. Denn diese Farbe weist meist einen hellen Blauton auf. Bevor-du-wasser-reinmachst-Farbe wäre die treffendere Bezeichnung, hört sich aber einfach blöd an.

Vorreiber. Nun ja, da ist schon etwas Fantasie gefragt. Aber egal, wie schmutzig diese auch ausfällt, das ist es nicht. Denn Vorreiber sind diese kleinen Haken, mit denen zum Beispiel alte Holzfensterläden offen gehalten werden.

Sicherlich gibt es noch eine Menge solch lustiger Beispiele, die man hier erwähnen könnte. Das würde aber ganz einfach den Rahmen sprengen. Denn schließlich sind auch ganz einfache Artikel wie zum Beispiel Türstopper nicht von merkwürdigen Namensgebungen verschont geblieben. Sie tragen dann so lustige Bezeichnungen wie Eckenbumms oder Bummsinchen. Auch Toilettenschüsseln mit dem Namen Funny versprechen viel Spaß beim täglichen Besuch des stillen Örtchens. Falls Sie dabei jedoch nicht unbedingt Spaß haben möchten, sondern eher große Geschäfte erledigen wollen, sollten sie auf das Modell Wizzly zurückgreifen. Denn das scheint dem Namen nach wohl eine Mischung zwischen Wizzard und Grizzly zu sein und somit auch größten Beanspruchungen standzuhalten.

Vielleicht achten Sie ja einfach bei Ihrem nächsten Baumarktbesuch mal etwas genauer auf die Artikelbezeichnungen. Glauben Sie mir, es lohnt sich.

Aufladehilfe

Eine Frau Anfang 30 fragt mich, ob ich ihr beim Aufladen von ein paar Pflanzringen helfen könnte. Da diese recht schwer und unhandlich sind und sie zudem doch eher zierlich gebaut ist, helfe ich ihr natürlich. Draußen auf dem Parkplatz staune ich nicht schlecht. Denn das Fahrzeug, in das sie 18 dieser Betonpflanzringe einladen will, ist ein fast neuer Van mit Lederausstattung.

»Da sollen die alle rein?«, frage ich sie.

»Das geht schon«, meint sie. »Da geht mehr rein, als man denkt.«

»Na, dein Wort in Gottes Ohr«, denke ich und fange an, den Van zu beladen. Ganz vorsichtig staple ich zwölf der Steine in ihren Kofferraum.

»So, mehr geht da nicht rein«, rufe ich dann und denke: »Dann muss sie eben zweimal fahren.«

Doch da habe ich wohl falsch gedacht. Denn stattdessen meint sie nur: »Den Rest können Sie auf den Sitzen verteilen.«

»Was soll ich?«, frage ich ungläubig nach. »Die schweren Betonsteine auf die Ledersitze stellen? Nee, das mach ich nicht. Nachher sind die Sitze kaputt und ich darf das dann bezahlen.«

»Doch, doch. Machen Sie ruhig. Wir haben uns den ja extra für die Baustelle gekauft«, meint sie.

»Also, wenn ich mir ein Auto für die Baustelle kaufen würde, dann mit Sicherheit kein fast neues mit Lederausstattung«, entgegne ich und denke: »Die hat doch 'nen Schuss, die Tante.«

»Was glauben Sie wohl, was mein Mann sagen wird, wenn ich dem erzähle, dass Sie mir die Steine nicht einladen wollten?«, fragt sie nun.

»Der wird sich wahrscheinlich dafür bedanken, dass ich ihm seine Sitze nicht ruiniert habe«, antworte ich. Dass ich mit dieser

Vermutung allerdings voll danebenliegen könnte, war mir zu dem Zeitpunkt noch nicht bewusst.

»Na, dann schauen wir doch mal«, meint sie wütend und rast davon.

Knapp eine halbe Stunde später, ich bin gerade dabei, jemandem ein paar Säcke Estrich aufzuladen, kommt der Van wieder auf den Parkplatz gerauscht. Diesmal allerdings sitzt ihr Mann am Steuer und hält direkt auf mich zu. Kurz vor mir haut er eine Vollbremsung rein und ein ziemlich bulliger Typ mit verdammt schlechter Laune springt aus dem Auto. »Hast du meiner Frau eben die Steine aufgeladen?«, schnauzt er mich sofort an.

Eigentlich gehe ich davon aus, dass er sich beschweren will, weil etwas kaputtgegangen ist, deshalb antworte ich noch recht freundlich: »Ja, aber nicht alle. Die restlichen sechs Stück stehen noch da vorne.«

»Und warum hast du nicht alle eingeladen?«, poltert er weiter. »Jetzt muss ich extra wegen den paar Scheißsteinen noch mal hierherfahren.«

»Na, wegen den Sitzen«, sage ich. »Schließlich wollte ich nichts kaputt machen.«

»Mensch, tu die Steine her«, brüllt er und schnappt sich einen der Pflanzringe. Demonstrativ schmeißt er diesen mit voller Wucht auf den Beifahrersitz, sodass er wieder hochspringt und gegen das Armaturenbrett schlägt. Trotzig wie ein kleines Kind pöbelt er weiter: »Das ist doch nur ein Scheißauto«, und schmeißt die restlichen Steine mit ebenso wenig Gefühl auf die Rückbank.

»Na, wenn ein Van für lockere 30 000 Euro ein Scheißauto ist, dann geht es bei ihm entweder mit dem Geld nicht so genau«, überlege ich, »oder er hat einfach mächtig einen an der Klatsche.«

Nachdem er alle Steine in sein Scheißauto geworfen hat, fügt er noch hinzu: »So. Und wenn meine Frau dir das nächste Mal was anschafft, dann machst du das gefälligst auch.«

»Klar«, denke ich mir und entscheide mich dafür, dass es bei ihm mit dem Geld wohl doch genau geht.

Anmischwasser

Auf der Rückseite vieler Mörtelprodukte findet man in den Verarbeitungshinweisen Sätze wie »Dem Inhalt dieses Beutels circa 7 Liter Anmischwasser beigeben». Die daraus resultierende Frage der Kunden ist natürlich klar: »Was ist denn Anmischwasser? Brauche ich da etwas Spezielles zum Anmischen?«

Da es oftmals gar nicht so leicht ist, die Kunden dann davon zu überzeugen, dass es sich dabei um ganz normales Leitungswasser handelt, hatte ich vor einiger Zeit eine geniale Idee. Ich habe einfach einen leeren 5-Liter-Kanister Tiefengrund, den ein Kunde als Muster mitgebracht hatte, mit Leitungswasser gefüllt. Durch den restlichen Tiefengrund hat sich eine leichte Trübung ergeben, sodass es nicht als einfaches Wasser zu erkennen war. Anschließend habe ich das Originaletikett entfernt und es durch ein eigenes, am PC angefertigtes ersetzt. Darauf stand dick und breit: »Anmischwasser«. Und unten drunter dann in etwas kleinerer Schrift: »Zum Anmischen von Fliesenklebern, Fugenmassen, Betonestrich und anderen Mörtelprodukten«. Der Preis von 4,50 Euro war nicht direkt ein Schnäppchen für 5 Liter Leitungswasser. Dieser Kanister wurde dann bei unserer Information aufbewahrt und nur dann hervorgezogen, wenn jemand wieder einmal wissen wollte, was Anmischwasser ist. Es war also ein reiner Spaßartikel, einfach nur so zum Herzeigen. Selbstverständlich hätte diesen Kanister nie jemand von uns wirklich einem Kunden verkauft.

Umso überraschender kommt für mich die Frage, die mir ein Kunde stellt: »Haben Sie noch was von dem Anmischwasser?«

»Klar, Anmischwasser habe ich«, antworte ich selbstverständlich.

Doch leider greift meine Hand unter dem Tresen ins Leere, denn der Kanister ist verschwunden. In dem Moment begreife ich erst, was er wirklich gefragt hat. Nämlich ob ich noch etwas davon habe. Also noch mehr. Was wiederum voraussetzt, dass er schon mindestens einmal welches gekauft hat. Jetzt ist guter Rat teuer und ich muss mir schnell etwas einfallen lassen. Denn ich kann ihm ja wohl kaum verraten, was er da in Wirklichkeit gekauft hat. Also sage ich nach kurzem Überlegen zu ihm: »Ach, das tut mir leid. Das gibt es leider nicht mehr.«

»Wieso nicht?«, fragt er weiter. »Das braucht man doch öfter.«

»Ja schon«, erwidere ich, »aber Sie können auch ganz normales Leitungswasser nehmen und einen kleinen Schuss Tiefengrund dazugeben. Das ist im Prinzip das Gleiche, kommt nur wesentlich billiger.«

Nach kurzem Nachdenken stellt er dann ernüchtert fest: »Dann ist das also ein Scheiß mit dem Anmischwasser, oder?«

»Na ja«, ich suche fieberhaft nach einer Erklärung, »das kommt darauf an. Wenn Sie nur eine kleine Menge brauchen, ist das Anmischwasser schon okay. Aber wenn Sie mehr als einen Kanister brauchen, dann ist die Sache mit dem Tiefengrund doch wesentlich günstiger.«

»Also ich hätte schon noch so drei, vier Kanister gebraucht«, meint er. »Aber es ist ja nur gut, dass Sie mir das mit dem Tiefengrund gesagt haben. Da komme ich ja doch wesentlich günstiger weg.«

»Genau«, stimme ich erleichtert zu, »und deshalb haben wir das Anmischwasser auch nicht mehr im Sortiment. Weil wir achten ja darauf, was für den Kunden das Beste ist.«

Nachdem er sich noch tausendmal bedankt und mir erklärt hat, was wir doch für ein toller Laden sind, nimmt er endlich den Tiefengrund und verschwindet. Ich ärgere mich eigentlich nur darüber, dass der Kanister jetzt futsch ist und ich die Vorlage vom Etikett nicht gespeichert habe, für das ich extra einen scannbaren Strichcode angefertigt hatte. Denn das ist mit Sicherheit eine tolle Marktlücke. Interessieren würde es mich allerdings immer noch, wie der Kunde an unseren Spezialkanister gekommen ist.

Der Wasserentfeuchter

»Habt ihr Wasserentfeuchter? Das sind so Tabletten, die man in ein Gerät reinsteckt«, fragt mich ein Kunde. Ich denke dabei natürlich sofort an die Salztabletten, die in die Wasserenthärtungsanlagen gefüllt werden, und schicke ihn in die Sanitärabteilung. Doch nach ein paar Minuten steht der Kunde schon wieder vor mir und sagt: »Der Kollege hat die nicht. Der hat gemeint, dass es die bei Ihnen gibt.«

Leicht irritiert frage ich nach: »Was hat der nicht? Die Tabletten für die Wasserenthärter?«

»Doch, die hat er schon«, winkt er ab. »Aber ich brauche ja die für den Wasserentfeuchter.«

»Jetzt mal ehrlich«, gebe ich zu bedenken, »warum sollte man Wasser entfeuchten wollen? Das macht doch irgendwie gar keinen Sinn, oder? Enthärten dagegen schon. Dann verkalkt wenigstens nichts.«

So langsam scheint der Kunde ein wenig genervt zu sein, denn er wird lauter. Könnte ja schließlich auch sein, dass ich schlecht höre. »Mensch, das sind so Tabletten, die man in ein Gerät reinmacht, wenn man irgendwo einen feuchten Raum hat. Dann sammeln die das Wasser, damit der wieder trocken wird.«

Anscheinend höre ich wirklich schlecht, denn erst jetzt habe ich verstanden, worum es geht: »Ach, Sie meinen die Nachfülltabs für Luftentfeuchter. Die habe ich schon.«

»Ja, das hab ich doch die ganze Zeit gesagt«, mosert er.

Ich zeige ihm also die Nachfülltabs und er stellt fest: »Das sind die doch. Genau die brauche ich.«

»Ja genau«, bekräftige ich, »genau das sind die Wasserentfeuchter.«

Der Vollpfosten

Mit den Worten »Entschuldigung. Ich weiß nicht, ob ich bei Ihnen richtig bin, aber vielleicht können Sie mir ja helfen« spricht mich ein Kunde an.

»Mal sehen, wir können es ja probieren.«

Daraufhin schildert er mir sein Problem. »Mir hat jemand volle Pulle den Zaun umgefahren. Der ist total hin. Aber der Pfosten ist noch stehen geblieben. Und jetzt muss ich irgendwie den Zaun wieder reparieren. Soll aber nicht so teuer werden.«

»War das ein Vollpfosten oder ist der irgendwie hohl?«, frage ich ihn.

»Nein, nein«, meint er, »das ist ein ganz massiver, also gemauert. Da fehlt sich nichts. Der steht noch 1a.«

»Na, das ist ja schon mal super. Und der Zaun?«

»Der ist aus Holz.«

Obwohl das Ganze nicht in meine Abteilung fällt, gehe ich mit ihm mit und zeige ihm, was er für die Reparatur seines Zaunes braucht. Als wir dann endlich alles auf seinem Einkaufswagen verstaut haben, frage ich ihn: »Warum darf das eigentlich nicht so teuer werden? So was wird doch normalerweise über die Versicherung abgerechnet.«

»Ach, wissen Sie, das war mein Schwager«, erklärt er, »der ist mit dem Auto meiner Frau da reingekracht. Und was getrunken hatte er auch noch. Also ist das mit der Versicherung eher schlecht.«

»Na, Hauptsache, es ist ihm nichts passiert«, sage ich. »Alles andere lässt sich ja ersetzen.«

Irgendwie scheint ihn das plötzlich verärgert zu haben, denn er schießt los: »Ach, und wer darf das ersetzen? Ich kann das wieder zahlen. Der hat doch nichts. Keinen Pfennig kannst du bei dem holen. Und das ist ja nicht das erste Mal, dass ich für seine

Dummheit zahlen muss. Der macht doch dauernd irgendeinen Scheiß und ich kann es dann wieder ausbügeln. Der ist so ein Vollpfosten ...«

»Und gleichzeitig irgendwie hohl«, denke ich und muss grinsen.

An einem fast normalen Tag

Es ist Donnerstagnachmittag und eigentlich ein fast normaler Tag. Gut, es war bis jetzt etwas mehr los als sonst. Das liegt aber wahrscheinlich daran, dass morgen Karfreitag ist und somit das Wochenende für viele durch gleich zwei Feiertage verlängert wird. Seit etwa einer halben Stunde aber ist plötzlich die Hölle los. Klar, ich kann das verstehen. Schließlich kann man ja nie wirklich sicher sein, dass es nach den Feiertagen überhaupt noch irgendetwas zu kaufen gibt. Die ganze Ware könnte ja plötzlich und unerwartet verschwinden. Und was dann? Dann steht man da und kann sich noch nicht mal mehr eine Schraube kaufen, die man doch so dringend bräuchte, weil das Kellerregal ein wenig wackelt. Also noch schnell rein in den Baumarkt, bevor alles weg ist. Für einige wird es allerdings auch der letzte Einkauf des Tages werden. Denn an den Kassen stehen die Kunden in ewig langen Schlangen und an meiner Information sieht das auch nicht viel besser aus. Bis da alle durch sind, ist wahrscheinlich Ladenschluss. Daher ist es auch verständlich, dass bei so manchem Kunden die Nerven einfach blank liegen und der eine oder andere doch leicht gereizt ist. Erschwerend kommt dann noch hinzu, dass andauernd mein Telefon klingelt, weil irgendjemand irgendetwas wissen will. So ist es auch jetzt und der Kunde, der vor mir steht, wird langsam sauer. Schließlich hat er jetzt schon zum dritten Mal versucht, mir eine Frage zu stellen. Aber er kommt einfach nicht dazu, weil dieses Scheißding heute einfach keine Pause kennt. Ich vertröste den Kunden also noch ein weiteres Mal und gehe ans Telefon. Nachdem ich mich gemeldet habe, fragt mich eine Männerstimme am anderen Ende der Leitung: »Habt ihr Zement?«

»Ja, haben wir ...« Bevor ich allerdings noch hinzufügen kann: »... aber nicht mehr viel«, höre ich nur noch: »Tut, tut, tut.«

»Na das ist mir ja ein ganz netter«, denke ich. »Aber wenigstens hat er sich kurz gehalten.«

Also wende ich mich wieder dem Kunden vor mir zu und frage ihn, was er denn nun braucht. Der hat aber inzwischen ein ganz anderes Problem, das er mir auch sofort mitteilt: »Wenn Sie jetzt noch einmal an dieses Dreckstelefon gehen, während ich hier stehe, dann können Sie was erleben.«

»Ist klar«, sage ich, »und was kann ich sonst noch für Sie tun?«

Genau in dem Moment klingelt es schon wieder und dem Gesichtsausdruck nach zu urteilen steht der Kunde gerade kurz vor der Explosion. Ich schaue also nur kurz aufs Display: »Keine Angst, ist nur der Chef. Da muss ich nicht unbedingt rangehen.«

»Na, das will ich aber auch meinen «, stellt er fest. »Schließlich bin ich der Kunde und zahle mit meinem Geld euren Lohn. Auch den von eurem Chef. Das können Sie dem ruhig mal sagen.«

»Ach, dann soll ich also doch rangehen, oder?«

Jetzt wird er aber richtig sauer und mault mich an: »Ja, wollen Sie mich verarschen oder was? Da können Sie das Telefon gleich mal mir geben. Dann sag ich Ihrem Chef, was Sie für eine Pfeife sind.«

Nur zu gerne hätte ich ihm das Telefon in die Hand gedrückt, doch leider hat es bereits aufgehört zu klingeln. Also muss ich selbst hier durch und sage zu ihm: »Ja, wer hat denn angefangen damit? Ich ja wohl nicht. Und außerdem weiß mein Chef das schon. Wahrscheinlich wollte er mir gerade das Gleiche sagen. Und solange Sie mich nur beleidigen und rummaulen, kann ich Ihnen auch nicht weiterhelfen. Sie haben mir bis jetzt ja noch nicht mal gesagt, worum es überhaupt geht.«

Jetzt wird er auch noch trotzig, vielleicht hat er aber auch einfach vergessen, was er denn nun eigentlich wollte. Trotzdem, oder gerade deswegen, mault er weiter: »Ja, das werde ich ausgerechnet Ihnen auf die Nase binden. Ausgerechnet Ihnen.«

So langsam scheint auch der Geduldsfaden des hinter ihm wartenden Kunden zu reißen. Der hat die Statur eines Bären und meint jetzt: »Also entweder Sie sagen ihm jetzt, was Sie wollen, oder ich bin dran.«

»Ja, was mischen Sie sich denn da ein?«, fragt ihn der Meckerer. »Das geht Sie ja wohl gar nichts an.«

»So, das war's jetzt. Sie hatten Ihre Chance. Jetzt bin ich dran«, sagt nun der Bär und schiebt den Meckerer zur Seite. Der will sich das nicht einfach so gefallen lassen und mault fleißig weiter. Den Bären scheint das allerdings überhaupt nicht zu beeindrucken, vielmehr fragt er mich: »Habt ihr so Schnellbauschrauben für Gipskarton? Ich brauche aber die selbstschneidenden mit dem Bohrkopf vorne dran.«

»Na, sicher haben wir die«, antworte ich und führe ihn zum entsprechenden Regal. Obwohl wir uns dabei von der Information wegbewegen, wird der Meckerer nicht leiser. Denn er verfolgt uns und schimpft dabei weiter fleißig vor sich hin. Als wir am Regal mit den Schrauben angekommen sind und ich dem Bären die Schrauben gebe, sagt dieser: »Alles klar. Das sind die richtigen. Die nehme ich.« Anschließend dreht er sich zu dem Meckerer um und meint: »Sehen Sie, so geht das. Erst überlegen, was man braucht, und dann anständig fragen. Schon wird einem geholfen. Sollten Sie mal ausprobieren.«

Während der Meckerer bloß verdutzt guckt, macht sich der Bär aus dem Staub und ich begebe mich auf den Rückweg zu meiner Information. Da ruft mir der Meckerer plötzlich hinterher: »Äh, jetzt warten Sie doch mal. Ich wollte Sie doch auch noch etwas fragen.«

Ich drehe mich also zu ihm um und frage: »So, um was geht es denn?«

»Ja, wissen Sie, bei mir regnet es ab und zu ein wenig ins Gartenhaus. Und bevor das noch schlimmer wird, wollte ich das jetzt mal abdichten. Aber ich weiß nicht genau, wie ich das machen soll. Vielleicht können Sie mir da ja weiterhelfen.«

»Da sieh an«, denke ich, »hat die Ansage von dem Bären doch etwas gebracht.«

Ich frage ihn also erst einmal, was er denn überhaupt für ein Dach auf seinem Gartenhaus hat und ob er weiß, an welcher Stelle das Wasser eindringt. Zu meiner Überraschung kann er mir sogar beide Fragen ganz genau beantworten. »Das ist ganz normale Dachpappe. Und reinregnen tut es wohl an der Stelle, an der ein Ast draufgefallen ist, als ich den Apfelbaum ausgeschnitten habe.«

»Nur damit ich das richtig verstehe«, wiederhole ich. »Sie haben also einen Ast abgeschnitten, der Ihnen anschließend aufs

Dach gefallen ist. Und dabei hat er ein Loch in die Dachpappe geschlagen, das sie jetzt wieder verschließen möchten, oder?«

»Ja, so kann man das sagen«, gibt er kleinlaut zu. »Also bis jetzt hat es ja auch noch nicht wirklich reingeregnet. Das ist mir ja heute Morgen erst passiert. Aber irgendwie muss ich das Loch wieder zumachen, bevor es doch noch Regen gibt.«

Die Frage, ob das Ganze so geplant war, spare ich mir lieber und gebe ihm stattdessen eine faserverstärkte Bitumenspachtelmasse, mit der er das Loch problemlos verspachteln kann. Zufrieden macht er sich nun vom Acker und ich denke nur: »Das hättest du auch einfacher haben können.« Ich kenne auch wirklich niemanden, der sich wegen so einer Lappalie dermaßen aufgeführt hätte. Aber wahrscheinlich war er einfach nur sauer, weil ihm in der Früh das mit dem Ast passiert ist. Und irgendwo muss die angestaute Wut ja dann hin.

Abwasserprobleme

Es ist gerade Schichtbeginn und an meiner Information erwartet mich auch schon der erste Patient. Dieser scheint mir sogar eine Überraschung mitgebracht zu haben, denn er kramt ganz wichtig in einer Plastiktüte herum. »Vielleicht hat er ein etwas verspätetes Geburtstagsgeschenk für mich dabei?«, überlege ich. Doch anstatt eines Geschenkes zieht er ein Stück von einem alten Waschbeckenabfluss aus seiner Wundertüte und knallt es auf meinen Tresen. »Da, schauen Sie mal«, sagt er, »der ist total hin. Überall läuft's raus.«

»Ja, das sehe ich«, antworte ich angeekelt. Denn der ganze Schmodder aus seinem Abflussrohr, den er wahrscheinlich seit mehr als 15 Jahren mühevoll darin angesammelt hat, verteilt sich gerade großzügig über meine Informationstheke. »Aber damit sind Sie bei mir leider verkehrt«, fahre ich fort, »damit müssen Sie in die Sanitärabteilung. Der Kollege dort kann Ihnen da bestimmt weiterhelfen.«

»Von da komme ich doch gerade«, stellt er entrüstet fest. »Aber da ist bloß einer. Und bei dem stehen noch mehr Kunden an als hier.«

»Das wird trotzdem nichts helfen«, erwidere ich. »Da werden Sie wohl auf den Kollegen warten müssen. Oder Sie schauen sich selbst mal um, ob Sie vielleicht den passenden Siphon finden.«

»Ja, aber jetzt bin ich doch schon bei Ihnen. Ich kann mich doch nicht noch mal anstellen.«

Zum Glück kommt gerade mein Kollege Meier um die Ecke. »Kannst du vielleicht mal kurz dem Herren zeigen, wo die Siphons sind? Dann kann ich hier weitermachen.«

»Ja klar«, sagt er und greift nach dem Abflussrohr auf dem Tresen. Dass dabei noch mehr eklig riechende Substanz aus dem Rohr läuft, scheint ihn nicht wirklich zu stören. Irgendwie hat er einfach immer die Ruhe weg.

Während ich mir einen Lappen suche, um die stinkende Schleimbrühe von meinem Tresen zu wischen, fragt mich auch schon der nächste Kunde: »Könnten Sie mir vielleicht beim Aufladen von ein paar Kanthölzern helfen? Allein sind die doch etwas schwer und unhandlich.«

»Na klar, ich wisch hier nur mal schnell drüber und dann können wir auch schon loslegen.«

Da an meiner Info allerdings noch mehr Kunden warten, sage ich zu ihnen: »Bin nur schnell was aufladen. Komme gleich wieder. Nicht weglaufen.«

Ich gehe also schnell mit dem Kunden raus auf den Parkplatz und helfe ihm dabei, die Kanthölzer auf seinen Anhänger zu wuchten. Nur ein paar Minuten später bin ich wieder zurück an meiner Information. Doch zu meinem Erstaunen steht da jetzt kein Mensch mehr. »Komisch, dabei habe ich doch extra gesagt, dass sie nicht weglaufen sollen.«

Das gibt mir allerdings ein wenig Zeit, noch einmal ordentlich mit einem Reinigungsmittel über den Tresen zu wischen. Denn der müffelt immer noch ganz schön unangenehm. Während ich mit Putzen beschäftigt bin, erhalte ich dann auch die Erklärung dafür, warum plötzlich keine Kunden mehr an unserer Info warten. Die haben nämlich ihre Taktik inzwischen geändert und laufen jetzt geschlossen hinter dem Kollegen Meier her.

Aus der Ferne betrachtet sieht das wirklich lustig aus und erinnert mich irgendwie an eine Entenfamilie. Meier ist die Entenmama und die Kunden sind die Küken, die ihr auf Schritt und Tritt folgen. Doch leider kann ich diesen Anblick nicht lange genießen, denn eines der Küken hat mich entdeckt und steuert geradewegs auf mich zu. »Sind Sie frei?«, fragt mich ein Mann Anfang 50.

»Nein, ich bin verheiratet«, antworte ich.

»Nein, ich meine, ob Sie hier arbeiten«, korrigiert er seine Frage.

»Nicht wirklich, aber es wäre schön, wenn Sie das nicht unbedingt meinem Chef erzählen würden«, scherze ich. »Was kann ich denn für Sie tun?«

Er lächelt und meint: »Ach so. Nein, ich sag bestimmt nichts. Aber ich bräuchte ein Abflussrohr. Allerdings eines für den horizontalen Einbau. Und die, die ich schon dahinten gefunden habe, sind ja alle nur für senkrecht gedacht.«

Beim Wort »Abflussrohr« schrillen bei mir schon wieder die Alarmglocken. Aber zum Glück hat er keine Wundertüte dabei. Da ich allerdings nicht ganz verstehe, was er eigentlich mit horizontalem und senkrechtem Einbau meint, lasse ich mir von ihm erst mal die angeblich falschen Rohre zeigen.

Vor dem Regal mit den rotbraunen Abwasserrohren angekommen, sagt er zu mir: »Schauen Sie mal. Die hier sind ja alle zum senkrechten Einbau gedacht. Ich brauche aber welche, die ich liegend verbauen kann, weil ich da eine Leitung zum Kanal machen muss.«

»Ja, das sind die doch. Was soll denn an denen anders sein?«

»Na, die sind ja hier nicht ohne Grund stehend gelagert, oder? Und ein Gefälle haben die auch nicht. Also gibt es da noch andere. Die sind dann wahrscheinlich irgendwo liegend gelagert, damit man die besser auseinanderkennt.«

»Stimmt, das hat einen Grund, warum die hier stehend gelagert sind. Und zwar den, dass sie waagerecht zu viel Platz brauchen würden. Und mit eingebautem Gefälle gibt es diese Rohre leider nicht. Wie soll das auch gehen? Dann müssten die ja konisch zusammenlaufen. Ich glaube, das wäre dann schwierig, das nächste Rohr wieder daran anzuschließen.«

Nachdem er kurz in sich gegangen ist und dabei offenbar das Ausmaß seiner Ahnungslosigkeit begriffen hat, stellt er fest: »Stimmt. Das kann ich mir jetzt auch nicht so wirklich erklären. Aber mein Nachbar hat gesagt, dass ich die Rohre mit mindestens 2 Zentimetern Gefälle verlegen soll, weil sonst das Wasser nicht richtig abläuft.«

Ich erkläre ihm also, dass man das Gefälle beim Verlegen der Rohre selbst einbauen muss, indem man sie auf der Seite, die zum Kanal geht, tiefer legt als auf der anderen. Nach ein paar Minuten Überzeugungsarbeit stellt er dann abschließend fest: »So wird er das wahrscheinlich auch gemeint haben. Das ist einleuchtend und klingt ja auch logisch.«

»Klar, einleuchtend und logisch«, überlege ich. Vorhin war es jedoch noch logisch, dass die Rohre im Inneren ein Gefälle haben. Daher will es mir jetzt irgendwie nicht so recht einleuchten, dass er wirklich glaubt, den Abwasseranschluss selbst verlegen zu können.

Zement für Rumänien

»Ihr braucht wohl wieder Zement, oder?«, frage ich zwei Kunden, die mir im Gang begegnen. Es sind nämlich zwei Rumänen, die in letzter Zeit fast wöchentlich kommen und palettenweise Zement kaufen. Sie transportieren gebrauchte Baumaschinen wie zum Beispiel Bagger und Radlader nach Rumänien. Und wenn sie dann noch etwas Platz auf ihrem Lkw habe, füllen sie diesen mit Zement auf, weil der bei ihnen zu Hause angeblich drei- bis viermal so teuer ist. Auch dieses Mal brauchen sie Zement. Also fahre ich mit dem Gabelstapler raus, um ihnen drei Paletten davon aufzuladen. Dabei entdecke ich auf dem Parkplatz ein Pärchen, das gerade versucht, einen ganzen Stapel Laminat und die dazu passenden Sockelleisten in seinen Kleinwagen zu laden. Dieser ist dabei durch das große Gewicht schon so weit in die Knie gegangen, dass er fast mit dem Auspuff am Boden schleift. »Na, für die Sockelleisten wird's aber eng«, denke ich. Doch der Typ ist erfinderisch. Er klappt den Beifahrersitz nach vorne und kurbelt das Seitenfenster ein Stück weit nach unten. Anschließend schiebt er die Sockelleisten von hinten ins Auto und lässt die einfach durch die Seitenscheibe nach draußen stehen. Mit dem Trick schafft er es sogar, dass der Kofferraumdeckel noch zugeht. Ob das allerdings so im Sinne der Straßenverkehrsordnung ist, wage ich zu bezweifeln. Und so hundertprozentig ausgereift scheint die Idee auch noch nicht zu sein. Denn durch den umgeklappten Beifahrersitz hat jetzt seine Begleiterin keinen Platz mehr im Fahrzeug. Sollte man jedenfalls meinen. Da die beiden aber anscheinend echt kreativ sind, haben sie auch dafür schon eine Lösung parat. Sie quetscht sich ganz einfach zwischen den umgeklappten Sitz und das Laminat im Kofferraum. So bepackt, treten die beiden dann die Heimfahrt an und ich denke beruhigt: »Na, da kann ja nichts mehr schiefgehen. Denn wer so klasse Ideen hat, der hat auch bestimmt schon eine super Ausrede parat, wenn er von der Polizei aufgehalten wird.«

Offenbar scheinen auch andere das Ganze gar nicht so schlimm zu finden, denn einer der beiden Rumänen sagt zu mir: »Bei uns in Rumänien ist normal, dass Leute fahren so. Wenn ist Auto kaputt, hast du selber Schuld.«

»Sind ja eigentlich echt nett, die beiden«, denke ich und lade ihnen noch den restlichen Zement auf.

Leider waren die beiden an diesem Tag zum letzten Mal bei mir, um Zement zu kaufen. Warum sie nicht mehr gekommen sind? Na ja, ich will ja nichts behaupten, das ich nicht beweisen kann, und auch niemandem etwas in die Schuhe schieben, mit dem er vielleicht nichts zu tun hat. Jedenfalls lese ich in der Woche darauf ganz dick und fett in der Zeitung, dass eine rumänische Schieberbande aufgeflogen ist. Die Typen haben sich von Verleihfirmen und Mietparks Bagger und Radlader auf Scheinbaustellen liefern lassen. Diese Gerätschaften haben sie dann nach Rumänien verfrachtet und dort gegen bare Münze verschachert.

Aber wie gesagt, ich will da jetzt wirklich keinen Zusammenhang unterstellen. Vielleicht brauchen sie ja einfach keinen Zement mehr oder fahren eine andere Strecke.

Gemahlene Schneckenhäuser

Vor mir steht eine alte Frau mit langen grauen Haaren und fragt mich: »Kennen Sie sich mit Unkrautmitteln aus?«

»Also eigentlich wären Sie da eher in der Gartenabteilung richtig, aber ich habe früher mal als Gartenbauer gearbeitet. Was wollen Sie denn da genau wissen?«

»Also, ich habe da im Internet gelesen, dass es ein Mittel aus gemahlenen Schneckenhäusern gibt, das gegen bestimmte Krankheiten hilft«, erklärt sie. »Ich war auch schon in der Apotheke. Die haben das zwar gekannt, wollten es mir aber nicht verkaufen, weil es eigentlich ein Mittel gegen Unkraut ist. Und jetzt wollte ich einfach mal nachfragen, ob ihr das habt oder ob ihr mir das vielleicht bestellen könnt.«

Ich meine zwar, schon mal etwas von so einem Unkrautmittel auf rein natürlicher Basis gehört zu haben, aber erstens weiß ich nicht, wie es heißt, und zweitens ist mir die alte Frau irgendwie unheimlich. Außerdem erscheint es mir doch ziemlich suspekt, ein Unkrautmittel aus gemahlenen Schneckenhäusern einnehmen zu wollen, weil es angeblich gegen irgendwelche Krankheiten hilft. Da will ich dann auch lieber gar nicht erst wissen, was das für Krankheiten sind. Also sage ich zu ihr: »Na, da ist es vielleicht doch besser, wenn Sie sich an jemanden aus der Gartenabteilung wenden. Die kennen sich damit besser aus.«

»Na gut«, antwortet sie, »dann frage ich da noch mal nach. Vielleicht wissen die ja was darüber. Ich wünsche Ihnen aber trotzdem noch einen schönen Tag.«

Um ganz sicherzugehen, dass ihre Wünsche nicht irgendwie in eine falsche Richtung laufen, füge ich hinzu: »Ist schon recht. Ich wünsche Ihnen das Doppelte von dem, was Sie mir wünschen.«

Nachdem sie weg ist, fällt mir auf, dass wir zwar Pflaster, Süßwaren und Desinfektionsmittel als Notfallausrüstung in unserer

Information deponiert haben, aber trotzdem noch ein paar ganz wesentliche Utensilien fehlen. Nämlich Weihwasser, ein Kruzifix, Knoblauch und ein Holzpflock.

Was Kunden wirklich fragen

Oft ist es nicht ganz leicht zu erraten, was ein Kunde denn eigentlich von einem will. Zu dem Problem, dass viele einfach nicht wissen, wie das, was sie suchen, überhaupt heißt, kommt dann meist noch ein anderes hinzu. Die regionale oder umgangssprachliche Bezeichnung. Wenn also jemand beispielsweise nach einem »Kiefernmoped« fragt, dann meint er das Gleiche wie jemand, der »so ein Ding mit einer Kette dran für Holz zum Kleinmachen« sucht. Nämlich eine Kettensäge.

Da solche kleinen Ratespielchen mir immer wieder große Freude bereiten, habe ich hier einmal ein paar zusammengestellt, die ich niemandem vorenthalten möchte.

»Ich brauche so Dinger, womit man ein Bild aufhängen kann. Aber nicht die, die man hinten am Rahmen festmacht, sondern die, wo man in die Wand haut.«

Eine wirklich wunderbare Umschreibung für einfache Nägel.

»Haben Sie einen Ziegenfuß?«

Gut, zuerst habe ich bei dieser Frage an mir heruntergeschaut. Hätte ja sein können, dass sich da irgendetwas verändert hat. Aber mit meinen Füßen war so weit alles in Ordnung. Als Nächstes schoss mir dann in den Kopf: »Nee, der ist von einem Pferd und tritt dir gleich in den Allerwertesten.« Das zu äußern, habe ich mir allerdings dann doch lieber verkniffen. Wie sich übrigens im weiteren Verlauf des Gespräches herausgestellt hat, war er auf der Suche nach einem Nageleisen.

»Können Sie mir mal erklären, warum hier so viele Schrauben bei dem Regal dabei sind?«

»Das kann ich tatsächlich. Denn wenn keine Schrauben dabei wären, würde das Regal mit an Sicherheit grenzender Wahrscheinlichkeit nicht stehen bleiben. Sollten aber tatsächlich ein paar Schrauben zu viel dabei sein, dann können sie die natürlich bei uns abgeben.«

»Wo habt ihr denn die Negerkekse?«

Meine ernst gemeinte Antwort auf diese Frage – »Tut mir leid, aber wir führen keine Lebensmittel« – löste beim Kunden große Erheiterung aus. Er hat mir dann erklärt, dass Negerkekse dunkelbraune, etwa 1 Zentimeter dicke Schleifscheiben sind, die man auf einem Winkelschleifer befestigen kann.

Da ich das natürlich genau wissen wollte, habe ich das Ganze zu Hause dann mal im Internet gesucht und folgende Erklärung gefunden: »Negerkekse heißen auch CSD-Scheiben und sind Reinigungs- und Schleifscheiben, deren schwammartiges Vliesgewebe mit siliziumkarbithaltigem Kunstharz überzogen ist. Das Gewebe bleibt nach dem Aushärten elastisch und passt sich so dem zu schleifenden Untergrund optimal an.«

Na dann: »Guten Appetit.«

Warum diese Scheiben so einen selten blöden Namen haben, verstehe ich allerdings immer noch nicht. Denn für mich sehen sie aus wie verbrannte Kartoffelpuffer. Und damit kenne ich mich wirklich gut aus.

»Ich mache mir gerade einen neuen Boden. Da bräuchte ich jetzt noch so 'nen Teppich für drunter.«

Normalerweise wird Teppich ja eher auf dem Boden verlegt als unten drunter. Aber was dieser Kunde in Wirklichkeit meinte, war die Trittschalldämmung, die unter einem Laminatboden verlegt wird, damit sich Geräusche beim Begehen nicht ins ganze Haus übertragen.

»Ihr habt doch immer so bunte Karten für umsonst zum Mitnehmen gehabt. Wo sind die denn jetzt?«

Umsonst mitnehmen? Ohne zu bezahlen? Das gibt es wirklich und nennt sich Farbmusterkarte. Darauf kann man sich einen Farbton aussuchen und anschließend dementsprechend eine Farbe anmischen lassen.

»Ich brauche da so ein langes Ding, was man unters Dach schrauben kann. Sie wissen schon, das, wo immer die Vögel draufsitzen.«

Ja, ich weiß es. Aber eigentlich soll es das Wasser vom Dach sammeln und ableiten. Deshalb heißt es wahrscheinlich auch Dachrinne und nicht Vogelrinne.

»Bei euch gibt es doch sicher so ein Gerät, mit dem man den Rasen durchkämmen kann, oder?«

Zuerst dachte ich dabei an einen ganz normalen Rechen. War aber leider falsch. Denn bei dem gesuchten Gerät handelte es sich um einen Vertikutierer, mit dem man die Oberfläche des Bodens lockert und Moos in Rasenflächen entfernen kann.

»Wo haben Sie denn die Unkrautteppiche?«

»In der Abteilung für taktische Kriegsführung. Gleich neben den Bombenteppichen« war die erste Antwort, die mir in den Sinn kam. Allerdings habe ich die doch lieber für mich behalten. Denn was die Kundin wirklich gesucht hat, war ein Gartenvlies. Dieses wird im Garten unter Rindenmulch oder Kies ausgelegt, damit kein Unkraut mehr von unten durchwachsen kann.

»Ich suche so einen Wagen, mit dem man Bauschutt entsorgen kann. Wo finde ich den?«

Da ich zur gleichen Zeit mein Auto verkaufen wollte, dachte ich zuerst: »Aha. Da will jemand meinen Wagen kaufen und den Preis drücken.« Leider hatte er aber gar kein Interesse an meinem Auto, sondern war bloß auf der Suche nach einer Schubkarre.

»Gibt es bei euch so kleine Metallstifte? Die sind nur ganz kurz und auf der einen Seite mit Gummi oder Plastik überzogen.«

Anscheinend stand in dem Moment gerade ein Fan der Schallschutznägel vor mir, die durch über die Nägel gezogene Gummikappen das Schlaggeräusch des Hammers verringern. Erst als er noch hinzufügte: »Die drückt man so ins Holz rein und dann kann man ein Brett drauflegen«, wusste ich, was er meinte. Fachbodenträger. Das sind diese kleinen Stifte, die seitlich ins Regal gesteckt werden und auf denen dann die einzelnen Böden aufliegen.

»Wo haben Sie denn die Kabeltrommeln? Sie wissen schon, die für draußen.«

Mein erster Tipp war: »In der Elektroabteilung.« Was sich aber im Nachhinein leider als falsch herausgestellt hat. Denn statt einer Kabeltrommel hat die Kundin einen Schlauchwagen gesucht, auf den sie ihren Gartenschlauch aufwickeln kann. Na ja, ist ja fast das Gleiche. Nur dass bei dem einen Strom durchfließt und bei dem anderen Wasser.

»Ich suche da so ein Ding, das man an der Steckdose anschließt, und dann knistert das immer so lustig.«

Dieses Ding leuchtet blau und nennt sich elektrische Fliegenfalle. Knistern tut es übrigens auch. Aber nur dann, wenn Fliegen oder Mücken darin landen und durch den Stromschlag geröstet werden. Ob das allerdings die kleinen Tierchen auch so lustig finden, wage ich zu bezweifeln.

»Ich brauche da so was Ähnliches wie einen Schwamm. Allerdings ist der in einer Spraydose. Habt ihr das?«

Da ich natürlich ganz viele verschiedene Schwämme aus der Dose habe, musste ich zur genaueren Bedarfsermittlung noch nachfragen: »Soll der Schwamm nach dem Aufwischen wieder in der Spraydose verschwinden oder muss man ihn auf herkömmliche Weise auswringen?« Wie sich allerdings später herausgestellt hat, wollte der Kunde gar keinen Schwamm, sondern Montageschaum, wie man ihn zum Beispiel beim Setzen von Fenstern und Türen benötigt.

»Wo habt ihr denn die Hunde?«

»Die kommen nur nachts raus und fressen Einbrecher«, wäre mit Sicherheit eine klasse Antwort gewesen. Allerdings handelt es sich bei diesen Hunden nicht wirklich um Tiere. Vielmehr sind es diese kleinen Transportwägen, bei denen kleine Rollen unter einer Holzplatte befestigt sind. Damit kann man beispielsweise Möbel oder andere schwere Gegenstände verschieben. Warum sie allerdings »Hunde« genannt werden, ist und bleibt mir ein Rätsel. Mein Hund transportiert jedenfalls keine schweren Sachen. Höchstens ein paar Flöhe und seinen Knochen.

»Wo haben Sie denn die Dinger, von denen man immer so weiße Flecken sieht, wenn man da reinschaut?«

Diese Dinger heißen Baustrahler. Sind in der Elektroabteilung zu finden und eigentlich zum Beleuchten von Räumen oder Baustellen gedacht, nicht zum Reinschauen.

»Ich brauch da so einen Eimer Fasanenfarbe. Die ist doch für draußen, oder?«

Also eigentlich hat die Farbe nichts mit Vögeln zu tun, sondern eher mit Hauswänden. Deswegen heißt sie auch »Fassadenfarbe«. Und weil so Fassaden ganz oft an der Außenseite von Gebäuden zu finden sind, eignet sie sich natürlich auch für draußen.

»Haben Sie auch Schlitzhosen?«

Also ich kenne ja Kleider oder Röcke mit Schlitz. Aber eine Schlitzhose ist mir vollkommen fremd. Rein vom Bauchgefühl her hätte ich daher dem Kunden geraten, es vielleicht doch lieber mal in einem Bekleidungsgeschäft zu versuchen. Als er mir dann allerdings noch erklärt hat, dass diese Schlitzhosen vorwiegend von Waldarbeitern getragen werden, damit sich diese nicht mit der Kettensäge in die Beine schneiden, wusste ich auch, was er meinte. Eine Schnittschutzhose.

»Unser Schrank geht nicht mehr auf. Haben Sie da vielleicht ein spezielles Werkzeug, womit man den wieder auf bekommt?«

Da sind mir gleich ein paar gute Ideen eingefallen, vorausgesetzt, es handelt sich bei dem Schrank nicht zufällig um einen massiven Tresor. Schließlich bin ich ja keiner von den Panzerknackern.

»Entschuldigen Sie, ich suche einen Rauchentwickler. So was haben Sie doch sicher irgendwo, oder?«

»Eine Nebelmaschine für Veranstaltungen?«

»Nein. So ein rundes Ding für unter die Decke, das dann piepst, wenn es mal brennt.«

Na, das hätte ich mir aber auch gleich denken können, dass sie einfach nur einen Rauchmelder sucht und keine Nebelmaschine.

»Haben Sie etwas, wo ich meinen Müll reinschmeißen kann?«

Da der Kunde mit leeren Händen vor mir stand, dachte ich zuerst, dass er eine größere Menge Verpackungsmaterial im Auto hätte und diese jetzt bei uns entsorgen wollte. Dabei war er nur auf der Suche nach einem Abfalleimer.

»Ich brauche ein Gartenhäuschen. Habt ihr da was Günstiges für 10, 20 Euro? Wenn nicht, dann baue ich mir selber eins.«

Ich hätte nicht erwartet, dass diese Frage wirklich ernst gemeint war. War sie aber. Nur das mit dem Gartenhäuschen war nicht so ganz richtig, denn eigentlich meinte er ein Vogelhäuschen.

»Wieso steht hier auf der Farbdose eigentlich ›Buntlack‹, wenn doch Weiß drin ist?«

Eine wirklich gute Frage. Denn nicht nur bei Weiß steht »Buntlack« drauf, sondern auch bei allen anderen Farben. Wahrscheinlich will der Hersteller damit darauf hinweisen, dass es sich um eine Farbe handelt. Denn wenn die Flüssigkeit in der Dose keine Farbpigmente enthält, steht komischerweise »Klarlack« drauf.

»Habt ihr so Messer zum Aufklappen?«

»Das ist ja einfach«, dachte ich mir. »Ein einfaches Taschenmesser.« Da wusste ich allerdings noch nicht, dass er in Wirklichkeit einen Zollstock meinte.

»Gibt es bei Ihnen auch Toiletten zum Mitnehmen?«

Sicher eine gute Idee. Denn man weiß ja nie, wann einen das nächste Mal eine Notdurft plagt. So was kann schneller gehen, als einem lieb ist. Aber der Kunde wollte gar keine Toilette für unterwegs, sondern bloß wissen, ob wir welche vorrätig haben.

»Vielleicht können Sie mir ja weiterhelfen. Ich hab da ... äh, ich bräuchte ... äh. Also, das ist so. Nee, anders. Äh, ich hab da mal eine Zeichnung gemacht. Kennen Sie sich da aus?«

Die Zeichnung bestand aus einem krummen Querstrich, an dem links und rechts je ein Strich gerade nach oben ging. Der krumme Querstrich sollte mir verdeutlichen, an welchen Stellen der Boden schief war, den er gerade machen wollte, um Fliesen darauf verlegen zu können. Ehrlich gesagt bin ich verdammt froh gewesen, dass er diese aufwendige Zeichnung erstellt hatte, denn ohne diese Zeichnung wäre ich wahrscheinlich in 100 Jahren nicht darauf gekommen, dass er bloß eine Ausgleichsmasse brauchte.

»Kann ich eigentlich die Kohlebriketts, wenn ich sie vorher klein haue, auch in meinem Pelletofen verheizen? Die halten doch viel länger als Holz.«

Während ich ihm erkläre, dass ich das leider auch nicht so genau weiß, ich mir aber ziemlich sicher bin, dass es nicht funktioniert, stelle ich mir vor, wie schön warm es wohl bei ihm zu Hause werden würde, wenn es durch den Kohlenstaub zu einer Verpuffung im Ofen käme und die Flammen bis zur Decke schlügen. Vielleicht brennt es aber auch gar nicht. Ich weiß es wirklich nicht genau und ehrlich gesagt will ich es auch nicht ausprobieren.

»Sind Sie besetzt?«

Ich persönlich finde ja schon die Frage »Sind Sie frei?« ziemlich daneben. Aber zu fragen, ob ich besetzt bin, übertrifft das noch bei Weitem. Denn schließlich stehe ich in keinerlei Verwandtschaftsverhältnis zu öffentlichen Toiletten.

»Haben Sie so einen Hebel mit einem Riemen dran, womit man die Kartuschen beim Auto rausmachen kann?«

Klingt erst mal wie ein atombetriebenes Fahrzeug, bei dem die Brennstäbe erneuert werden müssen. Aber so kompliziert ist es gar nicht. Denn er braucht einfach nur einen Ölfilterschlüssel.

»Gibt es bei euch keine dickeren Bretter?«

»Doch, bei uns gibt es auch Kanthölzer.«

»Also ich hab da so einen Ständer. Und jetzt wollte ich mal fragen, ob es da einen Trick gibt, damit der stehen bleibt. Vielleicht stell ich mich aber auch einfach nur zu blöd an.«

Nur zu gerne hätte ich seine Frau oder Freundin gefragt, was sie dazu zu sagen hat. Aber leider war er mit seinem Problem ganz allein unterwegs. Was ich irgendwie ja auch verstehen kann. Denn wer hat schon gerne Zeugen dabei, wenn man sich nach dem richtigen Aufbau eines Ständers für Getränkekisten erkundigt.

»Wo haben Sie denn die Brandbeschleuniger?«

Keine Angst, es ist nicht so schlimm, wie es sich anhört. Und ein Terrorist war er auch nicht. Glaube ich jedenfalls. Denn was er eigentlich gesucht hat, waren Grillanzünder.

»Ihr habt doch bestimmt auch so Wecker für die Kaffeemaschine, oder?«

Das Problem kenne ich wirklich gut, denn meine Kaffeemaschine verschläft auch dauernd. Da ich aber nirgendwo Wecker für Kaffeemaschinen finden konnte, habe ich das Problem dann mit einer Zeitschaltuhr gelöst.

Die Flaschensammlerin

»Kennst du die Alte vom Müllcontainer?«, fragt mich mein Kollege. »Du weißt schon, die immer die Flaschen sammelt.«

Allerdings kenne ich die. Diese Frau durchwühlt ständig unsere Abfalleimer auf dem Parkplatz nach brauchbaren Dingen wie zum Beispiel Pfandflaschen. Nach Ladenschluss macht sie sich dann meistens auch noch über den Müllcontainer des gegenüberliegenden Supermarktes her, in dem abgelaufene Lebensmittel, Obst und Gemüse entsorgt werden. Dabei ist sie alles andere als zimperlich. Erst vor ein paar Tagen hat sie einen anderen Müllsammler, der sich anscheinend auch etwas aus dem Container nehmen wollte, mit Faustschlägen und Fußtritten in die Flucht geschlagen. Der hat sich dann erst wieder an die »Futterquelle« getraut, nachdem die Alte außer Sichtweite war.

»Ja, klar kenne ich die. Was ist denn mit der? Schlägert sie wieder?«

»Nein, nein, die ist gerade hinter unseren Steinpaletten verschwunden, die draußen an der Hauswand stehen. Ich hab keine Ahnung, was die da macht, aber ich trau mich auch nicht nachzusehen. Nachher streicht die mir auch noch eine auf.«

»Okay, ich komme mit und dann schauen wir uns das mal zusammen an. Hast du das Pfefferspray dabei? Nur für den Fall, dass sie auf uns losgeht.«

Mein Kollege schaut mich verdutzt an und fragt: »Was für ein Pfefferspray?«

»Na, jeder Mitarbeiter hat doch am ersten Arbeitstag eine Dose davon bekommen«, antworte ich. »Sozusagen als Grundausstattung für Notfälle.«

»Also, ich hab keins bekommen«, stellt er daraufhin enttäuscht fest.

»Mann, das war doch nur Spaß. Jetzt lass uns mal nachsehen, was die da treibt. Wahrscheinlich macht die sich eh in die Hose, wenn wir da auftauchen.«

Als wir an der Stelle ankommen, an der vorhin die Flaschensammlerin hinter den Steinen verschwunden ist, stellen wir ziemlich schnell fest, dass sie sich mit allerhöchster Wahrscheinlichkeit doch nicht in die Hose machen wird. Denn sie beobachtet uns aus sicherer Entfernung und zu unserem großen Entsetzen scheint sich zwischen den Steinpaletten und der Hauswand ein Teil ihrer Wohnung zu befinden. Und zwar die Toilette.

»Och nö, die hat ja da hingeschissen«, stellt mein Kollege treffend fest.

»Und anscheinend nicht zum ersten Mal«, füge ich noch hinzu.

»Was machen wir jetzt damit?«, fragt mich mein Kollege.

»Ich weiß ja nicht, was du damit vorhast«, erwidere ich, »aber ich werde damit ganz bestimmt nichts machen.«

Nach ein paar Minuten Bedenkzeit einigen wir uns darauf, einfach noch eine Palette mit Steinen davorzustellen, sodass die Alte nicht mehr dahinterklettern kann, um ihr Geschäft zu verrichten. Den Rest sollen dann die Fliegen für uns übernehmen. Während mein Kollege den Plan in die Tat umsetzt, schreibe ich ein Schild, auf dem steht: »Hier ist kein WC. Eine Kundentoilette finden Sie neben dem Haupteingang.«

Dieses Schild klebe ich gut sichtbar an die Palette, die jetzt den Weg versperrt.

»Meinst du, das hilft?«, fragt mich mein Kollege. »Vielleicht kann die ja gar nicht lesen.« Dabei deutet er mit einer Kopfbewegung zu der Alten, die uns immer noch von der anderen Seite des Parkplatzes aus beobachtet.

»Weißt du«, sage ich, »eigentlich dachte ich immer, dass sie eine ganz arme Sau ist. Ich hatte sogar ein wenig Mitleid mit ihr und hab auch nichts gesagt, wenn sie die Mülltonnen durchsucht und gelegentlich mal jemanden angebettelt hat. Und das, obwohl der Chef extra gesagt hat, dass er sie hier nicht mehr sehen will. Aber dass sie uns jetzt als Dankeschön vor die Türe geschissen hat, das nehme ich ihr wirklich übel.«

Kleine Streiche unter Kollegen

Dass man sich unter Kollegen ab und zu mal einen kleinen Streich spielt, ist meines Erachtens völlig normal und gehört einfach dazu. Besonders dann, wenn man sich wirklich gut versteht und dabei keine ernsthaften Schäden angerichtet werden.

So eine geniale Streichidee kommt meinem Kollegen Felix, als wir zusammen in der Tierhandlung sind, um noch schnell nach Feierabend etwas Hundefutter zu kaufen. Beim Warten an der Kasse hat er nämlich eine Tüte mit Hundekeksen entdeckt. Die sehen wie ganz normales Gebäck aus, das genauso gut aus dem Supermarkt um die Ecke kommen könnte. »Meinst du, der Alfred mag die?«, fragt er mich. Alfred ist einer unserer Kollegen und ein absoluter Süßwarenjunkie.

»Gib her«, sage ich. »Die nehmen wir einfach mit. Wenn er sie nicht mag, kann ich sie immer noch meinem Hund verfüttern. Der ist da nicht so wählerisch.«

Am nächsten Morgen im Baumarkt füllen wir die Hundekekse in eine Plastikbox mit Deckel und stellen diese ganz einfach zu den anderen Süßwaren dazu. Jetzt heißt es nur noch abwarten, bis Alfred zur Spätschicht kommt. Aber Vorfreude ist ja bekanntlich die schönste Freude. Doch leider hält diese nicht allzu lange an. Denn da wir ziemlich viel zu tun haben, sind die Kekse schnell vergessen und wir übersehen Alfreds Eintreffen.

Erst in der Mittagspause fällt uns das Ganze wieder ein und wir beschließen, ihn nun im Auge zu behalten. Das ist allerdings gar nicht nötig, denn als wir aus der Pause zurückkommen, steht Alfred an unserer Information und fragt: »Wer von euch hat denn die Kekse mitgebracht?«

»Warum?«, frage ich.

»Die sind selbst gemacht, oder?«

»Kann sein. Wieso? Schmecken sie nicht?«

»Na ja, irgendwie sind die ein bisschen fad. Hätten vielleicht noch ein paar Minuten länger im Ofen bleiben können. Und Zucker fehlt. Aber man kann sie schon essen.«

Ich versuche, ernst zu bleiben, und lasse mir nichts anmerken. Auch nicht, als Felix ein leises »Wuff, wuff!« von sich gibt. Erst als er dann auch noch die leere Verpackung der Hundekekse aus seiner Hosentasche zieht und sie Alfred unter die Nase hält, kann ich nicht mehr länger ernst bleiben und lache laut los. Alfred scheint das Ganze allerdings weniger lustig zu finden. »Ihr Mistkerle, lasst mich hier Hundefutter fressen. Das bekommt ihr zurück.«

Ich verstehe ja, dass er sauer auf uns ist, aber schließlich haben wir ihn ja nicht gezwungen, die Kekse zu essen. Und von allein werden sie ihm auch nicht gerade in den Mund gesprungen sein.

Am darauffolgenden Tag hat Felix frei. Mir wird aber ganz schnell klar, was Alfred mit »Das bekommt ihr zurück« gemeint hat. Die Löcher an meiner Arbeitsweste, durch die man normalerweise die Arme steckt, sind nämlich fein säuberlich zugetackert. Da wir aber alle die gleichen Westen tragen, sehe ich darin kein allzu großes Problem. Ich tausche einfach meine Weste gegen die meines Kollegen Thomas aus. Natürlich wechsle ich dabei auch die Namensschilder und fülle den Inhalt der Taschen um. Somit ist das Problem für mich erledigt.

Gegen Mittag kommen dann Alfred und Thomas zur Spätschicht. Alfred scheint heute schon wieder viel besser gelaunt zu sein als gestern, denn er grinst über beide Backen. »Und, alles klar?«, fragt er mich.

Natürlich weiß ich ganz genau, was er meint, aber ich tue so, als ob nichts gewesen wäre, und sage: »Ja klar. Alles wie immer. Was soll auch sein?«

»Ach, nur so«, meint er.

Kurz darauf verschwindet dann allerdings sein breites Grinsen, denn als Thomas seine Weste anziehen will und merkt, dass das nicht geht, flucht er los: »Mensch, Alfred, du Depp. Du hast meine Weste zugetackert.«

»Warum hast du das denn gemacht?«, frage ich Alfred scheinheilig.

»Ach Mensch, jetzt frag auch noch blöd«, schimpft er. »Das war ein Versehen.«

»Na klar«, sage ich, »so wie du gestern aus Versehen die Kekse von meinem Hund weggefuttert hast, oder?«

Jetzt muss er doch ein wenig über sich selbst schmunzeln und wir einigen uns auf ein Unentschieden und Waffenstillstand. Im Hinblick darauf, dass ich ab morgen ein langes Wochenende habe, also Samstag und Montag zu Hause bin, scheint mir das die beste Lösung zu sein. Denn wer weiß, was mich sonst nach ein paar freien Tagen so alles erwarten würde.

Als ich am darauffolgenden Dienstag wieder zur Spätschicht erscheine, muss ich jedoch feststellen, dass mein Friedensplan einen kleinen Fehler hatte. Nämlich die zugetackerte Weste von Felix. Der hat den kleinen Streich von Alfred nämlich erst am Samstag abbekommen und daraufhin auf Rache gesonnen. Überflüssigerweise hatte er dann auch noch die gleiche Idee wie ich und hat seine Weste einfach gegen die von Thomas getauscht. Der wiederum fand es natürlich überhaupt nicht lustig, dass Alfred nun schon zum zweiten Mal seine Weste zugetackert hat, und wollte ebenfalls Rache. So hat sich innerhalb der letzten beiden Tage eine Art kleiner Krieg zwischen den dreien entwickelt, bei dem eigentlich niemand mehr weiß, gegen wen er eigentlich kämpft.

Schon beim Betreten unserer Information fallen mir zahlreiche leere Einwegflaschen aus dem Regal entgegen. An diesen hat nämlich jemand einen durchsichtigen Nylonfaden befestigt und ihn quer über den Durchgang gespannt. Das ist ja so weit noch ganz lustig. Als ich jedoch kurz darauf unseren fast 3 Meter hohen Schrank öffne, um an meine Arbeitsweste zu gelangen, und sich dabei schlagartig der Inhalt sämtlicher Locher der Umgebung über mich ergießt, finde ich das irgendwie gar nicht mehr so witzig. Auch die Aussage von Felix, der plötzlich neben mir steht und meint: »Och Mensch, das war doch für Alfred gedacht«, macht das Ganze nicht wirklich besser.

»Sag mal, kann man euch denn nicht mal zwei Tage allein lassen, ohne dass ihr gleich die ganze Info in eine riesige Tretmiene verwandelt?«, frage ich ihn.

In dem Moment kommen auch Alfred und Tomas hinzu. »Ihr kommt mir gerade recht«, schimpfe ich weiter. »Gibt es vielleicht sonst noch was, das ich besser nicht anfassen sollte?«, frage ich in die Runde. »Nö, eigentlich nicht«, meint Felix, doch Alfred fügt hinzu: »Na ja, vielleicht solltest du besser nicht in den Karton mit den Kugelschreibern greifen. Da liegt nämlich eine Mausefalle drin.«

Auch Tomas will anscheinend noch etwas loswerden, doch genau in dem Moment kommt unser Chef um die Ecke und meint: »Aha, die Herren von der Baustoffabteilung haben wohl ein Teammeeting.«

»Genau so ist es«, bestätige ich und überlege dabei, ob ich ihm vielleicht ein paar Kugelschreiber anbieten sollte.

»Na, da will ich auch gar nicht länger stören. Aber vielleicht kann danach mal jemand das Konfetti da zusammenkehren«, sagt er und deutet dabei auf den Boden. »Sonst meint womöglich noch jemand, wir würden hier das ganze Jahr Fasching feiern.«

»Ja klar«, erwidere ich. »Denn so ist es ja nun wirklich nicht.«

Nachdem er dann endlich wieder verschwunden ist, einigen wir uns alle vier auf einen endgültigen Waffenstillstand und darauf, dass wir solche kleinen Streiche in Zukunft nur noch in anderen Abteilungen machen werden.

Schon verblüffend, was eine Packung Hundekekse so alles auslösen kann!

Ein guter Rat

»Junge, komm doch mal her«, ruft mir ein älterer Herr mit Stock entgegen. Aufgrund dieser sehr freundlichen Begrüßung gehe ich gleich mal davon aus, dass wir keine dicken Freunde werden. Trotzdem gehe ich zu ihm hin und frage nach, was ich für ihn tun kann.

»Du kannst mir mal zuhören«, sagt er, »dann lernst du was fürs Leben.«

»Aha«, denke ich, »wenn das alles ist, kann es ja nicht so schlimm werden.« Ohne dass ich ihn in irgendeiner Weise weiter dazu auffordern muss, fängt er auch schon mit seinem Text an: »Junge, ich sag dir mal was. Ihr verkauft hier nur Mist. Und auskennen tut sich bei euch ja sowieso keiner. Ihr jungen Leute habt ja alle gar keine Ahnung. Ihr habt ja noch nie wirklich arbeiten müssen. Wir mussten früher noch raus auf die Felder. Das war arbeiten.«

»Alles klar«, ist mein nächster Gedanke, »wieder mal jemand, der glaubt, dass früher alles besser war, und sich die Zeit damit vertreibt, das auch allen anderen mitzuteilen.« Auch wenn diese Sorte Mensch sich teilweise eines wirklich beleidigenden Vokabulars bedient, so kann ich den Leuten doch nicht wirklich böse sein. Denn eigentlich meinen sie es gar nicht so, sondern brauchen bloß jemanden, der ihnen zuhört. Da ich aber auch ein wenig Spaß an der Unterhaltung haben will, spiele ich mit und frage: »Was genau ist denn so Mist? Haben Sie vielleicht etwas gekauft, das nicht in Ordnung ist? Dann können Sie es gerne wieder zurückbringen.«

Nachdem er mich kurz entgeistert angeschaut hat, legt er wieder los: »Ach, das ist doch Quatsch. Ich hab hier gar nichts gekauft. Und weißt du auch, warum nicht? Weil ich weiß, dass alles Schrott ist. Früher, da gab's noch richtiges Werkzeug.«

»Also, es gibt schon noch wirklich gutes Werkzeug«, widerspreche ich, »aber das kostet natürlich dann auch etwas mehr. Was genau suchen Sie denn?«

Wieder sieht er mich verdutzt an und sagt dann: »Ich suche nichts. Ich werde doch hier nichts kaufen. Ich bin doch nicht verrückt.«

»Ach so, Sie wollen gar nichts kaufen. Dann kann ich Sie natürlich auch nicht beraten.«

»Du brauchst mich nicht zu beraten. Ich weiß selbst, was ich brauche. Wenn ich einen guten Rat brauche, dann gehe ich woanders hin.«

»Zum Beispiel ins Rathaus«, schlüpft mir unüberlegterweise ein kleines Wortspiel über die Lippen, »denn warum sollte es sonst Rathaus heißen, wenn es dort keinen guten Rat geben würde?«

Jetzt wird er doch etwas zornig und schimpft: »Hör doch auf mit denen. Die können höchstens noch von mir einen guten Rat bekommen. Das sind doch alles Verbrecher. Und wenn die so weitermachen, dann sind die eh bald pleite.«

In dem Moment klingelt mein Telefon. Ich muss schnell zur Hauptinformation, weil es dort anscheinend ein Problem mit einem Umtausch gibt. »Tut mir leid, aber die Pflicht ruft«, entschuldige ich mich bei dem älteren Herren. »Aber es war trotzdem nett, mit Ihnen zu plaudern.«

»Ja, ja, ich glaub, ihr habt schon manchmal 'nen ganz schönen Stress hier drinnen«, meint er daraufhin. »Aber von nichts kommt eben nichts. Ich muss ja auch wieder los. Doch ich kann dir noch einen guten Rat mit auf den Weg geben.«

»So, was denn für einen?«

»Lass dich nicht aufhalten, Junge«, antwortet er und lacht dabei.

Da soll doch mal einer sagen, dass dieses Gespräch vollkommen überflüssig gewesen wäre. Allerdings weiß ich noch nicht so genau, worüber er sich jetzt so königlich amüsiert. Ob er vielleicht über seinen blöden Witz lacht? Oder aber nur darüber, dass er mir erfolgreich die Zeit gestohlen hat?

Wie auch immer. Ich muss los und spare mir jedes weitere Nachfragen.

Dicke Dinger

Neben mir steht eine junge Frau, die ihr Bad neu fliesen möchte, aber noch keine richtige Vorstellung davon hat, wie es denn später aussehen soll. Daher berate ich sie ein wenig und mache ihr ein paar Vorschläge, wie man das Ganze schön gestalten könnte. Allerdings ist die Verständigung gar nicht so leicht, denn sie hat ein kleines Baby dabei, das dauernd schreit. Nach ein paar Minuten scheint die Schreierei ihren Höhepunkt erreicht zu haben und die Mutter sagt zu mir: »Vielleicht ist es besser, wenn Sie erst mal mit einem anderen Kunden weitermachen. Ich muss die Kleine füttern, sonst haben wir hier keine Ruhe mehr.«

»Kein Problem«, erwidere ich. »Melden Sie sich einfach, wenn Sie wieder zurück sind und die Kleine satt ist. Die Fliesen laufen ja nicht weg.«

Doch zu meinem Entsetzen muss ich feststellen, dass sie nicht wiederkommen wird. Denn sie geht erst gar nicht weg. Stattdessen setzt sie sich direkt vor mir auf eine Palette mit Fliesen, holt ihre Brust heraus und beginnt die Kleine zu stillen. »Jetzt bloß nicht hinsehen«, denke ich, während ich ungläubig auf den Busen starre. Nachdem mir dann wieder eingefallen ist, dass ich ja nicht hinsehen wollte, sage ich schnell: »Ich schau dann später einfach noch mal vorbei.«

»Ja, machen Sie das«, meint sie, »aber lassen Sie sich ruhig Zeit. Das dauert ein bisschen.«

Ich kümmere mich also zunächst um ein paar andere Kunden, bevor ich nach einer knappen halben Stunde erneut bei ihr vorbeischaue. Zum Glück ist die Kleine in der Zwischenzeit satt geworden und auch die Mama hat wieder alles dahin gepackt, wo es hingehört. »So«, sage ich, »alle wieder satt?«

»Ja, wir sind so weit«, meint die Mama. »Sie hat zwar noch kein

Bäuerchen gemacht, aber wir können ja trotzdem schon mal nach den Fliesen schauen.«

Eine super Idee. Denn genau in dem Moment, als sie aufsteht und sich die Kleine über die Schulter legt, kommt auch das sehnsüchtig erwartete Bäuerchen. Und weil man für so super Ideen immer belohnt wird, ist da auch noch eine eklig riechende Brühe mit dabei. Zu meiner Freude streift die Brühe dabei nur ganz leicht die Bluse der Mama, um sich dann mit einem leichten Plätschergeräusch auf der hinter ihr stehenden Fliesenpalette breitzumachen. Kurz gesagt, die Kleine hat mir die Muttermilch auf die Fliesen gekotzt und es stinkt schlimmer als auf einer öffentlichen Toilette, um die sich seit drei Wochen niemand mehr gekümmert hat.

»Oh, das tut mir aber leid«, entschuldigt sich die Mama.

»Und mir erst«, denke ich, sage aber: »Das macht doch nichts. Das trocknet schon wieder.«

Nun können wir uns auch endlich wieder den Fliesen zuwenden. Allerdings hält der Frieden nicht lange. Denn die Kleine scheint sich in einen Schweizer Käse zu verwandeln und fängt langsam an zu stinken. Als das auch die Mutter nicht mehr verdrängen kann, sagt sie zu mir: »Ich glaube, wir müssen mal die Windeln wechseln.«

»Oh nein«, denke ich, »die wird doch jetzt nicht ...«

Aber zu meiner Erleichterung fügt sie dann noch hinzu: »Es ist vielleicht besser, wenn ich ein andermal wiederkomme.«

Dem Vorschlag kann ich nur widerspruchlos zustimmen und wir einigen uns darauf, dass sie in den nächsten Tagen erneut vorbeischaut. Kaum ist sie weg, kommt mir auch schon mein Kollege Felix entgegen und sagt: »Na, das war ja mal ein Sahneschnittchen. Hast du die dicken Dinger von der gesehen?«

»Ja, hab ich«, antworte ich, »die waren ja kaum zu übersehen.«

Anscheinend hat sich das Ganze ziemlich schnell herumgesprochen. Denn auch ein Kollege aus der Holzabteilung kommt dazu und meint: »Die war ja krass drauf. Packt die hier einfach ihre Dinger aus. Hast du wenigstens ihre Telefonnummer?«

»Nein«, schnaube ich ihn an, »aber wenn ihr so auf die Dinger steht, dann könnt ihr beiden ja auch mal einen Lappen in die Hand nehmen und den Teil davon aufwischen, den die Kleine ausgekotzt hat. Der klebt nämlich dahinten auf den Fliesen.«

Aber leider haben die beiden plötzlich so gar keine Zeit mehr und das Beseitigen des kleinen Missgeschickes bleibt daher unglücklicherweise wieder einmal an mir hängen. Doch anscheinend gibt es so etwas Ähnliches wie einen Fliesengott, der ein wenig Mitleid mit mir hat. Denn gerade als ich mich mit einem Lappen bewaffnet zum Ort des Geschehens begeben will, schiebt ein Kunde einen voll beladenen Einkaufswagen mit den angekotzten Fliesen an mir vorbei. »Glück muss man haben«, denke ich. Genau in dem Moment bleibt der Kunde neben mir stehen und sagt: »Schauen Sie mal. Da ist, glaube ich, irgendwas auf den Fliesen ausgelaufen. Macht das was oder habt ihr noch andere von dem Brand?«

Ich gebe mir größte Mühe, einen halbwegs neutralen Gesichtsausdruck aufzusetzen, und antworte: »Nein, das macht den Fliesen nichts. Außerdem ist ja nur die Packung etwas nass geworden. Und soweit ich weiß, sind das die letzten von dem Brand.«

»Na, dann muss ich die wohl nehmen«, seufzt der Kunde, »denn ich hab ja schon mit denen angefangen. Aber irgendwie haben die nicht gereicht.«

»Dann sollten Sie vielleicht lieber noch ein, zwei Pakete mehr mitnehmen«, schlage ich vor. »Lieber bringen Sie mir die wieder zurück, als dass Sie nachher zu wenig haben. Denn wenn sie dann welche von einem anderen Brand nehmen müssen, dann kann der Farbunterschied ganz schön hässlich aussehen.«

»Das ist eine gute Idee«, meint er daraufhin. »Dann nehme ich die letzten drei Pakete auch noch mit.«

»Na, so ist uns doch beiden geholfen«, denke ich und helfe ihm noch freundlich dabei, die restlichen Fliesen auf seinen Einkaufswagen zu packen.

Was haben Sie denn mit dem Kunden gemacht?

Ich berate gerade einen Kunden, der offenbar Handwerker ist oder sich zumindest als solcher ausgibt und gleich zwei riesengroße Probleme hat. Zum einen soll er eine Trennwand mit einer Schiebetüre bauen, die in der Wand verschwindet. Das eigentlich Schwierige daran ist, dass er anscheinend überhaupt keinen blassen Schimmer hat, wie er das Ganze bewerkstelligen soll. Das andere Problem steht hinter ihm und ist offenbar seine Auftraggeberin, die nicht nur das Material bezahlen soll, sondern zu allem Überfluss auch noch alles besser weiß. Dementsprechend macht der Handwerker auf mich einen etwas gereizten Eindruck und reagiert auf jeden noch so kleinen Einwand ziemlich lautstark.

Nachdem sich die Auftraggeberin nach einer halben Ewigkeit endlich eine Schiebetüre ausgesucht hat und ich die Ideen des Handwerkers vorsichtig in die richtige Richtung gelenkt habe, stehen wir nun vor den Kanthölzern, die er für die Konstruktion verwenden will.

»Die sind ja viel zu kurz. Ich brauche die mindestens 5 Meter lang«, mault er sofort los.

»Leider haben wir die nicht länger als 4 Meter«, erwidere ich. »Da muss man dann eben stückeln.«

»Stückeln. Ja so weit kommt's noch«, schimpft er weiter. »Außerdem sind die ja ganz krumm und viel zu teuer. Nee, das lassen wir. Die besorge ich im Sägewerk. Aber so ESP-Platten habt ihr doch, oder?«

Ihn darauf hinzuweisen, dass diese Holzplatten nichts mit einem elektronischen Stabilitätsprogramm zu tun haben, verkneife ich mir lieber und sage stattdessen nur: »Ja, OSB-Platten haben wir natürlich. Wie viele Quadratmeter brauchen Sie denn?«

»Na 15.«

»Ist das einseitig oder beidseitig gerechnet?«, frage ich weiter.

Anscheinend habe ich ihn damit etwas überfordert, denn er fragt mich genervt: »Ja wie? Was ist das denn für eine Frage?«

Offenbar hat er meine Frage nicht so ganz verstanden. Also erkläre ich es ihm noch einmal ganz genau. »Na, ich meine, ob Sie da nur die Vorderseite der Wand gerechnet haben oder ob die Rückseite auch schon mit drin ist.«

Jetzt muss er kurz überlegen, was aber gar nicht so leicht ist, denn in seiner kurzen Denkpause ergreift seine Auftraggeberin wieder das Wort und meint: »Ja, Dieter. Das ist meines Erachtens schon ein bisschen wenig. Da hast du bestimmt nur eine Seite gerechnet.«

Also ich persönlich glaube ja, dass Dieter mit Rechnen bisher überhaupt keine Zeit verplempert hat, sondern einfach mal ins Blaue hinein rät. Aber das soll ja nicht mein Problem sein.

Nachdem er aus seiner kleinen Denkpause wieder zu uns zurückgekehrt ist, mault er auch gleich wieder weiter: »Ja, meinst du, ich bin blöd? Das ist doch klar, dass das nur eine Seite ist. Also brauchen wir für die andere Seite auch noch welche.«

»Gut, dann sind es also insgesamt 30 Quadratmeter OSB-Platten. Nehmen Sie das alles gleich mit oder sollen wir es liefern?«

»Liefern«, meint Dieter, »am besten heute noch.«

»Das wird nichts mehr«, entgegne ich, »frühestens morgen geht's.«

»Morgen ist auch okay«, mischt sich Dieters Auftraggeberin ein. »Heute machst du doch sowieso nichts mehr.«

Ich schreibe den beiden also einen Lieferschein. Bevor ich ihn allerdings abschließe und ausdrucke, frage ich noch einmal nach: »Also ich habe jetzt die Schiebetüre und die 30 Quadratmeter OSB-Platten. Brauchen Sie vielleicht noch Winkel oder Schrauben dazu?«

»Nee, das hab ich alles selbst«, antwortet Dieter, »aber die Kanthölzer hast du noch vergessen.«

»Wieso die Kanthölzer? Die waren doch eben noch zu kurz, zu krumm und zu teuer. Die wollten Sie doch im Sägewerk holen.«

In dem Moment tickt Dieter vollkommen aus und brüllt: »Ja, meint ihr eigentlich alle, dass ich bescheuert bin? Vergiss das mit dem Auftrag. Ihr könnt mich am Arsch lecken. Das brauch ich mir echt nicht gefallen zu lassen. So nicht, mein Freund. Das hat ein Nachspiel für dich.«

Seine Auftraggeberin versucht ihn zwar noch zu beruhigen, aber ohne erkennbaren Erfolg. Dieter rauscht ab wie eine Silvesterrakete. Und zwar in Richtung Hauptinformation.

Nach einer guten Viertelstunde klingelt das Telefon und mein Chef ruft mich in sein Büro. Dort angekommen, fragt er mich: »Sagen Sie mal, was haben Sie denn mit dem Kunden gemacht?«

»Nichts«, sage ich, »der ist auf einmal ausgetickt.«

»Von nichts wird das aber wohl nicht gekommen sein«, meint er daraufhin.

Ich erzähle ihm also die ganze Story und habe den Eindruck, dass er versteht, was ich sage. Aber anscheinend habe ich mich da getäuscht. Denn zum Abschluss des Gespräches sagt er zu mir: »Ich habe hier die Telefonnummer von dem Kunden. Den rufen Sie jetzt mal an und entschuldigen sich. Dann ist die ganze Sache vom Tisch.«

»Was soll ich?«, frage ich. »Mich entschuldigen? Für was denn? Dass er nicht mehr alle Tassen im Schrank hat oder was? Nein, das mache ich nicht.«

Eigentlich hätte ich jetzt zumindest mit der Androhung von Konsequenzen gerechnet, aber stattdessen sagt mein Chef: »Na gut, dann lassen Sie es. Aber ich gebe Ihnen noch einen guten Rat. Lassen Sie sich von solchen Typen nicht provozieren. Das bringt nichts als Ärger.«

In dem Moment wird mir klar, dass es jetzt besser ist, nichts mehr zu sagen und sich den Rest einfach zu denken, bevor es wirklich Ärger gibt.

Nachdem ich schon seit fast einer Stunde wieder in meiner Abteilung bin, klingelt das Telefon. Es ist Dieter, der mir gut gelaunt mitteilen will, dass er die Ware jetzt doch geliefert haben möchte. Auch die Kanthölzer. Ich kann es mir beim besten Willen nicht verkneifen und sage: »Ach, haben wir uns wieder beruhigt? Das ist ja schön.«

Für einen kurzen Moment herrscht absolute Stille am Telefon. Doch dann meint Dieter plötzlich: »Ja, ich weiß. Ich hab da vorhin etwas überreagiert. Aber ich war einfach gestresst.«

»Ja, ich weiß, ich kenne das. Aber noch besser wäre es, wenn Sie das mal meinem Chef erzählen würden. Denn der stresst mich jetzt deswegen.«

»Das kann ich schon machen«, meint Dieter daraufhin, aber ich denke: »Na klar. Alles nur Blabla, nichts wirst du machen.«

Trotzdem nehme ich seine Bestellung entgegen und veranlasse die Lieferung. Alles läuft ganz locker und ohne Gemaule. Eigentlich macht er sogar einen fast sympathischen Eindruck am Telefon. Nun ja, seinen Dampf hat er ja auch schon abgelassen.

Gute 15 Minuten nachdem ich Dieters Bestellung entgegengenommen habe, steht plötzlich mein Chef vor mir: »Was haben Sie denn jetzt schon wieder mit dem Kunden gemacht?«

Genau wie vorhin antworte ich: »Nichts. Ich habe nur seine Bestellung entgegengenommen.«

»Haben Sie den vielleicht irgendwie bedroht oder so?«, fragt er weiter.

»Nein, wieso? Was ist denn jetzt schon wieder?«

»Na, der hat mich gerade angerufen und war wie ausgewechselt. Sogar entschuldigt hat er sich, dass er so überreagiert hat, weil er so gestresst war. Und dass Sie nichts damit zu tun haben, sondern dass er von Ihnen gut beraten wurde. So etwas habe ich noch nicht erlebt. Da ist doch irgendwas faul, oder?«

»Keine Ahnung«, sage ich. »Aber ich lasse mich von solchen Typen jedenfalls nicht provozieren. Das bringt nämlich nichts als Ärger.«

Daraufhin grinst er nur kurz und macht sich wieder aus dem Staub. Meine Laune hat sich schlagartig gebessert. Denn dass sich jemand erst beschwert und sich dann noch mal extra dafür entschuldigt, dass er sich zu Unrecht beschwert hat, passiert nun wirklich nicht jeden Tag. Dafür hat Dieter echt den allergrößten Respekt verdient.

Der Megakugelschreiber

Ehrlich gesagt geht es mir schon seit Längerem mächtig auf die Nerven, dass Kunden dauernd meine Kugelschreiber mitgehen lassen. So Sprüche wie »Haben Sie mal einen Schreiber für mich« oder »Den bring ich ihnen gleich zurück« kann ich echt nicht mehr hören. Denn in den letzten vier Wochen sind mir so zwei Taschenrechner, sage und schreibe 17 Kugelschreiber, vier Zollstöcke und ein Maßband abhandengekommen. Und meinen Kollegen geht es da nicht viel besser. Denn besonders Kugelschreiber werden von den Kunden gerne als eine Art Werbegeschenk angesehen und einfach eingesteckt. Um es im Klartext zu sagen: Die Dinger gehen schneller weg, als ich sie den Vertretern aus der Tasche leiern kann.

Beim Stöbern in einem 1-Euro-Ramschladen scheine ich allerdings endlich die Lösung des Kugelschreiberproblems gefunden zu haben. Denn vor mir liegt ein riesiger Megakugelschreiber. Er ist gute 50 Zentimeter lang und hat etwa 4 bis 5 Zentimeter im Durchmesser. »Den steckt so schnell keiner ein«, überlege ich. Da dieses Monster auch nur 1 Euro kostet, ist die Sache für mich klar. Der muss mit.

Am nächsten Tag im Baumarkt präsentiere ich meine Errungenschaft zunächst den Kollegen, bevor ich sie in der Praxis einsetze. Alle sind sich einig, dass den so schnell keiner klauen wird. Außer der Kollege Meier. Der ist nämlich der Meinung, dass ich an den Megakugelschreiber noch eine Kette mit einem schweren Stein machen sollte. Also so ähnlich, wie man es aus irgendwelchen amerikanischen Roadmovies kennt, in denen Tankstellenbetreiber immer Radkappen an die Schlüssel der Toiletten binden, damit sie keiner mitnimmt. Da ich das aber dann doch für ein wenig übertrieben halte, lasse ich das mit der Kette einfach weg und teste den Kugelschreiber gleich am nächsten Kunden.

»Haben Sie mal was zum Schreiben für mich?«, fragt er. »Ich müsste mir nur ein paar Maße und Preise aufschreiben.«

»Na klar«, antworte ich und ziehe den Megakugelschreiber unter meinem Informationstresen hervor.

Als er den Kugelschreiber sieht, fängt er an zu lachen. »Na, das ist ja mal ein Ding. Habt ihr Angst, dass euch jemand die Schreiber klaut, oder was?«

Ich erkläre ihm also kurz den Sachverhalt und er scheint dafür auch vollstes Verständnis zu haben. Obwohl der Kugelschreiber doch eher unhandlich ist, verschwindet er schließlich mit ihm in den Gängen der Fliesenausstellung und macht sich seine Notizen. Nach ein paar Minuten kommt er wieder zurück, legt den Schreiber auf den Tresen und sagt: »Bitte schön. Hier habt ihr euer Ungetüm wieder zurück. Der war mir dann doch zu groß zum Einstecken. Die Idee ist echt super. Vielleicht solltet ihr aber noch eine Radkappe dranbinden. So, wie man das immer in den Filmen sieht, wenn sie an Tankstellen den Schlüssel ausgeben.«

»Noch so ein Spaßvogel wie der Kollege Meier«, denke ich. Aber das Wichtigste ist, dass es funktioniert hat. Der Kunde hat den Kugelschreiber tatsächlich wieder zurückgebracht und war obendrein noch sichtlich amüsiert. Besser kann man ein Problem ja wohl wirklich nicht lösen. Überhaupt scheint der neue Kugelschreiber bei den Kunden recht gut anzukommen und die Reaktionen sind durchweg positiv. Ein paar Tage später muss ich allerdings feststellen, dass die Idee mit der Radkappe alles andere als Blödsinn war. Denn nach nicht einmal einer Woche ist auch der Megakugelschreiber verschwunden. Einfach weg. Wahrscheinlich hat ihn doch jemand aus Versehen eingesteckt und mit nach Hause genommen. Schade. Aber vielleicht finde ich ja mal irgendwo eine alte, schwere Radkappe aus Blech. Dann starte ich einen neuen Versuch.

Der Stein im Koffer

Ich stehe gerade an der Hauptinformation, um mir ein paar Unterlagen abzuholen, als ich ein ziemlich lautes Gespräch zwischen einem Kunden und unserem Chef mitbekomme. Anscheinend geht es dabei um eine Reklamation.

»Was meinen Sie, wie blöd ich da geschaut habe«, erklärt der Kunde meinem Chef. »Der war ja noch original verpackt. Da waren ja sogar noch die Bänder von euch drum. Und dann kommt so was dabei raus. Das kann doch nicht wahr sein.«

Da ich ja von Haus aus ein klein wenig neugierig bin, beschließe ich, mir das Ganze mal aus der Nähe anzusehen. Vor den beiden liegt der aufgeklappte Koffer einer Schlagbohrmaschine, dessen Inhalt im wahrsten Sinne des Wortes der Stein des Anstoßes zu sein scheint. Denn anstatt einer Bohrmaschine liegt darin ein ganz einfacher roter Ziegelstein.

»Ja, aber was würden Sie denn jetzt an meiner Stelle machen?«, fragt mein Chef den Kunden. »Verstehen Sie mich nicht falsch. Ich will Ihnen da jetzt wirklich nichts unterstellen. Aber den Stein könnten Sie ja auch ganz einfach selbst da reingelegt haben.«

Jetzt hat er den Kunden aber so richtig sauer gemacht, und der lässt seiner Wut freien Lauf. »Was meinen Sie? Dass ich nichts Besseres zu tun habe, als mit so einem blöden Stein durch die Walachei zu gurken?«, brüllt er. »Ich muss eine Baustelle fertig machen. Hier rumzufahren kostet mich mehr, als die beschissene Maschine überhaupt wert ist. Und dann wollen Sie mir erklären, dass ich die selbst ausgetauscht habe? Das ist ja wohl der Gipfel. Ich kann Ihnen sagen, wie das war. Die hat einer bei euch zurückgegeben und euch sauber beschissen. So war das.«

Während mein Chef versucht, den Kunden zu beruhigen, suche ich die Schlagbohrmaschine in unserem Computersystem, um nachzusehen, ob nicht vielleicht wirklich in letzter Zeit ein solches Gerät umgetauscht wurde. Bingo! Erst vorgestern wurde eine zurückgenommen und seitdem nur eine verkauft. Da scheint es dann doch sehr wahrscheinlich zu sein, dass der Kunde mit seiner Vermutung recht hat.

Nachdem ich meinen Chef darüber informiert habe, hat er dann auch ein Einsehen und tauscht dem Kunden den Ziegelstein gegen eine neue Schlagbohrmaschine aus. Manchmal ist es eben doch ganz gut, dass in diesen Plastikmaschinen jeder Furz gespeichert wird. Denn sonst hätte der Kunde jetzt vielleicht mit dem Stein ein paar Löcher in die Wand werfen, aber auf gar keinen Fall welche bohren können.

Außerdem kommt mir eine alte Idee wieder in den Sinn, die auch in diesem Fall bestimmt recht hilfreich und interessant gewesen wäre. Nämlich Elektrowerkzeuge mit einem GPS-Sender auszustatten, um so den Standort des jeweiligen Gerätes bestimmen zu können. Die Idee dazu kam mir, als ich vor über einem Jahr meinem Kumpel Peter einen großen Winkelschleifer geliehen habe, den er bis heute nicht zurückgegeben hat. Er behauptet zwar nach wie vor, mir das Gerät schon vor Monaten wiedergegeben zu haben, aber dem ist nicht so. Auch eine Suche auf seiner immer noch nicht fertigen Baustelle blieb ohne Erfolg. Meine Vermutung ist ja, dass er mir den Winkelschleifer tatsächlich zurückgeben wollte, der sich aber dann kurz zuvor in den Kofferraum von einem seiner »Bekannten« verirrt hat, die ihm auf der Baustelle geholfen haben. Da man das aber nicht so genau weiß, wäre es bestimmt eine tolle Sache, wenn sich in dem Gerät ein GPS-Sender befinden würde. Dabei geht es mir eigentlich gar nicht um die Wiederbeschaffung der Maschine. Denn zwischenzeitlich habe ich mir eine neue besorgt, die ich allerdings nicht mehr verleihe, weil sie eben auch keinen Sender hat. Aber es würde mich einfach nur interessieren, wo das Gerät inzwischen gelandet ist.

Das liest doch kein Mensch

Ich bin gerade damit beschäftigt, eine Lieferung Fliesen für einen Kunden zusammenzustellen, als ich ein Gespräch meines Kollegen aus der Holzabteilung mitbekomme. Denn bei ihm beschwert sich gerade jemand lautstark darüber, dass das Laminat, das er letzte Woche bei uns gekauft hat, ziemlich hohe Wellen schlägt und er nicht mal mehr die Tür richtig aufbekommt.

Mein Kollege fragt ihn: »Wie lange haben Sie das Laminat denn vor dem Verlegen schon in der Wohnung gelagert?«

»Gar nicht«, meint der Kunde. »Ich habe das bei euch gekauft und bloß über Nacht in der Garage untergestellt. Gleich am nächsten Tag habe ich es dann verlegt.«

»Aha, und wie viel Abstand haben Sie beim Verlegen zur Wand gelassen?«

»Nicht so viel. Das hat recht gut gepasst. Deshalb habe ich ja auch die schmalen Sockelleisten dranmachen können. Die sind ja viel billiger als die breiten.«

»Aber Sie wissen schon, dass man am Rand etwa 1 Zentimeter Luft lassen sollte, damit sich das Laminat ausdehnen kann?«, fragt mein Kollege weiter.

»Wieso ausdehnen?«, erwidert der Kunde überrascht. »Wohin soll sich das ausdehnen? Und warum? Meine Frau hat ja anschließend noch durchgewischt. Da waren da auch noch keine Wellen und die Tür ging einwandfrei auf und zu.«

Mein Kollege atmet tief durch. »Also wenn ich das jetzt mal so zusammenfassen darf, dann haben Sie so ziemlich alles falsch gemacht, was man nur falsch machen kann.«

»Na, das ist ja mal wieder typisch«, unterbricht ihn der Kunde. »Jetzt soll ich wohl auch noch selbst dran schuld sein, dass ihr mir so 'nen Scheißboden verkauft habt, der noch nicht mal richtig liegen bleibt? Das ist jetzt nicht Ihr Ernst, oder?«

Obwohl der Kunde ziemlich laut ist, bleibt mein Kollege besonnen und ruhig. Gelassen zeigt er ihm die Verlegehinweise auf einem Paket Laminat. »Hier steht ganz deutlich, dass das Laminat vor der Verlegung mindestens 24 Stunden bei Raumtemperatur gelagert werden sollte. Zu Wänden sollte circa 1 bis 1,5 Zentimeter Platz gelassen werden. Und außerdem empfiehlt der Hersteller, den Boden zu versiegeln, bevor man ihn feucht reinigt.«

»Ach, das liest doch kein Mensch«, winkt der Kunde ab.

Ich hätte ja jetzt noch ein paar Drohungen wie »Ich schalte meinen Anwalt ein« oder »Ich kaufe hier nichts mehr« erwartet. Aber mein Kollege hat eine Antwort parat, die es wirklich schwer macht, noch einen draufzusetzen. Mit den Worten »Das mag sein, aber das hat ein Mensch geschrieben, der weiß, was passiert, wenn man es nicht liest. Und deshalb steht es da. Damit man es nachlesen kann, wenn man es nicht weiß« nimmt er dem Kunden den gesamten Wind aus den Segeln.

Dieser ist jetzt plötzlich gar nicht mehr so laut und verliert kein Wort mehr über Schadensersatz, sondern ist vielmehr an einer Schadensbegrenzung interessiert. Während mein Kollege ihm noch ein paar Tipps gibt, wie er den Schaden am günstigsten beheben kann, steht für mich fest, dass ich mir diese Antwort unbedingt merken muss.

Aller guten Dinge sind drei

Ich bestelle gerade etwas Ware nach, als ich sehe, wie jemand einen Betonmischer in Richtung Kasse zieht. Das ist ja eigentlich nichts Besonders, denn schließlich haben wir so viele davon, dass wir sie tatsächlich verkaufen können. Allerdings bin ich mir ziemlich sicher, genau diesem Kunden bereits gestern den gleichen Mischer schon einmal verkauft zu haben. Ich gehe also zu ihm hin und sage: »Hallo. Wenn mich nicht alles täuscht, dann haben Sie doch gestern erst den gleichen Mischer gekauft. War der nicht in Ordnung oder warum brauchen Sie heute schon wieder einen neuen?«

»Ja genau, den haben Sie mir doch gestern verkauft.«

Ich ahne nichts Gutes und denke: »Jetzt gibt's gleich Gemecker, weil das Ding schon am ersten Tag verreckt ist.«

Doch im Gegenteil. Der Kunde scheint sogar mit dem Betonmischer äußerst zufrieden zu sein, denn er meint: »Der Mischer ist schon gut. Allerdings hat mir den die Firma, die bei mir den Bauschutt entsorgt, mit dem Radlader gegen die Garagenwand gedrückt. Und jetzt ist er halt hin. Also brauche ich einen neuen.«

»Ach so«, sage ich erleichtert, »dann ist ja gut. Ich dachte schon, dass vielleicht mit dem Gerät irgendwas nicht gestimmt hätte.«

»Nein, dann würde ich heute bestimmt keinen neuen kaufen«, erwidert er. »Der Mischer ist wirklich okay. Aber gegen einen Radlader hatte er halt keine Chance.«

Nachdem er den neuen Betonmischer bezahlt hat, helfe ich ihm noch, das gute Stück auf seinen Anhänger zu heben, und verabschiede ihn mit den Worten: »Na, dann wollen wir mal hoffen, dass er dieses Mal länger hält.«

»Keine Angst«, meint der Kunde, »da passe ich schon auf, dass dem nichts mehr geschieht.«

Ich will jetzt wirklich nicht meckern, aber wenn er von Beruf Bodyguard, Polizist, Arzt oder etwas Ähnliches sein sollte, dann würde ich mir einen anderen suchen. Denn am nächsten Tag steht er prompt schon wieder vor mir und fragt: »Habt ihr vielleicht noch einen Betonmischer für mich?«

»Nicht schon wieder der Radlader, oder?«

»Nein, ich hab gestern Abend noch recht lange auf der Baustelle gearbeitet und Estrich gemacht. Als ich fertig war, hab ich den Mischer noch sauber gemacht und anschließend hinter die Garage gestellt. Heute Vormittag komme ich wieder auf die Baustelle und das Ding ist weg. Einfach weg. Spurlos verschwunden.«

»Vielleicht hat die Firma mit dem Bauschutt den Mischer woanders hingestellt, damit die Arbeiter ihn nicht wieder kaputt fahren?«, mutmaße ich.

Doch er winkt ab und meint: »Nein, die sind ja gestern fertig geworden. Geklaut worden ist er. Ich sag's Ihnen, lauter Verbrecher auf der Welt. Da kannst du nichts stehen lassen. Die klauen alles, was nicht niet- und nagelfest ist.«

Irgendwie scheint er nicht gerade eine Glückssträhne zu haben. Also frage ich ihn: »Wenn ich Ihnen jetzt einen neuen Mischer gebe, versprechen Sie mir dann, dass Sie morgen nicht wieder einen neuen haben wollen?«

»Das kann ich versprechen«, seufzt er, »den sperr ich weg und leg zusätzlich noch eine Kette drum. Aber mal ehrlich, das ist doch eine Sauerei, oder?«

»Tja, wenn es kommt, dann kommt es dick. Aber aller guten Dinge sind ja bekanntlich drei«, ermutige ich ihn und gebe ihm einen neuen Mischer. Natürlich helfe ich ihm auch dieses Mal wieder beim Aufladen, denn schließlich ist er ja schon fast ein Stammkunde. Auch wenn er immer nur Betonmischer kauft.

Ein sicheres Versteck

Eine alte Frau, so Mitte 80, mit Brille und langen grauen Haaren, steht vor mir und schaut sich ängstlich um. »Na, was wird denn jetzt wieder kommen?«, überlege ich. Nachdem sie sich nochmals vorsichtig umgeschaut hat, spricht sie mich an: »Entschuldigung. Nicht, dass Sie mich für verrückt halten. Aber ich will Gold verstecken.«

»Was wollen Sie?«, frage ich ungläubig.

»Ich will Gold verstecken«, flüstert sie mir zu.

»Na klar«, denke ich, »am Ende des Regenbogens soll der beste Platz dafür sein.«

Da mich die Frau aber doch irgendwie neugierig gemacht hat, forsche ich weiter nach: »Und wo wollen Sie das verstecken? Im Garten oder im Haus?«

»Ja schon im Haus«, antwortet sie. »Aber wie ist das jetzt, wenn ich das Gold zum Beispiel in der Wand oder im Fußboden verstecke? Kann man das dann mit einem Metalldetektor finden?«

»Klar kann man das damit finden. Dafür sind die Dinger ja da. Aber wie kommen Sie denn darauf? Sucht bei Ihnen jemand das Haus mit einem Metalldetektor ab?«

»Nein, das nicht.« Sie schaut sich noch einmal um. »Aber wenn mal Einbrecher kommen und die so ein Gerät dabeihaben, dann finden die das ja gleich.«

»Logisch«, schießt mir durch den Kopf, »und vielleicht haben die auch noch eine Wärmebildkamera und einen Spürhund dabei.«

»Wie wäre es denn, wenn Sie das Gold einfach in einem Schließfach bei der Bank deponieren?«, schlage ich vor. Allerdings scheint sie davon nicht besonders viel zu halten, denn sie ruft: »Ja sind Sie verrückt? Da kommt doch jeder dran. Denen bei der Bank kann man überhaupt nicht trauen. Das sind die größten Verbrecher überhaupt. Nein, nein, was ich brauche, ist ein richtig gutes Versteck, das man auch mit einem Metalldetektor nicht findet.«

So langsam keimt in mir der Verdacht, dass bei der alten Frau irgendetwas nicht mehr ganz rund läuft. Wenn allerdings wirklich nur das Gold ihr Problem ist, dann könnte ich ihr schon helfen und es für sie »aufbewahren«. Aber wer weiß schon, was das überhaupt für Gold ist? Womöglich stammt es aus einem verfluchten Aztekenschatz und ich drehe dann auch noch durch. Nein, da lasse ich lieber die Finger davon. Doch dafür mache ich ihr einen genialen Vorschlag: »Was halten Sie davon, wenn Sie das Gold in einen verzinkten Blecheimer legen und obendrauf ein paar Blumen anpflanzen? Da schlägt dann zwar der Metalldetektor wegen dem Eimer an, aber es wird keiner darauf kommen, dass sich darin Gold befindet. Außerdem habe ich noch von keinem Einbrecher gehört, der Blumen klaut.«

»Das klingt schon mal ganz gut«, meint sie, »aber die werden sicher so lange suchen, bis sie was gefunden haben.«

Nach kurzem Überlegen habe ich auch dafür eine Lösung parat: »Da kaufen Sie sich jetzt einen kleinen Möbeltresor. Aber nicht zu groß. Nur so, dass man ihn noch bequem allein tragen kann. In den packen sie ein paar Steine, schließen ihn ab und stellen ihn irgendwo in der Nähe des Eimers mit dem Gold in ein Regal. Wenn dann der Einbrecher kommt, sieht er den Tresor. Da er ihn aber nicht so schnell aufbringt, wird er ihn einfach mitnehmen und glauben, den ganz großen Fang gemacht zu haben. Und wenn er den Tresor dann irgendwann öffnet, wird er feststellen, dass es bei Ihnen nichts zu holen gibt.«

Von diesem Vorschlag scheint sie sehr angetan zu sein: »Das ist toll. Die Idee ist wirklich prima. Wo haben Sie denn diese Tresore?«

Ich zeige ihr also die kleinen Möbeltresore und nach ein paar Minuten steht fest, dass sie so einen unbedingt haben muss. Schnell lade ich ihr den kleinen Tresor in einen Einkaufswagen und gebe ihr auch noch einen verzinkten Eimer mit. Damit dürfte der Fall erledigt sein, hoffe ich, doch die alte Frau scheint noch ein weiteres Problem zu haben. »Jetzt bräuchte ich aber noch etwas. Also nicht, dass Sie jetzt denken, ich wollte Scheine oder Kontoauszüge verbrennen, aber ich brauche noch eine Feuerschale. Wissen Sie, für die Kinder. Damit man da auch mal ein Würstchen drauf grillen kann.«

»Keine Angst«, erwidere ich, »das hätte ich bestimmt nicht gedacht« – jetzt weiß ich es ja –, »aber wäre dafür nicht ein Grill viel besser geeignet? Denn auf so einer Feuerschale ist kein Gitter drauf.«

»Ja schon«, gibt sie etwas verlegen zu. »Aber wissen Sie, eigentlich will ich doch eher etwas verbrennen.«

Also zeige ich ihr auch noch die Feuerschalen. Nachdem sie festgestellt hat, dass die ziemlich schwer sind und sie die unmöglich allein heben kann, einigen wir uns darauf, dass sie ihre Kontoauszüge ja auch in dem Blecheimer verbrennen kann. Nachdem sie nun sichtlich erleichtert ist, geleite ich sie noch ein Stück in Richtung Kasse. Gerade als ich mich von ihr verabschieden will, sagt sie: »Wenn ich jetzt in den Tresor auch noch Steine reinlege, dann wird der aber ganz schön schwer. Dann kann ich den ja gar nicht mehr ins Regal heben. Könnten Sie mir dabei nicht vielleicht behilflich sein?«

»Das würde ich wirklich sehr, sehr gerne für Sie machen, aber überlegen Sie doch mal. Ich weiß jetzt, dass Sie Gold haben, und ich kenne das Versteck. Da muss ich doch nicht auch noch erfahren, wo Sie wohnen, oder?«

»Ach ja, das stimmt ja«, ruft sie entsetzt aus. »Sie denken aber auch wirklich an alles.«

»Genau«, sage ich, »und wenn Sie den Tresor zuerst ins Regal stellen und die Steine erst danach reinlegen, dann ist er auch nicht so schwer.«

Während sie sich noch ein paarmal bei mir für die tollen Ideen und meine Hilfe bedankt, denke ich nur: »Na, wenn das der Preis dafür ist, dass man Geld hat, dann bleibe ich doch lieber arm.«

Was ich noch sagen wollte

Auch wenn man es vielleicht nicht glauben will, aber im Baumarkt zu arbeiten kann durchaus lustig und unterhaltsam sein. Allerdings ist auch hier nicht alles Gold, was glänzt. Und man braucht manchmal schon ein ganz schön dickes Fell, um so manchen Kunden einigermaßen ertragen zu können, ohne ihm gleich ins Gesicht zu springen. Aber das gehört eben dazu und der Umgang mit anderen Menschen bringt zwangsläufig auch Probleme und Missverständnisse mit sich. So wie überall im Leben. Wenn man jedoch die kleinen und manchmal auch großen Ärgernisse des Alltags nicht an sich heranlässt oder sie einfach ausblenden oder darüber hinwegsehen kann, dann wird man dafür mit einer Menge Spaß belohnt. Vorausgesetzt, man nimmt sich selbst nicht so furchtbar ernst. Gleiches gilt übrigens auch für Kunden. Bei manchen habe ich sogar den Eindruck, dass sie nicht deshalb in den Baumarkt kommen, weil sie dringend etwas brauchen, sondern einfach nur, um ein wenig den eigenen Alltag zu vergessen. Denn wo sonst kann man heute noch in aller Ruhe und ohne Stress seine Zeit verbringen, interessante neue Dinge entdecken und andere beim Schildern ihrer Probleme belauschen, ohne dass man selbst etwas dazu sagen muss. Ja, Baumarkt kann auch entspannend sein. Diese Art der Therapie funktioniert allerdings nur dann, wenn man viel Zeit hat und nichts Bestimmtes sucht.

In einem Baumarkt zu arbeiten bringt aber oft auch ein paar Probleme mit sich. Denn durch den tagtäglichen Umgang mit den verschiedensten Produkten kommen einem immer wieder neue Ideen, was man noch so alles selbst machen könnte. Gut, ich bin vielleicht nicht gerade der ungeschickteste Heimwerker und mache fast alles selbst, aber auch bei mir geht ab und zu mal etwas daneben. Das einzig Ärgerliche daran ist dann, dass man es eigentlich besser wissen müsste. So war ich beim Montieren einer Holzdecke schlicht zu faul, mir zwei Unterstellböcke aus der Garage zu holen, um darauf die Bretter zurechtzuschneiden. Stattdessen habe ich einfach zwei Küchenstühle hergenommen. Natürlich habe ich dann nicht nur die Bretter, sondern auch in die Stühle gesägt. Und das, obwohl oder vielleicht auch gerade weil meine Frau noch extra zu mir gesagt hat: »Säg da aber bloß nicht rein.«

Als ich meine Küchenschränke aufhängen wollte, habe ich beim Bohren prompt eine Stromleitung erwischt. Natürlich konnte ich nicht wissen, dass jemand, um Kabel zu sparen, die Leitung diagonal durch die Wand verlegt hat, aber es wäre dennoch vermeidbar gewesen. Das wirklich Dumme daran war eigentlich nur, dass ich die Schränke nach Feierabend aufhängen wollte und es durch das Anbohren der Leitung zu einem Kurzschluss kam. In einer neuen Wohnung und in absoluter Finsternis den Sicherungskasten zu suchen, ist wirklich kein Zuckerschlecken. Ich hatte zwar ein Feuerzeug einstecken, aber noch bevor ich den Kasten gefunden hatte, flog mir wegen der Hitze der Feuerstein um die Ohren. Somit war dann der Tastsinn die einzige Möglichkeit, doch noch an den Stromkasten zu gelangen – aber auf keinen Fall die beste.

Ein andermal habe ich beim Austauschen einer Toilettenschüssel versehentlich den Druckspüler mitabgerissen. Aber selbstverständlich ohne vorher das Wasser abzustellen. Warum auch? Denn eigentlich hätte der Spüler ja an der Wand bleiben sollen. Aber so hat sich anschließend wenigstens das Durchwischen gelohnt.

Der Aufbau eines Kleiderschrankes stellt ja in der Regel kein großes Problem dar. Allerdings musste ich nach dem Aufbau feststellen, dass der Schrank viel zu breit war und bis in die Zimmertüröffnung reichte. Also eigentlich war er nicht zu breit, sondern die Wand einfach zu schmal. Zumindest schmaler, als ich zuvor gemessen hatte. Aber zum Glück gibt es ja Stichsägen. Und so wurde mein neuer Schrank, noch bevor er seinen endgültigen Standort erreicht hatte, um eine Tür gekürzt. Das wirklich Witzige daran ist, dass es ihn schon ab Werk mit einer Türe weniger gegeben hätte. Billiger, natürlich.

Manchmal kommen mir auch blitzartig merkwürdige Einfälle, die dann sofort in die Tat umgesetzt werden müssen. So ging mir zum Beispiel die ständige Unkrautzupferei in meinem Garten auf die Nerven. Plötzlich fiel mir ein, dass dort, wo Wasser ist, kein Unkraut wächst. Also habe ich angefangen, ein 4 x 4 Meter großes Loch zu graben. Nach fünf Stunden mühevollen Grabens mit Schaufel und Spaten bei über 30 Grad im Schatten konnte ich dann endlich die Teichfolie einziehen und das Ganze mit Wasser auffüllen. Seitdem habe ich einen Teich im Garten. Und dort wächst auch kein Unkraut mehr – dafür aber fast überall drum herum.

Allerdings habe ich auch schon ein paar wirklich gute Projekte verwirklicht wie zum Beispiel eine komplett selbst gebaute Küche oder ein massives Bett aus alten Holzbalken. Solche Erfolgserlebnisse lassen einen dann auch kleinere Rückschläge schnell wieder vergessen. Jedenfalls sollte man sich davon nicht abhalten lassen, seine Ideen in die Tat umzusetzen. Denn aus Fehlern lernt man und schließlich ist ja noch kein Meister vom Himmel gefallen.

Das besonders Positive daran, in einem Baumarkt zu arbeiten, ist, dass man jeden Tag neue Menschen kennenlernt. Gut, auf manche Bekanntschaften könnte man mit Sicherheit verzichten. Aber wenn aus Kunden Stammkunden werden und sich schon fast freundschaftliche Verhältnisse entwickeln, dann ist das mehr als nur eine schöne Begleiterscheinung. Es ist die Bestätigung dafür, dass diese Kunden mit einem zufrieden sind und man seinen Job gut gemacht hat. Manche von ihnen kommen sogar dann vorbei, wenn sie gar nichts brauchen. Sie kommen einfach nur, um sich mit einem zu unterhalten. Diese Zeit sollte man sich dann auch nehmen. Denn es ist, wie ich finde, eine ganz besondere Art und Weise, mit der diese Kunden einfach mal Danke sagen wollen.

Und nur für den Fall, dass Sie selbst einmal im Baumarkt unterwegs sein sollten und ein Problem haben, für das Sie eine wirklich kompetente Beratung brauchen, oder sich nur so zum Spaß ein wenig die Zeit vertreiben wollen, dann scheuen Sie bitte nicht davor zurück, mich anzusprechen. Ich bin Ihnen dann gerne dabei behilflich, den entsprechenden Kollegen zu finden.